死体蘇生

クトゥルー・ミュトス・ファイルズ
The Cthulhu Mythos Files

The Hommage to Cthulhu

井上雅彦
樹シロカ
二木靖×菱井真奈

創土社

目次

女死体蘇生人ハーバル・ウエスト

《井上雅彦》（いのうえ・まさひこ）

一九六〇年、東京生まれ。一九八三年、星新一ショートショート・コンテストにて「よけいなものが」が優秀作に選ばれ、小説家としてデビュー。一九九七年、ホラーアンソロジーシリーズ「異形コレクション」を監修、一九九八年、同シリーズは日本SF大賞特別賞を受賞する。『妖月の航海』『くらら　怪物船團』「抜粋された学級文集とその注釈」などのクトゥルー神話作品を執筆している。

第一話　女死体蘇生人

1

ブルックリンの巨大な吊り橋を、黒塗りの大型車が走っている。

夜に聳《そび》える摩天楼《まてんろう》は、さながら燦《きら》めく墓標《ぼひょう》のようだ。

そんなマンハッタンの夜景が、磨《みが》き抜かれた闇色の車体表面を流れていく。車体そのものが、匠《たくみ》の仕上げた棺《ひつぎ》にも見えた。

スピードをあげた。V型八気筒《きとう》が吼《ほ》える。

フロントグリルの頂点を飾るエンブレム――銀色の猟犬《ハウンド》――が夜霧を鋭く裂いた。豪奢《ごうしゃ》にして、異様な矩形《くけい》の、巨大な車体が唸《うな》りをあげた。

波止場《はとば》に降りると、白霧《はくむ》はいちだんと深くなる。

昏《くら》い倉庫街を、車は迷うことなく、走り抜けていく。

やがて、カーブをきる鋭い音とともに、車輪は停まった。

一瞬の静寂《せいじゃく》。

静かにドアが開き、車の主が姿を現した。

墓石のような甃《いしだたみ》に、高いヒールが谺《こだま》する。

若い女であった。

鍔広《つばひろ》の帽子《ぼうし》も、翻《ひるがえ》るケープも、踝《くるぶし》まで覆《おお》い隠すロングスカートも、すべて黒一色の天鵞絨《ベルベッド》。だが、帽子からあふれでる髪は、目の醒《さ》めるような明るい金髪。ゆるいカーブとともに、肩胛骨《けんこうこつ》を覆う長さで、波止場の夜風にゆれている。

遠い霧笛《むてき》が噎《むせ》び泣く。

沖の汽船のエンジン音が、夜鷹《よたか》の聲《こえ》のように消えていく。

闇《やみ》のなか、女は、目的地に視線を走らせる。

青い瞳《ひとみ》であった。

視線の先には、廟《びょう》のように巨大な倉庫の扉がある。

扉の前で、彫塑《ちょうそ》のように踞《うずくま》っていた影が、立ちあがった。

「時間ぴったりだ……」

影の主は、門灯《もんとう》に屈強《くっきょう》な体躯《たいく》を照らした。「噂《うわさ》通りだな、ハーバル・ウエスト」

「あなたは……ミスター・サビーニの使いの方？」

ハーバル・ウエストは、首をかしげた。「とても、そんな風には、見えないわね」

「ミスター・サビーニは、来られなくなったのだ。ハーバル・ウエスト」

屈強な男は、にやりと嗤《わら》った。その顔には、大きな傷が横切っている。「俺たちが、彼の仕事を引き継《つ》いだんでな」

「まあ。……そういうことなの」

「あんたのことも、教わったのさ、ハーバル・ウエスト」

傷のある男が言った。「死体を高値《たかね》で買い取ってくれるんだろう？」

「モノにもよるわ」

ハーバルは眉《まゆ》ひとつ動かさない。「実験に使えるものだけよ。その点、ミスター・サビーニは、間違いのない売り手《ディーラー》だった。死体への医学的な配慮も、デリカシーもあった。なにより、彼には教養も備《そな》わっていたわ。その代わりが、果たしてあなたがたに、つとまるのかしらね？」

「なんだとッ――」

兇暴《きょうぼう》さを剥《む》き出しかけた男が、一瞬、なにかに警戒するように鼻白《はなじろ》んだ。

黒衣の女ハーバル・ウエストの背後《はいご》に、影のように控《ひか》えているものに、気がついたからだ。

顔に傷のある、この倉庫の見張り役の男の、闇に慣れた網膜《もうまく》に映りはじめたものは――黒衣《こくい》の女を護《まも》るように鋭い気迫を滲《にじ》ませる、異形《いぎょう》めいた双《ふた》つの影。

ひとりは、直立する野牛のような巨軀《きょく》の持ち主だ。前のめりになった身体のみならず、その顔面も獣《けもの》のように大きい。黒髪の下から目を爛々《らんらん》と輝かせ、踝まで包んだロングコートが、漆黒《しっこく》の壁のように、ハーバルを護衛《ごえい》しながら、怖ろしいばかりの気迫を発散させている。

いまひとりは、これも負けず劣らずの身長だが、巨軀というよりは長軀《ちょうく》。糸杉のように痩《や》せた男だった。長い蓬髪《ほうはつ》の合間に覗くのは、鋭い鷲鼻《わしばな》と鋭い目。年齢のわからぬ端正《たんせい》な顔は、どこか芸術家めいても見えるのだが、喪服《もふく》めいた黒の礼服を寸分の隙もなくきちんと着こなしたこの男の発散するものは、えもいわれぬ不吉さであり、陰の気であった。

「……む」

ふたりの黒いオーラに、肝を抜かれたような見張り役を青い瞳で見つめながら、

「このふたりなら、気になさらないで。ただの墓掘り。とりあえず、売り物の死体《ボディ》を見せていただこうかしら」

むしろあどけなげな、白い顔で微笑むハーバルに、男は一歩、あとずさった。

その背後で——がらがらと音を立てて、倉庫の扉が開けられた。

眩い光とともに、

「トニオ。なにをぐずぐずしている。お客様をお通ししなさい」

音楽的な抑揚が聞こえた。と、同時に、

「お待たせしましたな。ハーバル・ウエスト」

現れたのは、派手なスーツを着こんだ禿頭の男だった。

「これはこれは、メランザーネさん……」

ハーバルの青い虹彩が、一瞬、驚きの反応を見せた。だが、

「波止場の顔役自らお出迎えとは、恐縮」

といいながら、少しも恐縮する様子はなく、堂々

とした様子で倉庫の階《きざはし》を登る。

ふたりの〈墓掘り〉も、素速く黒い壁のように、黒衣の女主人に従った。

光り輝く倉庫の中に、高いヒールを踏み入れるほんの一瞬――ハーバル・ウエストの鼓動《こどう》が高まった。

恐怖や警戒からではない。

ある種の予感に、彼女の肉体が反応したのだ。

だが――それに気づくものは誰ひとりいなかった。

禿頭の顔役の背後で、ずらりと並び、お揃《そろ》いのイタリア仕立《クラシコ》てのスーツに重い銃器を隠した十人ほどの兵隊たちはおろか、彼女の護衛のふたりの〈墓掘り〉でさえも、ハーバルの肉体的反応に気づくことはできなかった。

「ミスター・サビーニは、優秀な〈始末屋《しまつや》〉だった」

もちろん、顔役メランザーネも気づいてはいない。

「殺し以外のあらゆる〈始末〉を、彼に一手に引き受けて貰った。高額の報酬《ほうしゅう》と引き替えにね。だが――彼は、ある〈不始末〉をしでかした。〈始末屋〉の〈不始末〉は、こちらとしても許容《きょよう》できない。そこは、理解してもらえるだろう？」

「まあね」

「その後、調査の過程で、君の存在が浮上したんだよ、ハーバル・ウエスト。始末屋サビーニは、われわれ組織がはからずも作ってしまった死体を、始末するという名目《めいもく》で手に入れる。われわれから高額の報酬を取りながらな。その一方、君に対しては、その死体を売却《ばいきゃく》して、高額の対価を受け取っていた。わかるかね。彼ひとりが商売上手だった。だから……その中間工程を省略するならば、われわれは、お互いにとって、利益になると思わないかね」

「それって、私があなた方にとっての新しい〈始末屋〉になるって、話なのね？　つまり、私が、お金を貰って、あなたがたの作った死体を引き取る」

「いいや」

しれっとした顔で、顔役が言った。「私たちが、君にとっての新しい〈死体ディーラー〉になる。君が、お金を払って、われわれから死体を買うのだ」

ハーバルは、一瞬、沈黙《ちんもく》した。

メランザーネは、身を乗り出した。

「いやだとでもいうのかな」

ハーバルは、プッと噴きだした。もう、がまんできないというように、笑い出した。

「なにか、おかしいことを言ったか？」

「いえ……番犬を見れば、飼い主がわかるというけれど、あなた方は本当に面白い」

「なんだって？」

「死体がいただけるのなら、大歓迎。私は、新鮮な死体が買えるのならば、対価はいとわない主義よ」

「おお」

禿頭は、得《え》たりと笑った。「ものわかりがいいな。では、早速《さっそく》」

「死体に会わせてくれるのね」

メランザーネが合図《あいず》した。

スーツ姿の兵隊たちが、背後の幌《ほろ》に手を掛けた。

その瞬間――ハーバルの鼓動が、再び高鳴った。

幌が、緞帳《どんちょう》のように切って落とされた。

ふたりの〈墓掘り〉が、オッと息を漏《も》らした。

それは――ありていに言えば――赫《あか》いピラミッドだった……死体を積み上げて建てられた血まみれの肉体の構築物。ざっと、四十体を超えようという死体の山。しかも、〈作りたて〉だった。銃《じゅう》創《そう》からは、まだ鮮血が噴きだしている。

「君が到着する寸前に、銃殺したのだ。とても新鮮だぞ」

「わかっていたわ。――この芳《かん》しい血臭《けっしゅう》で……」

ハーバルの声は、すでに喜びを隠せない。

彼女の鼓動の高まり――胸のときめきを喚起《かんき》させたものは、こうした死者の発する徴候《ちょうこう》によるものだ。もっとも、本当に彼女にそれを伝えたものは、血臭でも死臭でも、この空間にたちこめた硝煙《しょうえん》ですらもない。本当に、彼女の肉体を反応させたものとは、実は、科学者としての彼女自身にもわりきれない要因なのであるが――それは彼女も口に出さない。

「こいつらは、スタテン島から来た野郎どもだ」

メランザーネが、勝ち誇ったように言った。「隣のシマから、こっちの波止場を仕切ろうと蔓延《はびこ》ってきやがった。全員ナポリタンで、シチリア出身者ですらない。これからも、どんどん、活《い》きのいい商品になってもらおう。君のためにもな」

「まだ、すべてを買い取るとはいってないわ」

ハーバルが言った。「新鮮なら、なんでもいいというわけでもない。実験体としての条件を備えているかどうかよ」

「なんだって？」

ハーバルは、つかつかと死体の山に近寄った。

血臭を満足そうに吸い込みながらも、あえて冷静な様子で、積みあげられた死者のひとりひとりをつぶさに眺《なが》める。

「ウィルバー！　スコップを！」

墓掘りのひとりに、声をかける。猛牛のような体躯の、大男のほうだ。かれは、長いコートをごそごそまさぐるやいなや、どこに仕舞ってあったのか、一メートルはあろうというスコップを、大剣のように引き抜いて、肩に担《かつ》いだ。

警戒した兵隊たちが、一斉に銃を構えた。だが、巨漢ウィルバーは臆さない。

「ていねいにやるのよ」

瞠目《どうもく》するメランザーネの目の前で、ハーバル・ウエストが指示する。ウィルバーは慣れた手つきで積み上げられた死体を、次々に床の上に投げ落とす。

「なんだ……どうするんだ」

「選別」

たちまち市場の魚のように並べられた四十もの死体を、うれしそうに見おろしながら、ハーバルはかがみ込み、瞼《まぶた》をあけたり、スケールで計ったり、巨漢に命じて、位置を並べ替えたりした。あげくに、ひとりの身体を持ちあげさせて、離れた場所に転がした。

「そいつだけ……どうするんだ？」

「この男《コ》、なかなかキレイな顔してるじゃない」

「気に入ったのかね。まさか――ひとりぶんしか買わない気じゃあるまいな」

「逆よ」

ハーバルは言った。「そいつ以外、みんな合格。すべて、実験用の死体として、買い取ってあげる」

痩せた長躯のほうの墓掘りを振り向いて、

「エーリッヒ！　代金を！」

長躯の男は、いつの間に準備していたのか、黒いケースを前に置いた。それは、楽器のコントラバスを入れるためのケースに酷似《こくじ》していた。

彼らの前で、ガシャリと開けると、札束《さつたば》がびっしりと詰まっている。

メランザーネの目が、光を帯《お》びた。

「金払いがいいな。感心したよ」

「場所代も、入っているし」

ハーバルが言った。

「場所代？　なんの？」

「試薬実験のよ」

ハーバルが、懐《ふところ》から銃のようなものを出したので、子分どもがいろめきたった。

「心配しないで。溶液の注入器」

それは、ガラス製のシリンダーを組み合わせたような代物《しろもの》だ。

だが、形状と言い、トリガーに指をかけ、構えたハーバルの姿勢といい、未知のショットガンのように見えた。

「ここで……実験だと？」

「D溶液を使用」

言うが早いか、ハーバルが標的に照準《しょうじゅん》を絞《しぼ》った。

同時に、もうひとつの手の指が、懐中時計《かいちゅうどけい》の押しボタンにかけられている。

時計のボタンを押すと同時に、引き金を引いた。

バシュという短い破裂音《はれつおん》とともに、死体に、なにかが撃《う》ち込まれた。

ハーバルは続けざまに、引き金を引いた。

バシュバシュバシュ……と、一体につき一発づつ——それも、マシンガンを放つかのようなスピードで——正確に射撃していくハーバルの腕に、メランザーネたちは目を剥いた。

弾丸は、大きさも形状も、五寸釘《ごすんくぎ》そっくりのガラスの容器で、内部に彼女の言うところのD溶液——濃緑色《のうりょくしょく》の薬剤——が封入《ふうにゅう》されていた。それが、ハーバルの腕で正確に心臓に撃ち込まれると

半秒後に、死体の指に幽《かす》かな痙攣《けいれん》がおこっていることに、メランザーネは気づかなかった。

すべてを撃ち終わったあと、ハーバルは時計の目盛《めも》りを見た。

その時——メランザーネと子分たちは、どよめきたった。

死体の変化が、目に見えて、顕著《けんちょ》になったのだ。

指のみならず、手や足が震《ふる》え始めた。

そして——目が開いた。

濃緑色にぎらつく異様な目が、一斉《いっせい》に開いた。

八十もの緑の蝶《ちょう》が羽を広げたように見えた。

ハーバルは、冷静に時計の針を確認していたが、メランザーネはそれどころではなかった。目の前で噴きあがる地獄の光景《こうけい》に、心臓を鷲掴みにされた。

四十もの血まみれの肉体が、起きあがった。

「うおおおお……」

どよめく声は、メランザーネ一家の驚愕《きょうがく》と恐怖

の声ばかりではない。

死体が吼《ほ》えているのだ。

血まみれの歪《ゆが》んだ顔が、吼えている。

まるで、獣の咆哮《ほうこう》だ。四十もの、赫い獣だ。

その咆哮が、それぞれ異様な発音で人語《じんご》らしきものを発している。

「……めらん……ざーね……」

「よくも……おれたちを……」

「……ころして……やる……」

迫る屍体の群れに、子分たちが狂ったように、機関銃を乱射する。

だが――屍体たちは、まるで動じない。

臓器が噴きだし、肉がそがれ、骨が砕かれても、屍者たちの動きは止まらない。

怯《おび》える生者《せいじゃ》たちに、赫い襤褸《どくろ》のような死者たちの怒りはおさまらない。

目をらんらんと輝かせ、波止場のボスたちを取り囲んだ。

それを眺めながら、ハーバル・ウエストは小さな声で囁いた。

「ボナペティ（召し上がれ）」

それを合図に――したはずはないのだが――死者たちは一気に跳びかかった。

たちまち、新たな血煙《ちけむり》が立ちのぼる。

踊り食いだ。

肉片と臓器《ぞうき》が花吹雪《はなふぶき》のようにばらまかれ、歯と両顎《りょうあご》をうちならす死者たちの音が広まった。

まるで、祭りだ。

その喧噪《けんそう》の最中にも、

「三分経過……。順調だわ」

ハーバルは、冷静に懐中時計を注視している。

その足下《あしもと》に、重たく弾《はず》む音を立てて、血まみれの球形が転がってきた。

引きちぎられたメランザーネ本人の頭部であった。

四十人もの飢えた死者たちは、肉片を奪《うば》い合っていた。

まだ悲鳴をあげて続けているのは、顔に傷のある倉庫の見張り役だろう。その喉《のど》も喰い破られた。肉をむさぼる音ばかりが、粛々《しゅくしゅく》と続いていたのだが……。

「そろそろ、お開きかしら……」

暢気《のんき》に眺めるハーバルに、飢えた屍者たちは、ぎらついた目を向ける。

さすがに、墓掘りは、気が気ではない。

「……こりゃ、まずい」

巨漢のウィルバーが、飢えた屍者の鋸《のこぎり》のような歯を見ながら言った。

長躯のエーリッヒとともに、黒い楯《たて》のように、ハーバルを護りながら、

「こいつら、大丈夫ですか、ボス――いや、博士」

「ふたりとも、逸《はや》るんじゃないよ」

ハーバルは、鞭《むち》のように命令した。「実験体を、台無しにしないで。まだ……これからよ」

「しかし――」

屍者たちは、ハーバルたちを取り囲んだ。

ウィルバーは、スコップを構《かま》えた。いつの間にか二本、両腕に構えている。

エーリッヒは、なにか得物《えもの》を取り出そうというのか、楽器のケースに手をかけた。

「まだ……もう少しよ」

懐中時計越しに、ハーバル・ウエストは鋭い碧眼《へきがん》を、屍者に向けた。

「そろそろ……四分四十秒……」

その瞬間、屍者の動きが止まった。

四十体もの、歩く屍者の動きが、一斉に止まったのだ。

屍者の口元が、緩《ゆる》んだ。

と、突然、その口から、ゴボゴボッ、と音を立てて、濃緑色の液体が流れ出した。

瞼が閉じる――と、その瞬間。

屍者たちの身体が破裂した。次々に、ボボボボ

ボンと爆発音をたてて、濃緑色の肉汁となって飛び散った。

ウィルバーとエーリッヒは、緑の飛沫に頬《ほほ》を叩《たた》かれたが、後ろでは、

「……五分は、保《も》たなかった……。D試薬は、まだまだ、改良の余地《よち》があるわね」

ハーバル・ウエストが、静かにひとり頷いていた。

死屍累々《ししるいるい》たる倉庫内を見回す。

「使える部品《パーツ》は、持って帰りましょう」

「金は？」

「貴重な研究資金よ。支払い先がいなくなったんだもの。もちろん、持ちかえるわ」

「はい。ボス――いや、博士」

「そうだ。……忘れるところだった」

倉庫の片隅《かたすみ》に、まだ、一体、残っていた。

選別の時、取りわけておいた〈キレイな顔をした〉若い男だった。

「あいつは、どうして分けておいたので？」

「使えないもの」

ハーバルは答えた。「まだ、生きてる」

「なんですって？」

「ウィルバー、こいつも持ち帰って。なにか知ってない」

「と、いうと？」

「今度のこと――なにか、まだ裏があるかもしれないわ」

2

男は、目を醒ました。

瞼を開けると、自分を見おろしている異様な男たちに気がついた。

猛牛のように大きな顔の巨漢。

糸杉のように痩せた蓬髪の男。

そして、魔女のように鋭い碧眼の女。

「うわあ――」

悪夢に襲われたように、若い男は悲鳴をあげた。

「どこにも傷はない。やはり、気を失っていただけなのね」

女は言った。「あなたは、死にそうにないわ……残念ながら」

「ここは……いったい？」

「私の愛車」

女は言った。「V型八気筒。一九二八年型リンカーンの車内よ」

「まさか――」

若い男は起きあがった。硝子《がらす》の仕切りの向こうに、ハンドルを握る運転手が見えた。

「この世に、こんな大きな空間のある自動車が……。二八年型のリンカーンに、そんな……。まるで、馬車《セダン》のような……」

「エーリッヒはドイツ語で馬車《リムジン》と呼んでるし、ウィルバーは〈矩形の匣《オブロング・ボックス》〉（棺の意味）と呼んでる。特別あつらえで、私が作らせた改造車よ。どう？　未来的でしょ。……たっぷりと、死体を詰めこめるようにね」

「死体を。……そうだったのか」

男は言った。「貴女は、ハーバル・ウエストだね」

「あなたは、誰？」

「僕は、ロバート……」

男は言った。「……ロバート・ブレイク。元・新聞社勤めで……今は小説を」

「物書きの先生なの？　暗黒街に詳しいのはそういうわけね」

「取材の途中で、ギャングの抗争に巻き込まれたんです。もう少しで、死ぬところだった」

「それは、惜《お》しかったわ」

ハーバルは言った。「手引きしてくれたのは、ミスター・サビーニでしょ」

「どうして、それを？」

ロバートと名乗った青年は、目を剥いた。

「いくら、元・新聞記者でも、そう簡単に組織に潜《もぐ》り込めないわ。連中は、ミスター・サビーニが、始末人のくせに不始末をしでかした、と言った。彼は、なにかを探っていたんじゃないかしら。あなたを使って――」

「サビーニさんの真意はわかりません」

ロバートは言った。「でも――僕にとっては、大きなチャンスでした。はじめての世界大戦の前後を通して、この国の国民は、この巨大な都市の暗部でなにが行われているのか、何ひとつ知らない……。僕は、それを――」

バリバリバリと、銃声が響いた。

後部座席の防弾《ぼうだん》ガラスに、蜘蛛《くも》の巣のような傷を与えて、銃弾が突き刺さる。

「ちっ。メランザーネの残党か――」

と、ウィルバーが、いろめきたつ。

「それだけなら、いいけれど……」

ハーバルは考え込んでいた。「どちらにしても、つけまわされたら面倒ね」

と、エーリッヒの目を見る。

その合図だけで心得たとばかりに、長躯の男は、にやりと笑ったように見えた。

携えている黒いケースを開ける。そこから、一挺《ちょう》のヴィオール*が現れた。すっくと、糸杉のように痩せた身体を起こすと、同時に天井《ルーフ》の窓が開く。

そこから、黒い帽子を被った顔を覗かせたとたん、後方から追ってきた二台の車両から放たれた弾丸が、バリバリと飛来《ひらい》して、黒い帽子を吹き飛ばし、彼の肩まである長い髪を宙《ちゅう》に躍らせた。

それでも、エーリッヒは瞬《まばた》き一つしない。

ルーフの天窓から上半身を突き出し、ヴィオールをゆっくりと抱き寄せると、弓を弦に近寄せて、目を瞑《つむ》る。

後方の二台は、なおも機関銃を撃ち続ける。

しかし、エーリッヒはひるむことなく、弓で弦

＊バロック以前からある古い擦弦楽器。外観はヴァイオリン属に似て、弓で弾く。

で弾《はじ》いた。

その一瞬で――弾丸の軌道《きどう》が変わった。

「え？」

後部座席の窓から覗いていたロバートが、目を疑った。

弾丸が、まるで、彼を避《さ》けるように左右に曲がっていく。

「耳を塞《ふさ》ぐのよ」

ハーバルが、言った。「あのヴィオールを聞いちゃだめ」

「え？」

言われるままに、ロバートが耳を塞いでいる間、エーリッヒの鋭い目は、二台の車に照準を合わせていた。

弓を握った彼の手が、大きく動こうとした、その時――。

「やめて、エーリッヒ」

いきなり、ハーバルが邪魔《じゃま》をした。エーリッヒの脚《あし》をつかんで、引きずり降ろす。

ヴィオールをつかんだまま車内に引き込まれ、仰天《ぎょうてん》するエーリッヒに、

「状況が変わった。あれを」

追っ手の二台に、いつの間にか後ろから追いついてきたもう一台、が激しく車体をぶつけているところだった。

「なんだ、あの野郎？」

ウィルバーが目を剥いた。

「あいつだけは、敵に回したくないわ」

普通のフォードだが、屋根で回転灯が廻っている。なんと警察車両だ。

フロントグラスの中には、シェパードのような目つきの男が乗っている。

「ウォード警部か！」

ウィルバーが舌打ちをした。「あんにゃろう！親分――いや、博士をしつっこく嗅《か》ぎまわってる野郎だ」

「興奮しないで」

ハーバルが、たしなめている間に、マシンガンで追いかけてきた追っ手は、警察車両の追撃《ついげき》で、二台とも転倒し、喧嘩《けんか》に負けた亀《かめ》のように路肩《ろかた》で裏返っていた。

ウォード警部は、追いついてくる。隣につけて、声をかけてきた。

「タチの悪いのと競《せ》り合っていたな、ハーバル・ウエスト！」

「礼を言うわ。ウォードさん」

ハーバルが言った。「あなたには借りができた。いつか、返すわ」

「今、署で返して貰っても、いいんだぜ」

「それは、できない相談だわ」

スピードをあげて、振り切った。というのも、警察車両の背後から、またぞろ不穏《ふおん》な黒塗りの追っ手が追い上げてくるところを、ハーバルは見逃さなかったからである。ハーバルは、仕切りガラスの向こうの運転席に繋《つな》がるマイクの手元のスイッチを入れ、運転手の名を呼んだ。

「ピックマン！」

「お呼びで」

運転手の応える声が、スピーカーから聞こえる。

「うしろの連中に、ちょっと色づけしてくれない？」

「承知しました」

ピックマンと呼ばれた運転手が答えた。

「では、軽く淡い色を」

運転手が、運転席の何かのスイッチを入れた。

その瞬間、一九二八年型リンカーンの排気口付近のもうひとつのバルブから、派手なライトブルーの液体が噴出した。

「わっ、なんだこれは――」

それをまともにくらった警察車両のスピードが遅くなった。粘性《ねんせい》のある液体なのか、そのまま、道路に貼りついてしまう。いつしか道路には、ライトブルーのオブジェのように、金縛りになった車両が何台もへばりついていた。

「しかし、これじゃ、あいつらすぐに戻ってくるぜ」

「大丈夫。これは、時間稼ぎ」

ハーバルは言った。「ピックマン。例の手で」

数分後――。

小柄《こがら》な男は、描き終えた画を満足げに眺めた。

ピックマン画伯《がはく》、ここにあり……。

そう呟くや、運転手の帽子を被《かぶ》ると、足下の、ペンキの缶を集めて、足早にハーバルの一九二八年型リンカーンの運転席に戻る。

そのまま、リムジーンとも〈矩形の匣《オブロング・ボックス》〉とも呼ばれる長大な車体が走り出すと、しばらくして、ライトブルーに染まったフォードが追いかけてきた。

「くそっ。ハーバル・ウエストは何をたくらんでるんだ」

ウォード警部が唸っていた。「女医のくせに、暗黒街に出入りなんぞしやがって。今度こそ、尻尾をつかんでやる！」

ハイウェイの彼方。遙《はる》か前方に小さくなるハーバルの車。

その背後から、たった今、追い上げてきた二台の追っ手は、ウォードのフォードを追い越すと、ハーバルめがけて直進した――かに見えたのだが……。

かれらは、突然、なにかに激突した。

まるで見えない遮蔽板《しゃへいばん》に突撃していったかのように。

火の粉《こ》を浴びながら、ウォードは仰天した。

近づいてみて、いったいなにが起きたのかを把《は》握《あく》した。

真っ直ぐに伸びたハイウェイ。そして、その先を走るリンカーンの後ろ姿。

それらは、すべてビルの外壁《がいへき》に描かれた一点透《とう》視法《し》のであることに。

――これは騙し絵《トロンプ・ルイユ》ではないか……。

ウォード警部は、瞠目《どうもく》していた。

ビルの外壁に描かれていたのが、遠近法を駆使《くし》して描かれた本物そっくりの絵とも気づかず、追っ手は、尾行のスピードをあげたまま、壁に激突したのである。

壁に貼りついた二台のスクラップ車が、滑り落ちてきた。

「あいつは、噂通りの魔女か……」

警部は、茫然《ぼうぜん》と呟《つぶや》いた。「だが……いつか、俺の手で捕まえてやる！」

3

「どう、少しは落ち着いた？」

ガウンに着替えたハーバルは、籐椅子《とういす》に深く腰をおろしたロバート・ブレイクに呼びかける。「おなかもすいてるんじゃないの」

グウと腹の虫の音をさせたロバートが、

「いえ……あまりに良い匂いなんで」

そう。キッチンのあたりで芳《かんば》しい匂いがしている。

なんとウィルバーが、フライパンを扱っているのだ。

「あいつら、墓掘りとしての能力は最低だけど、それを補うものはもっているの。たとえば――ウィルバーのコックの腕」

なるほど……。

ロバートは思った。

音楽家めいたエーリッヒや、運転手ピックマンの画家としての能力のことだろうか。

「墓掘りとして最低――は、よけいですぜ」

巨漢が、巨大なフライパンを持ってきた。

なにやら、魚介らしきものが炒《いた》められていた。

「そのとおり……」

　地獄から聞こえるような声がしたので、ロバートは仰天した。エーリッヒだった。それまで押し黙った彼のことを、口が利《き》けないのかと思いこんでいた。エーリッヒは続けた。

「墓掘りとして最低――とは取り消して欲しい」

「最低よ。墓掘りときたら」

　ハーバルが言った。「あなたたち、きちんと使える死体を掘り起こせた、ためしがない。なかでも、一番、腹がたったのは、あれよ」

　隅を指さした。

　そこには、まるでインテリアででもあるかのように大きな棺が置いてあった。

「しかし――古美術品としての価値はありますよ」

　ピックマンが言った。「しかも……中に入っているやつには……」

「科学的価値はない」

　ハーバルがぴしゃりと言った。「特に、中に入っているやつは、迷信《めいしん》の極《きわ》みみたいなものじゃないか」

「ということは……」

　ロバートは興味を惹《ひ》かれたようだ。

「ミイラか……なにかですか」

　ロバートは近寄った。

　確かに古美術品ともいえる。大きな宝石の打ちつけられた蓋《ふた》が半分、開いている。

　いや……ミイラを覗く趣味はない。……だが、というか、目があってしまった。

　思わず覗き込んでしまったロバートは、見た――横たわっていたもの……今の今まで瞼を閉じていたものが、カッと見開いた目と。

「うわっ」

　と、のけぞったロバートの喉を、その手が鷲掴《わしづか》みにした。

　白い手袋をはめた手が……。

蓋を押し開け、一瞬のうちに、棺の中から起きあがって、直立したそいつは、夜会服のまま、青白い顔で、にやりと笑った。

「こいつが、ボクのディナーなのかな？」

「アレックス、そいつに手を出すな」

すでに、にやけた顔で笑った口は、無数の細かい牙《きば》を見せながら、大きく開かれていたのだが、ロバートの喉に噛《か》みつく寸前で、それをやめ、

「ふん。ハーバルの趣味にはついていけない」

すッと、もとのように棺におさまると、蓋までが宙を舞って、棺を塞いだ。

まるで、蛤《クラム》が舌をひっこめる素速さだった。

「い、いまのは――吸血鬼？」

おそるおそるロバートが聞いた。

「そんな非科学的なものがいたらの話」

ハーバルが言った。「うちの優秀な墓守《はかもり》が、トランシルバニアで掘り当てた棺に入っていたのよ。まったく、生きた死人なんて、死体蘇生者《そせい》にとっては、なんの役にもたたない代物よ」

「そんな……」

ロバートが言った。「本当に吸血鬼がいたのなら……たいへんな発見です。それこそ、稀少《きしょう》な存在だ」

「ハハハハ。この若造、なかなか目が利くようだねえ」

棺の中から声が響いた。「稀少のみならず高貴な存在と言って欲しいな」

「冗談じゃない」

ハーバルは言った。「非科学的な存在には、虫酸《むしず》が走るんだ。吸血鬼だの邪神だのというようなモンは……」

「しかし――」

ロバートは、くいさがった。「死体蘇生のためのヒントになりませんかね。たとえば……血を採取するとか」

「そいつはカンベン！」

吸血鬼は叫んだ。「ボクの血を採《と》る？　冗談じゃない」

「私だって、願い下げだよ」

ハーバルが叫んだ。「私が求めているのは、死者の完全なる復活。永遠の生命の謎を知ることだ……。そんな生きてるのか死んでるのかわからないアンデッドを殖《ふ》やすのが目的じゃないのよ！」

ハーバルは憤慨《ふんがい》した様子で、棺の上に十字架を置いた。

「え？　十字架は信じるんだ」

ロバートが小声で呟くと、ピックマンが吹き出しそうになった。

「とにかく、ディナーだけは、愉《たの》しみましょう」

ハーバルが、テーブルを囲んだ四人の男に言った。「そのあとは――実験があるのだから。重要な実験がね」

4

ハーバル・ウエストの実験室は、地下にあった。三角フラスコやビーカー。螺旋《らせん》状のガラス管式冷却器などの試薬の設備。

そして、手術台。

巨大な設備が音をたてているが、これは冷蔵庫のようであった。

ハーバルは、その一台から、本日、持ち帰ったばかりのなにか――黒いダンブクロに包まれた何かを取りだした。

すでに白衣に着替えた助手たち――ウィルバー、エーリッヒ、ピッグマンは慣れたものだったが、見学の栄誉を授《さず》かった客ロバート・ブレイクは、身体の震えが止まらなかった。

ハーバル・ウエストが、あの血臭漂う倉庫から持ち帰り、今日の実験に使用しようというのは、なんと――メランザーネ親分の生首《なまくび》だった。

「頸動脈《けいどうみゃく》を結索《けっさく》」

ハーバルが口頭で唱《とな》えながら、メスを握った。

禿頭のシチリア人の引き裂かれた頸の切断面に、いくつものチューブが繋がった。

「B試薬を使用」

チューブから血液のように、紫色の液体が、メランザーネ親分の頸動脈に流れ込む。

わずかな間に萎《しな》びていたメランザーネ親分の生首が、目元をピクピクさせて、目を開けたのである。

「メランザーネ親分！　お目覚めね」

ハーバルの声に、生首になったギャングは、片眼ばかりをひくつかせて、ハーバルを見た。

「きさま……俺を……生き返らせたのか……」

「それほど、長い時間はおひきとめしないけれどね」

ハーバルは言った。「ぜひとも、聞いておきたいことがあったから」

「なんだ」

「私たちを襲ったのは、誰？」

ピクピクッと目尻を動かして、メランザーネは笑った。

「そうか。やることが手早いな。……さすがは、M財団だ」

「M財団？」

「おまえたちの敵《かな》う相手じゃない……」

切断面までも、笑い声を漏らした。

「M財団は、先の大戦で、勝利はしたものの疲弊《ひへい》しきった合衆国の混乱の中から、急速に力をつけてきた巨大財閥《グレートファミリー》の暗黒面だ。デュポン、フォード、ロックフェラー……いや、それ以上に影の力を重視する、謎の多いエスタブリッシュメントさ。世界市場で、M資金の噂だけは流れているが、その全貌《ぜんぼう》は闇の中。だが……サビーニは、やつらの秘密を探《さぐ》ろうとした。そして……知りすぎた……」

「なんですって？」

「おまえたちもマークされたってわけだな。……この世界に、トバッチリはつきものさ……」

生首が、勝ち誇ったように笑いだした。

音楽的な笑い声に自分自身酔っているのか、メランザーネは、自分の禿頭から煙があがりはじめていることに気づかない。首の断面からも黒煙が洩《も》れだしている。歪《いびつ》な哄笑《こうしょう》のさなか、丸い頭は、風船のように破裂した。

ハーバルは、がっかりして、焼き茄子《なす》のような肉塊《にくかい》を見おろした。

「まだまだ、課題の多い試薬ね……脳の活性率は最も高いけれども、安定性がない」

その時、ノックの音がした。

ピックマンがドアを開けると、にやついた吸血鬼の声が、

「みなさん、実験どころじゃなさそうだよ」

「どういうこと？」

「囲まれてる」

覗き込んだアレックスの耳が、蝙蝠《こうもり》のそれのように、ヒクヒクと動いた。

「それも、かなりの数のようだ……」

ハーバルの碧い目が、燦《きら》めいた。

「受けて立とうじゃないの」

はっきりと笑みを浮かべた。「たっぷりと、新しい実験体が追加できるわ」

階上は、不気味なほど静かだった。

室内の照明は消されている。中庭の窓に、夜明け前の月光が降り注《そそ》いでいる。

柱の影で防御の姿勢を取りながら、ハーバルをはさむように立った二人の巨漢——ウィルバーとエーリッヒは、窓に、戸口に、鋭い視線を巡《めぐ》らせている。

「玄関先に十二人、中庭に十三人……」

目を瞑ったまま、アレックスが言った。「他にも、各窓を狙撃手が狙ってるよ」

吸血鬼は目を開けた。真っ赤に充血し、妙に嬉しそうだった。

「家具を傷つけたくないものね」

ハーバルが落ち着いた調子で言った。「でも、しかたがないわ。新鮮な実験体を殖やせるならば」

地下へ降りる階段に身を潜《ひそ》ませながら、ピックマンとロバートは目を凝《こ》らしている。

その視界の先で――。

音もなく窓が開いた。

敵たちが入ってくる。

ロバートは目を細めた。

影が蠢《うごめ》いているのかと思った。それは全身黒ずくめの、まさに「異形異類」と呼ぶべき奇怪な装束《しょうぞく》の集団だった。全員お仕着せの、軟式潜水服のような、ゴムのように黒光りする素材の衣服で身を包んでおり、動くたびにピチピチと耳障《ざわ》りな音を立てながら、蜥蜴《とかげ》の背中のように油膜《ゆまく》の色を光らせている。その顔は、大戦中のイギリス軍の防ガスマスク「ハイポヘルメット」を連想させるような黒い覆面《ふくめん》を被《かぶ》っていて、なにやら、黒い魚の頭《ず》蓋骨《がいこつ》のようにも見えるのだ。

すなわち、黒覆面の集団なのだが、奇怪な外観と、異様に統率のとれたその仕草《しぐさ》は、噂に聞く極東《きょくとう》の特殊部隊「ニンジャ」を彷彿《ほうふつ》させた。

そやつらが、銃を構えながら、ゆっくり近づいてくる――その一瞬。

なにかが閃《ひらめ》いた。

旋風《せんぷう》が空を斬《き》った。

電瞬――ウィルバーの両手には鋭い刃先のスコップが、エーリッヒの右手にはヴィオールの弓が、宙を紅《あか》く切り裂いたまま、止まっている。

まるで、優雅《ゆうが》な舞いの所作《しょさ》だ。

静寂の中で、黒づくめの敵たちが四人、声も立てずに薙《な》ぎ倒されていた。

四人の身体は、ロバートの前に投げ出された時には、八つに分かれていた。

おッ、と敵の驚きの声が響き、銃の構える音がした瞬間、ウィルバーのスコップが、旋回《せんかい》し、エーリッヒの弓がしなり声をあげた。

再び四人ほど倒れたところで、初めて銃声がした。

窓の外から銃撃だ。

だが、弾丸はハーバルにも、他の仲間にも当たらない。

ウィルバーの素速いスコップ捌《さば》きが、すべての弾丸を跳ね返しているのである。

――人間業《わざ》じゃない……。

ロバートは興奮して、それを眺めた。

――彼の腕は、本当に二本だけなのか……。

瞠目し、身を乗り出したロバートの前に、黒い影が降りた。

奇怪な「ハイポヘルメット」めいた顔がはっきりと見え、振り翳《かざ》したその手に、鋭いナイフが光っていた。

殺《や》られる!

麻痺《まひ》していた神経に、はじめて、恐怖を感じた刹那、敵の喉に白い手がかかるのが見えた。次の瞬間、敵の身体は天井《てんじょう》高く上昇した。破れるような悲鳴とともに、喉の渇《かわ》きを満たしながら吸血鬼が降りてきた。

「こいつを飲み干したら、君につきあってやるよ」

アレックスは、まだ痙攣の続いている暗殺者の喉の傷口に、唇《くちびる》を近寄せ、

「今夜は、なかなかの見物だぜ」

言うが早いか、唇をつけ、顎まで真紅《しんく》に塗らしながら、一気に飲み干した。

犠牲者は一瞬のうちに、黒いゴム人形のように萎《しぼ》んだ。

その合間に……。

ハーバルと二人の助手――兼墓掘り兼用心棒は、中庭に出ていく。

ウィルバーがにやりと笑って、両手のスコップ

を振りかざした。

「ここには家具はねえんだ。もう、俺たちは遠慮はしねえぜ」

言うが早いか、豪快に振りまわし、敵に向かって投げつけた。

凄まじい回転音とともに、六つの首が薙ぎ斬られた時には、翻したコートのなかから、巨大な砲身が二丁まろびでた。

――どうなってるんだ……。

ロバートは目を瞬《またた》いた。あのコートの中は……。

「別世界と繋がっている……」

心を読んだように、吸血鬼が答える。「フフフ……だとしたら、もう少しマシなものを出してみせてもいいのだけどね……」

なんと、大砲である。南北戦争で使われたダールグレン砲。それを二丁ライフルのように構えている。

「M財団の兵隊《ソルジャー》さん！」

ハーバルは、叫んだ。「なにを狙っているのか知らないけれど、私は逃げも隠れもしない！　あなたがたのボスに伝えることね。タダで実験体を供給してくれるなら、こういうのは大歓迎だって！」

機関銃部隊が、後退した。

流石に、ダールグレン砲相手では勝ち目がないと思ったのだろう。と、考えるのは甘かった。

入れ替わるように現れた兵士は、三人一組で巨大な砲身を構えていた。

「なんと。デイビス砲か？　世界大戦で使われた、史上初の無反動砲だ……」

アレックスが講釈した。「いや。こいつは、かなり改造されているな……。ミサイルでも仕込んでいるのかな……」

ずらりと巨大な砲身が並んだ。

発射口の焦点は、ハーバルに向けられた。

――あくまでも、僕らを抹殺《まっさつ》しようと言うんだな……。

ロバートは、あらためて寒気《さむけ》がした。武器のせいではない。彼らの無言の殺意に、おぞけだったのだ。

「怖がるのが、好きなのかい？」

ロバートの心を読んだようにアレックスが言った。「だがな、あんな奴らは怖がるに値しない。きみはまだまだ、本当の恐怖を、知るべきだ」

ロバートは驚いて、吸血鬼の顔を見た。

確かに、ハーバルたちは、無反動砲など怖れてはいなかった。

スッと、歩み出たのは、エーリッヒだった。

まるで、リサイタルの会場のように歩み出ると、暗殺者たちに向かって、一礼をして――優雅な所作で、ヴィオールを抱きかかえ、弓を構えた。

敵が、無反動砲を構える。

ウィルバーが、二丁の大砲を投げ捨てる。

敵が、無反動砲のトリガーを絞る。

ウィルバーが、そして、ハーバルが自分の耳に手をやる。

「耳を塞げ！」

吸血鬼の指示に、ロバートも従った。

弓が、弦に触れた。

そして――優雅な動作で、演奏をはじめた瞬間――黒装束の敵の姿が、ゆらめきだした。空間が、ゆっくりと歪《ゆが》み、渦を巻きはじめた。

黒装束の「ハイポヘルメット」の顔が、大きく口を開けた。歌を歌っているかのように見えた。

その口から、体内にあるものが残らず吹きだし、蜃気楼《しんきろう》のように溶け始め、黄昏《たそがれ》の雲のような色彩《しきさい》を放って、流れ出した。地上から上に向かって。

そのあまりの美しさが、ヴィオールの旋律《せんりつ》の美しさと同じだということに、ロバートは気がついていた。そして、思わず耳を押さえる手を緩め、あの曲に聴き惚《ほ》れたいと思う自分と闘っていた。

どれだけの時間が流れたのかわからない。我にかえった時には、すべてが終わっていた。中庭には、ぎらぎらした色彩の残滓の付着した彼らの黒装束の破片《はへん》が散らばっているばかりである。

「まったく、エーリッヒにヴィオールを弾かれた日には……。使える死体が残らないったらありゃしない」

ハーバルが文句を言った。

「やはり……」

ロバートは言った。「狙われていたのは、僕なんでしょうか」

「安心なさい」

ハーバル・ウエストは自信に満ちて言った。「もしも、あなたが殺されたとしても、その時は……。ウフフフ……私が、甦《よみがえ》らせてあげるんだから」

第二話　蒼い薔薇《ばら》の恋人

1

観覧車が、骸骨のような腕を廻している。

見世物《みせもの》小屋の呼び声は、ジェットコースターの轟音《ごうおん》に掻《か》き消される。

そんなコニーアイランドの一角にも、艶《あで》やかな夜はある。

裏路地《うらろじ》。

ネオンに彩《いろど》られた水たまりを、ヒールの高い靴が踏んだ。黒衣の女が真っ直ぐに進む先に、その館はあった。

――〔蒼肌亭《ペイル・スキン》〕――

古風なドアの前に立つなり、横から現れた背の高い黒人が、

「よお、ブロンドのお姫様。売り込みにきたのなら、お門《かど》違いだぜ。生きてる女にシゴトはねえんだ！　悪いことはいわねえ、他のまともな女郎屋にいきな――」

と一気にまくしたてたあと、黒帽子の下の青い目に気がついて、

「や！　こりゃ、失礼！　ウエストさんでしたか」

「商売繁盛《はんじょう》のようね」

「おかげさまで！　今、店主を呼んでまいりやす」

大慌てで引っ込むボーイの背中に、ハーバル・ウエストは苦笑した。

物憂《ものう》げなジャズの流れる店内に足を踏み入れる。

いつものように、強いポプリの匂いが鼻を突く。

他の匂いを紛《まぎ》らわせるためだが、あまり、効果はあがっていないようだ。

「これはこれは、ウエストさん！」

〔蒼肌亭〕主人が、肥《ふと》りすぎたチェシャ猫めいた顔を見せた。

「突然、お呼びだてしまして」

「急患《きゅうかん》だそうね」

「ええ……少しばかり……動きが悪くなりまして……」

桃色の洞窟《グロッタ》巡りの果てに、行き着いた小部屋に、一糸まとわぬ姿で〈患者〉は横たわっていた。

燃えるような赤毛のグラマラスな美女である。

瞳孔《どうこう》は完全に開いており、硬直がきついのか、口元が歪んでいる。

「昨日までは、なめらかに腰を振ってたんですが」

「なるほど」

ハーバルは黒いコートを脱いだ。

コートの中は、白衣である。

硬直した女に、顔を近寄せて、

「投与を忘れたの？」

「いえ……たぶん、うっかりと……」

ハーバルはかがみ込んで、肌の硬さを確かめたり、背中を裏返して、死斑《しはん》の様子を確認しながら、

「大丈夫。すぐに戻るわ」

鞄《かばん》から注射針を取りだした。

「ああ……よかった。イザベラの〈笛吹き《ブロー・ジョブ》〉は人気があるので……なんせ、息継《いきつ》ぎの必要がないものだから」

「客の好みに口出しはしないけれど」

ピンク色の溶液を女の頸動脈に注入しながら、ハーバルは言った。「コトの最中に、硬直が始まったら、たいへんだった。女の顎をペンチでこじあけるころには、お客さんのだいじなモノは失われることになる」

「はい。……今後は保守に気をつけます」

「保守用のL溶液は足りてる？　まさか、切りつめてインターバルを延ばしてしまったわけじゃないわよね」

「いえ……そんな」

蒼肌亭主人が、汗を拭《ふ》き拭き、見おろす前で、赤毛の女がヒクヒクと動き出した。

硬直し、ヒモノのように見えていた女が、突っ張らかしていた棒きれのような手足をアトランダムに動かしているうちに、乾いた目にも潤《うるお》いが満ちてきた。

「ほら。もう動くようになったわ」

女は、赤毛をふりみだして、起きあがった。

青ざめた唇をうごかすや、青い舌がぬるりと出ては、引っ込んだ。

「肌の青みまでは、どうにもならないけれどね」

ハーバルがそう言うと、

「いいんですよ。なんせ、うちは〔蒼肌亭〕」

「そうだったわね」

「うちの顧客は、そういう特別な嗜好《しこう》を持っているんですから」

確かに、死体愛好者《ネクロフィリア》専門の風俗営業店など、そう多くあるものではない。それも、動く死体というのだから、なおさらだ。

死体蘇生人としてのハーバル・ウエストの腕を求める依頼人は、最近、少しづつ殖えてきた。

もちろん、今も研究の途上にあるハーバルの蘇生薬開発は、理想の成果を提供するには、まだ先が長いのであるが、それでも用途に応じて、実験中の試薬である程度のビジネスがこなせるわけである。

たとえば、この屍姦専門の女郎屋〔蒼肌亭〕のように。

主人がさしだす札束を無造作《むぞうさ》に受け取るハーバルに、

「先生。今、お茶を淹《い》れますので」

「他に異常がなければ、おいとまするわ」

「まあ、そう仰《おっしゃ》らないで。ちょっと、面白いものをお目にかけたいのです」

「なんなの？」

「少しばかり、母屋《おもや》を改築しましてね」

肥りすぎのチェシャ猫は、紐《ひも》をひっぱった。

目の前のカーテンがするすると開き、視界に現れたものを見て、ハーバルは茫然《ぼうぜん》とした。

それは、一見、水族館にも見えた。

あまりにも妖《あや》しい水族館……といっても、ガラスの向こう側で、あられもない姿で絡《から》み合うものたちは、海底の頭足類などではない。

客とその女たちだ。巨大な水槽のように見えるガラス張りの壁の向こうは、なんと、それぞれの個室である。ハーバルたちのいるこの場所は、すべての客室を一望できるという一大スペクタクルの特等席なのである。

「これは――どうなっているの？」

「マジックミラーですよ。コニーアイランドの見世物小屋にもあるでしょう。客からは、私たちは見えません。しかし、こちらからは、つぶさに見て取れる」

「いささか趣味が悪いわね、ご亭主」

「これも治安維持のためです」

亭主が、にやりと笑った。「先生も御覧になりたいでしょう？　御自分が蘇生させてきた死美人たちの働きぶり……」

――確かに。

ハーバルも興味が湧《わ》いたことは確かだ。

冷たい死体の肌に、むしゃぶりつく男たち。

なんとも複雑な体位をとっている男と、首の骨が外れたまま、喘《あえ》ぎ続ける女。

人形のように瞳孔の開いた女の目を、吸おうとしている少年。

白い経帷子《シュラウド》の女を愛撫《あいぶ》する神父。

青い肢体《したい》を蠢かせる首無し女に夢中になっている男と、その股間《こかん》に陣取っている女の生首。

自分の腸を引っ張り出して、男の首を絞める女と、その男の悦《よろこ》びの声……。

「どうです？　いささか食傷《しょくしょう》ですかな？」

「別に」

「本当に変態《フルーツ》ばかりでしょうが」

「あんたに言われたくないでしょ」

「へへ。先生の白衣で思いついた。今度、うちの娘たちにも着せてみようかな」

「ご随意《ずいい》に。男性客の腹上死でもでたら、知らせて頂戴《ちょうだい》。引き取らせてもらうから」

帰りかけたハーバルの足が止まった。

ひとつの窓に釘《くぎ》付けになったのだ。

「ああ。あの客、また来ているのか……」

主人は言った。「あの娘にご執心《しゅうしん》だからねえ」

窓の中にいるのは、顔見知りだ。

あの浅黒い顔と精悍《せいかん》な目つきは他でもない——ニューヨーク市警本部のウォード警部だ。

「まったく、いつもあの娘を指名したが最後、朝まで、ああしてやがる」

ウォードが添《そ》い寝している女は、背中に青い薔《ば》薇《ら》の刺青がある。

覚えがあった。ハーバルがここで蘇生させた女で、保守点検も行っている女は、異常行動や数値に問題があったものほど、よく記憶しているものだ。彼女には、なんの問題もなかったが、その愁《うれ》いを含んだ表情が、妙に、ハーバルの記憶に残っていた。

——そういえば……。

両の乳房にも、あの蔓《つる》薔薇は、青く這っていた。

そして、左胸から背中まで——心臓を貫く銃創があったのだった。

今の女の表情は、はじめて見る。まるで、恋人の前で寛《くつろ》いでいるみたいだ。

女ばかりじゃない。あんな表情の警部は、はじめてだ。

「まったく、あの男。抱くわけでもなく、服を着たまま添い寝して、本を読んでやったり、じっと見つめあったり。ふん、あれも一種の変態《フルーツ》だよな」

「ふうん……」

ハーバルは、じっと刑事と女を見つめた。

「なかなか、面白いじゃない……」

2

剖検室《ぼうけん》の蛍光灯《けいこうとう》は、切れかけていた。

主任検死官は、バチバチと音をたてる蛍光灯を見あげ、舌打ちをすると、取りかかっていた遺体にリネンをかけた。身元不明。全ての歯を抜いた男の遺体。男娼《オカマ》であれば珍しいことではない、と検死官は思った。検死官は、男娼という職業をことのほか嫌悪《けんお》していた。ストレッチャーを押して、いくつもある冷蔵庫に入れた。

ロックをかけて、振り返った時、消えた蛍光灯の下に、黒い影があることに気がついた。

「いやだっ！　驚いたっ！」

主任検死官は、悲鳴をあげた。

「ハーバルじゃない！　ダメよ。ここに来たら」

「ごぶさたね。アーミテイジ」

黒い影――ハーバル・ウエストは呼びかけた。

「ずいぶん、お見限りじゃなくて」

「ちょっと――大きな声ださないでよ」

アーミテイジは、慌てふためいた。自分のほうが、よほど大きな声だった。「あなたをこの部屋にいれたと思われただけで、せっかく手に入れた主任検死官のポストはパーよ」

「ご出世なさったのね」

ハーバルは言った。「教授も鼻が高いでしょう。息子の出世は、なによりの長寿の薬だわ」

「なにしに来たの！」

アーミテイジは叫んだ。「いくらミスカトニックの同期だからって、ケジメってものがあるわ！　もう、あんたに手は貸さないんだから！　二度と遺体の横流しなんて」

「でも、やってるわよね」

ハーバルは、ぴしゃりと言った。

「コニーアイランドの〔蒼肌亭〕」

「なに……。し、知らないわ。あたしはただ、廃物処理業者に」

ハーバルは、一枚の写真を見せた。

鮮やかな蒼い薔薇。貫通銃創《かんつう》。

「こ、これは――」

アーミテイジは写真に見入った。眼鏡《めがね》を外して、ハンケチで汗を拭き、もう一度、写真に見入った。

「覚えがあるのね？」

アーミテイジは、ハーバルを睨みつけた。

そのまま、デスクに向かい大きな台帳をめくりはじめた。

「ローザ・デイビス」

主任検死官は言った。

「二月《ふたつき》前、運ばれてきた遺体。至近距離からの銃撃。その前後に、レイプの痕跡《こんせき》」

「前後？」

「両方ってこと。犯人は変態《フルーツ》ね」

「フルーツ・バスケットか、この街は」

ハーバルが吐き捨てた。「複数犯？　同一犯？」

「それが、同一犯なのよね」

アーミテイジは、言った。「弾丸もふるってる。銃創から銀の成分が出た」

「銀？」

「銀の弾丸ってこと」

アーミテイジは言った。「犯人は、そんなもので、ローザを撃ったってことよ……詳しくは、ここに」

ハーバルは、じっと台帳を見ていた。

そして、躊躇《ちゅうちょ》無く、そのページを破りとった。

「なにをするの！」

アーミテイジが金切《かなき》り声をあげた。

「少しお借りするだけよ」

ハーバルが言った。「お父上によろしくね」

蛍光灯が、バチバチとウィンクした。

主任検死官が顔をあげると、黒衣の旧友は消えていた。

3

「エッ……エッ……FBIッ⁉」

ブロンディ警部補は、仰天して、バッジを見せた男たちを見つめた。

二人とも、ダークスーツに身を包んでいる。

ひとりは陰気な長身の男。糸杉のように痩せていて、鷲鼻。髪は長髪。このエーリッヒと名乗る捜査官の、長い指を重ねているポーズは、一見、芸術家のようなシルエットにも見えるが、無言で視線を送る姿は、怖ろしい威圧感がある。

もう一人は、正反対な容姿だった。背の低い小太りの男で、童顔。社交的な印象がある。このピックマンと名乗る捜査官も、グリニッジヴィレッジあたりにたむろしている絵描きのようにも見えなくもないが、そのあどけない顔が、このバッジと見比べると、とらえどころのない不気味さにも感じるのだ。

「いったい――私に、どんなことを……」

ブロンディ警部補は、おそるおそる彼らに尋《たず》ねた。

誘い込まれた場所からして、彼にとっては非日常だった。

市警本部の近くにある古い集合住宅――その内部は、先の世界大戦で使われた軍の諜報室《ちょうほう》――そう思わせるほどの設備なのだ。おびただしい数の真空管が光を放つ通信機、大量の電話、わけのわからない巨大な機械と、その前に設《しつら》えられたデスク。

そこに座らされ、二人のダークスーツの男に見おろされて、ブロンディ警部補は、すっかり萎縮《いしゅく》していた。

「連邦警察による市警の監察業務……とお考えください」

童顔のピックマン捜査官が、物柔《やわ》らかに言った。

「ご協力いただけますね」

「イ――イエッサー！」

すっかり呑《の》まれてしまったブロンディ警部補が答えた。

「チャールズ・ウォード警部のことなのです」

ピックマン捜査官が言った。「よくご存じですよね」

「も、もちろん」

ブロンディ警部補が言った。「警察学校《ポリス・アカデミー》の同期ですから、彼のことは、よく。あんないい奴はいません」

「訊《き》かれたことだけに答えるように」

エーリッヒ捜査官が言った。地獄の底から聞こえるような声だ。

「イ――イエッサー……」

警部補は言った。「ウォード警部がどうかいたしましたか」

「ローザ・デイビス殺害事件は、彼の事件の管轄《かんかつ》ですか？」

「あ……いいえ」

「違うのですか」

「私たちは同じ管轄を受け持っています。ローザ・デイビスという被害者はおりません」

「この人物ですが……」

ピックマン捜査官が写真を見せる。

「あ」

警部補が叫んだ。「あのロージィか。なんてことだ。ロージィが殺害された？」

「ご存じなのですね、この娘」

「警邏課時代に補導した娘ですよ。万引きの常習犯だ。私とウォードで、よく面倒を見たものだ」

「面倒を？」

「根はいい子なんですよ。戦争で父親を亡くして、喰うために盗みをやりだしてね。悪い仲間ができたせいで、ひどい荒れようだった。あんな刺青まで入れるようになってね。でも――特に、チャールズ・ウォードのやつが親身になって話をきいてやってから、変わっていったんだ。更生《こうせい》したのは、俺たちが市警勤務になる直前です」

　ピックマンは、考えながら、

「ウォードとロージィは、どういう関係でした？」

「どういうとは？」

「……恋仲では」

「ちがう！」

　ブロンディは唸った。「ウォードは、そういう奴じゃない！　あんたら、ウォードを知らないから、そういう誤解をするんだ！」

　その剣幕《けんまく》に、ピックマンのみならずエーリッヒまでが、呑まれたように、若い刑事を見た。

「……そうなんですか？」

「あいつは、昔、妹を亡くした。ロージィには、どことなくその面影がある。そんなふうに言っていた。あいつは、色恋沙汰《いろこいざた》じゃない。本当に親身《しんみ》になっていたんだ」


　二人の「捜査官」は、ブロンディの「供述《きょうじゅつ》」を熱心に訊いていたが、

「最後に訊きますが――」

　ピックマン捜査官が言った。

「銀の弾丸……」

「え？　なんですって？」

「銀の弾丸について訊いたことは？」

「まさか……」

　ブロンディ警部補が、驚いたように顔をあげた。

「ジラ・シルバーブリット！　そうか、あんたらFBIが追ってるのは、あいつなんですね」

　警部補が、すがるような目で聞き返したので、ピックマンとエーリッヒは顔を見合わせることになった。

「それについては……捜査の秘密は漏らすことが出来ないのだが……」

　ピックマンが曖昧《あいまい》にごまかしながら、「そちらで掴んでいることを教えていただけますか」

「掴んでるも何も……街で知られている以上のことはわかりませんよ」

警部補は言った。「ジラ・シルバーブリットは……いわば……悪の立志伝中《りっしでんちゅう》の人物。愚連隊《ぐれんたい》のリーダーです。まだ若いのに——しかも、どこの組織にも属していない、いわばアマチュア・ギャングの出身なのに、みるみる勢力をのしてきて、たちまちブロンクスの麻薬ルートの三分の二は手に入れたっていう——」

警部補は唸った。「ジラ・シルバーブリットの名の通り、殺しで、純銀の弾丸を使うという噂だけはあるのだけど、素性《すじょう》もわからない。顔も、ごく最近まではわからなかった。確か、インディペンデント通信NY支局のシオドマークという記者が、独占インタビューをするまでは。しかし、すぐに新聞は買い占《し》められた。まあ、どういう圧力か、われわれも、あまり、やつと関わり合いにはならなかった。だが——」

警部補は、不意になにかを思い出したようだった。

「そういえば……チャールズ・ウォードが、やつのことを調べていたことがあったな……。管轄もちがうのに、ずいぶん、熱心だった。結局、なにひとつ尻尾を掴めなかったようだが……それってまさか」

ブロンディ警部補が、勢い込んで訊いた。

「ロージイの死と関係があるのか？　まさか、ロージイを殺ったのは、ジラ・シルバーブリットだってんじゃ——」

「これで審問は終わります」

エーリッヒが、重々しく言った。「今日のことはけっして、外に漏らさぬよう」

「……え」

「特に——チャールズ・ウォード警部の耳にははいれぬように。われわれのことも、審問のことも」

エーリッヒの昏い目が鋭くなった。「よろしいですね」

ブロンディ警部補は、冷たい汗を流しながら言った。「――イェッサー……！」


警部補がよろよろと出ていったあと、ピックマンとエーリッヒは、やれやれと言うように一斉にネクタイを緩めて、シャツのボタンをあけた。

エーリッヒは、電話のダイヤルを回した。

「はい……そうです。必要なことはわかりました。それでは、撤収《てっしゅう》します、ボス」

電話を切りかけて、慌てた様子で受話器を握った。「……いえ、博士」

その間にも、ピックマンは、部屋の撤収に務《つと》めていた。

部屋の外から引き入れたホースを壁に向けて、放水したのだ。

強い水圧が、ピックマン画伯によって壁に描かれた軍の諜報室らしき内装――おびただしい数の真空管や、通信機、大量の電話、わけのわからない巨大な機械などを、みるみるうちに溶けて流れる絵の具の濁流《だくりゅう》に変えていた。

4

「ほう？　あなたが、俺の記事を？」

インデペンデント通信社ＮＹ支局を見おろす高級ホテルの最上階〔オーキッド・バー〕のテーブル席で、白髪《しらが》の交じった男はグラスを傾《かたむ》けながら、疑《うたぐ》り深そうな目で、ニューヨークタイムズ本社管理局を名乗る若い男を見た。「それはそれは光栄ですな……ミスター・ロバート……」

「ブレイクです」

若い男は答えた。「わが社では、危険を顧《かえり》みず革新的な記事を載《の》せる記者について、常に門下を開いているのですよ、シオドマークさん」

「すると、私を……ニューヨークタイムズに引き抜こうと？」

シオドマークは一瞬だけ鼻の下を伸ばしたように、ロバート・ブレイクには見えた。――すごい。ハーバル・ウエスト博士の言ったとおりだ！

「もちろん、それにつきましては、例の記事について詳細を確認する必要があるのですが」

「なんでしょう？　話せることなら、なんなりと」

「まず……ジラ・シルバーブリットの独占記事の経緯《けいい》を……」

「向こうからの売り込みですよ」

シオドマークはすらすらと答えた。「土地開発の合法事業を喧伝《けんでん》すると同時に……旧来からの裏社会のさまざまな序列に対して、明確に反旗《はんき》を翻したかったのでしょうね」

「それにしても……ずいぶん、勇気のいることでしょうね」

ロバートは言った。「なにせ……かなりの顔役なんでしょう」

「そこは、根っからの記者魂《だましい》というやつでね」

シオドマークは得意げに言った。「会見場所も、やつの根城《ねじろ》。サウスブロンクスの六六番地だった」

ロバートは瞬きした。それは貴重な情報だ。質問を続けた。

「どんな奴でした？」

シオドマークは怪訝《けげん》な顔をした。「記事を読んでいないのか？」

「まさか――」

ロバートは慌てた。「もちろん、読んでます。つまり……記事以外の実際にその目で見た印象ですよ」

「なるほど」

シオドマークは納得したようだった。「確かに、奴は怖ろしい迫力だった。並のやくざや愚連隊とは格が違う。記事には、向こうの希望で、六フィート六インチなどと書いたが、実際は、七フィートはあったように感じた」

「なるほど……」

「しかも、あの写真とちがって、よく彼は笑ったよ。もっとも、すべての歯を銀歯にしているのだから、笑うと迫力が違う。笑顔が威嚇《いかく》になるんだ。だから、やつは、新聞写真では笑わなかったのだ。もっとも、銀歯のことを知らない奴はいないが……」

「そうですか」

会見は、ロバート・ブレイクにとって、実りあるものだった。

――これで、ハーバル博士に誉《ほ》めてもらえるかな。

エレベーターに乗り込んだ時、

「なにが狙いだ」

背中に冷たいものが押し付けられた。「ニューヨークタイムズなんてのは嘘だな」

「い、いえ……シオドマークさん、私は……」

「新聞社にいたらしいが、詰めが甘いな。なにを嗅ぎ廻っている？」

背中は、火箸《ひばし》をつきつけられているような感触《かんしょく》だ。撃たれたのか――そんな錯覚さえ感じる。いや錯覚《さっかく》どころか、それは未来予知の感覚ではないか……などという異様な気分が走った。まだ死ねない。自分には、書くべき原稿がある……。自分の小説は、師匠《ししょう》からの手紙で誉めてもらったばかりではなかったか……。

「急におとなしくなったな。偽ニューヨークタイムズさん」

シオドマークの声で我に還った。

「ジラ・シルバーブリットを掘り起こして、どうするつもりだったんだ」

「銀の弾丸」

ブレイクは言った。

「なんだと？」

「なぜ、銀の弾丸を使うのか。そんなことは、記事に載っていなかったぞ」

「ほう……記事を読んだのは、本当だったのか」

シオドマークは言った。

「なら、教えてやろう。この鉛の弾丸を使う前にな」

「ああ」

脳裏《のうり》に、師匠の言葉が響いた。——恐怖こそが、真実を得る最大の機会だ。

「教えてから、撃てばいい」

「ふん」

シオドマークが言った。「月の力を奪えるからだそうだ。なんだかよくわからないが、つきあっていた女から聞いたらしい」

「薔薇の刺青の女か？」

「なんと」

シオドマークが嗤った。「そこまで知ってるなら、世話は無いな。あの女は、奴の運の源《みなもと》だった。だから、でかい取引もできるようになったのだろうよ」

「でかい取引……。裏社会の合法事業を記事にすることで、事業に関わったいくつもの企業や政治家に圧力を与えることができる。あんたは、最初からジラとグルなんだな。でなければ、僕を銃で脅したりはしない。記者魂が聞いてあきれるぞ」

エレベーターが一階に着いた。

「外にいい場所を知っている。ひとりで死ぬにはいい場所をな」

ドアが開いた。

何人もの客がいる。

だが、ぴったり背後にいるシオドマークを避けることはできない。

ハーバルや、彼女の仲間たちを目で探した。

一台の車が近づいたが、ハーバルのリンカーンではない。

もう、ダメだろうか。

と思った次の瞬間——凄《すさ》まじい銃声が聞こえて、

ロバートは投げ出された。

その視覚野に、赤い奔流《ほんりゅう》を噴きだして倒れるシオドマークと、突っ込んでくる猟犬のエンブレム――ハーバルのリンカーン〈矩形の匣《オブロング・ボックス》〉が見えた。

走り寄る跫音《あしおと》。

「気をつけろ！　敵はまだいる！」

ウィルバーの巨体だ。

「あの車が撃ったんだ。狙いは、シオドマークか……あるいは、おまえか」

「そんな！」

〈矩形の匣《オブロング・ボックス》〉のドアが開き、ロバートは飛び込んだ。そのまま走り出す。

「もったいないことをしたもんだわ」

ハーバル・ウエストが路上に目を馳《は》せた。「新鮮な死体を転《ころ》がしたままにするなんて……」

血まみれのシオドマークが遠ざかる。

5

無数の野獣の目が、サウスブロンクスにぎらついていた。

彼らの目を惹くに充分な、七フィートを軽く超える巨体が、ゆったりと歩いている。

ウィルバーは、自分の役割を愉しんでいた。

喧嘩を売りに来た余所者《よそもの》。この街の《神》への挑戦者。

派手な服を着て、武装した野獣たちの縄張り意識が、敵意の視線が、そして、なによりこの路上の空気が、ウィルバーの肌に合っていた。

――さあ、いつ愉しませてくれるんだ。

じれったくすら思った時だった。

不意に、後頭部に鉄パイプが振り下ろされた。

続いて、鎖骨《さこつ》に、肩胛骨に、足下までも、容赦《ようしゃ》ない鉄パイプの襲撃。

崩《くず》れるようにその場に踞《うずくま》るウィルバーに、

「見かけ倒しだったな。確かに、この野郎が？」、

「ジラ様を探し出して、喧嘩を挑もうとはな」

ウィルバーの背中が、ヒクヒクと動いた。

笑いを堪《こら》えるのに、苦労していたのだ。

——やれやれ、やっと、おでましか……。

ウィルバーは、一瞬、屈《かが》めた身体から、大きく伸びをして、コートを翻し、振り返った。巨大なスコップのひと振りで、愚連隊《ぐれんたい》の先兵が将棋《しょうぎ》倒しになった。

ウィルバーは、立ち上がり、そのなかのボスと思《おぼ》しき巨漢の両のこめかみを、片手だけで鷲掴みにした。

「おまえらの《神》はどこだ？」

力を入れた。

悲鳴をあげる男の首にぶら下がるペンダントが銀色に光った。


「なんですって？　ウィルバー！　それは——本当のこと？」

報告を受けたハーバルの声が、本当に意外そうだった。

電話口から洩れてくる溜《た》め息に、ウィルバーも面食らっていた。

「そりゃあ、確かですぜ。ひとりひとり……潰《つぶ》していったんで」

ウィルバーは、血まみれの拳《こぶし》を拡《ひろ》げた。

「辿《たど》り着くまで……えれえ手間《てま》取りましたがね……」

そこには、血に塗れた何十ものペンダントや指輪が、銀の燦めきを放っていた。

6

観覧車の、骸骨のような腕は凍《こお》りついたように

止まっている。

見世物小屋も寝静まり、倒れ伏した翼手竜《よくしゅりゅう》のような天幕の上では、ジェットコースターのレールが、骨だけの恐竜のように押し黙っている。

コニーアイランドの夜明け前……。

月下に長い影を引きずって、ただひとり、コートの衿《えり》を立てて歩いてきた男の前に、黒いリンカーンが横切って、停まった。

「俺を呼びだすとは、いい度胸《どきょう》だな。ハーバル・ウエスト」

男は――ウォード警部は、銃口のような目を、車から降りた女に向けた。

「手紙に書いたとおりよ」

ハーバルが言った。「準備はできてるわよね」

「ロージィを撃った犯人を渡すだと?」

ウォードは声を低めた。「そんなことを、おまえが……」

「あなたへの借りを返すのよ。そう約束したでしょ」

「無理だ。いくら、なんでも、あいつを……あいつを」

「ジラ・シルバーブリット。……確かに、引き渡すわ」

後方のドアが開いた。

ウィルバーとエーリッヒが、ふたりがかりで激しく動く黒い袋を引きずり出し、ウォード警部の前に転がした。

袋が開き、鎖《くさり》に繋がれたそいつが現れた。

確かに七フィートはあるだろう。

ケダモノに見えた。目を爛々と輝かせ、顔半分を覆った口輪を、いまにも咬《か》み破りそうだった。

鎖が筋肉に食い込んでも、いっこうにひるんでいるようには見えなかった。すでに、誰と戦おうとしているのか、即座に察した。そのぎらついた目は、ウォード警部に標準を合わせていた。

「警察官らしく、逮捕してもいいのよ」

ハーバルは言った。「あるいは――一個人として、ロージィの仇《かたき》を討《う》っても」

ウォードの眉が、ぴくりと動いた。

「本当に……ジラ・シルバーブリットなのか」

ゆっくりと銃を取りだし、暴漢に向けた。

「感謝するぜ、ハーバル・ウエスト」

ウォードが言った。「見つけ出してくれたとはな」

「借りは返すといったでしょう」

「なるほど、おまえなりのやり方だ」

ウォードが言った。「死体を見つけて、甦らせるとは……」

一瞬の沈黙があった。

「あら、ばれてたの」

ハーバルが悪びれずに言った。

復讐に燃えた鬼警部でも、見つけられなかったわけだ。

ジラ・シルバーブリットはモルグにいた。

それも灯台もと暗し――市警監察局・主任検死官アーミテイジの管理する冷蔵庫にあったのだ。

「歯が全部抜いてあるから、てっきり男娼《だんしょう》だと思ったのよ。――もう、何カ月も凍らしてある。そうよ。あんたがこないだ来た時も、いたのよ」

死体はサウスブロンクスの路上で発見された。仲間割れなのか、なにか口封じなのかはわからないが、何者かに惨殺《ざんさつ》されていた。しかし、凄まじいのは、それからだった。子分たちは、よってたかってその死体から、銀歯を抜いた。

「金銭目的……というより、形見分けだったのかもしれねえです。《神》の徴《しるし》が欲しかったんじゃねえかと……」

と、調査に当たったウィルバーが言っていたが、ハーバルが検死官から引き取った死体は、ひどいありさまで凍りついていた。

それでも――死体蘇生人である彼女の「処置」は効を奏《そう》した。

知的活動は半減していても、実験体としてのジラは、想像を超える蘇生ぶりをしめした。この荒ぶるケダモノのような姿で。

「相手にとって、不足はないでしょう。多少、おつむは弱くなってるかも知れないけれど」

「こんなものさ。もともと、フールなグール野郎だ」

「それに……この新しい試薬のせいで、すこしばかり強くなっているかも……」

次の瞬間、鎖が千切れ飛んだ。

すさまじい雄叫《おたけ》びとともに、ケダモノが跳躍《ちょうやく》した。

彼らを振り切って、駆け上がったのは、ジェットコースターのレールだ。

その俊敏《しゅんびん》さに目を瞑《みは》ったハーバルだったが、それ以上に驚いたのは、ウォードの行動だった。

「逃がすものか！」

ウォードが、ケダモノのあとを追ってコースター・レールに飛び乗り、鉄の線路を駆け登りはじめたのだ。足場の危《あや》うさも、地表からの高さもものともせぬ、その執念は、尋常ならざるものに映った。

「ロージィの仇……」

ウォードもまた、一匹の獣と化したかのようだった。その瞬間、復讐の鬼神が乗り移っていたのかもしれない。

だが——コースター・レールの頂上まで登った時、真の悪魔が牙を剥いた。

待ち伏せしていたジラが跳びかかる。組み敷《し》かれたウォードは、はっきりと、血に飢えた屍者の顔を見た。

乾いた白目は赤い瑪瑙《めのう》のように濁《にご》り、それでいて、燐光《りんこう》めいた輝きでぎらついている。

顔が裂けたように開く顎《あぎと》の中を見て、ぞっとした。

歯が生《は》えだしている。

抜かれたはずの歯が、変色した歯茎《はぐき》の間から伸びてくる。

牙だ。牙が生えてきているのだ。

その瞬間――ウォードは、シャツの前を開けた。

まるで、自分を咬んでくれといわんばかりに。

だが、ケダモノは動きが止まった。

まるで、なにかを怖れるように。

理由はウォードの胸元にあった。そこには、蒼い薔薇の刺青があったのだ。

――感謝するぜ、ハーバル。

そのケダモノの口内に、銃を突っ込んだ。引き金を弾く。

凄まじい花火の音とともに、ケダモノの身体が落ちてくる。

すでに頭部は、破損《はそん》していた。

「おかげで、仇をうつことができた」

ハーバルたちが死体を見おろすところに、ウォードが降りてくる。「二度もな」

「二度？」

ハーバルは目を丸くした。「まさか――」

「そうだ。六六番地でジラ・シルバーブリットを殺したのは、この俺なんだ」

一瞬の沈黙があった。

「やつは死ぬ前に白状《はくじょう》した。ロージィを殺させた奴のことを」

「彼は……そいつに頼まれた？」

「奴はロージィを、有力者たちに近寄るために利用した。自分の女を餌《えさ》にしたんだ。だが、彼女は、その中のひとりから、聞いてはいけないことを聞いてしまったんだ。彼女はそのために抹殺された。しかも、その実行犯はジラ。有力者におもねるために自分の女を殺したあいつは、何度殺しても飽き足らない鬼畜だが、その鬼畜を道具に使ったやつもいたわけだ」

「その黒幕って、誰？」

「奴も詳しくは聞かされていない。とある財団の理事だそうだ」

「財団？」

ハーバルの脳裏に、例のシチリア人の生首が喋《しゃべ》った言葉が浮かびあがった。

――M財団だ。やつらは陰から、この街を――

「とにかく、お前には感謝する」

ウォードが言った。「だが――この間の貸しを返してもらったにすぎないからな」

第三話　眠れる深淵の少年

1

「お願いです。うちのせがれを甦らせてくださされ……」

依頼人の声は、霊廟《れいびょう》に流れる詠唱《えいしょう》のように、高い天井に反響した。

ハーバル・ウエストは、目の前に跪《ひざまず》いて懇願《こんがん》する依頼人の顔から、巨大な大理石の暖炉《だんろ》の前に、さながら美術館の展示品のように安置された棺へと目を移した。

噂通り家具職人チッペンデールに作らせた棺だろう。

さすがは、ロングアイランドでも屈指《くっし》の邸宅《ていたく》に住む大富豪《だいふごう》。

城館《じょうかん》と呼ぶべき豪壮華麗《ごうそうかれい》な屋敷《やしき》の大広間は、かつては幾夜も舞踏会を催《もよお》したこともある筈《はず》だろうが、今は煌《きら》びやかに飾られたロココ調の陶器も、中世戦士の甲冑《かっちゅう》も武器も、この応接にあるものことごとくが、蝕《むしば》まれた剥製《はくせい》のように沈黙している。

「どうか……私のチェルシーを……」

依頼人は、懇願した。

その背後には、薔薇窓のステンドグラス。

黒い縁《ふち》取りには、巻き貝や魚らしき海の生き物の具象画《ぐしょうが》とともに、花文字で綴《つづ》られた赤い文字が——M。

「Mの紋章？」

届いたばかりの依頼状の、赤い蝋封《ろうふう》に押印《おういん》された花文字を見て、不信げに眉《まゆ》をしかめたのは、ウィルバーだった。「やめておいたほうがいいですぜ、ボス」

大男は、慌ててつけたした。「……いや、博士」

「罠だ……」

無口なエーリッヒも目を鋭くした。「ついに、向こうから手を伸ばしてきた」

「え？　どうして、罠だなんて？」

まだ飲み込めないらしく、ロバート・ブレイクが首を捻《ひね》った。「ウエスト博士の腕を見込んで、死体蘇生の依頼なんでしょう？　どうして、それが危険なんですか？」

「元新聞記者のくせに、勘が利《き》かねえのか、坊や」

ウィルバーが言った。「依頼人の頭文字はＭ。……ここのところ、俺たちに牙を剥いてきた正体不明の連中の手掛かりは」

「Ｍ財団……。あ、そうか！」

ロバートが今頃になって、指を鳴らした。「しかし……そんなことって？　本当に罠を仕掛けるのならば、わざわざＭの字は使わないでしょう。別の頭文字を使って、騙《だま》し討ちにするんじゃないでしょうか。それを、わざわざ名乗るなんて」

「私も、そう思う」

ハーバル・ウエストは言った。「相手がよほどの自信家なら別だけれどね。まあ、そんなに慢心《まんしん》した奴らなら、罠と知ってのりこんでいくのも悪くはない。いずれにしても――こいつは、いい金になるわ」

「しかし――」

「それにねえ」

ハーバル・ウエストは、手紙をしげしげと見ながら、「どうも、見覚えがあるようね……この家名……」

と、その瞬間――青白くて長い指が、手紙の便《びん》箋《せん》をひったくった。

「フゥム、この手紙だが……」

「アレックス！　返しなさいよ！」

「呪《のろ》いの匂いがする」

吸血鬼は、青い指でひったくった便箋をしげしげと鑑賞する。

「とはいえ……こいつは、君たちが考えるほど、危険な相手じゃなさそうだね」

「ただし」

「視《み》えるのね、アレックス」

吸血鬼は、女死体蘇生人の顔を見た。「この依頼は、君の手に負えないかも知れないね、ハーバル」

「え？」

「今回の死体には、君の蘇生技術も歯が立たないかもしれない」

「なんですって？」

ハーバル・ウエストは、眉をつりあげた。

「冗談じゃないわ。非科学的な存在のくせに、あんたなんかに、私の技術のなにがわかるというのよ！」

「おやおや、また怒ったのかね、科学者くん」

「あんたの意見なんか聞かないわ」

ハーバル・ウエストは、かんかんに怒っていた。

「この依頼は、ゼッタイ、引き受けるから！　ピックマン、車の準備！」

そして、今……。

ハーバル・ウエストは、ゆっくりと、棺のそばに近寄った。

「どうか……見てやってください」

依頼者は声を絞《しぼ》り出した。

「せがれを……チェルシーを……」

棺の傍《かたわ》らには、大きな画布《がふ》が立てかけてある。

描かれている油絵は――青衣を身につけた少年の肖像画《しょうぞうが》である。

肩までの金髪を左右対称に分けて、少女と見まがうような細面《ほそおもて》の少年であった。

生前のチェルシーであろう。

そして、現在のチェルシーが横たわる、蓋の開いた棺の中を、ひと目覗いた瞬間に――ハーバル・ウエストの血の気が引いた。

死体は、およそ人間の姿をしていなかった。

いや、死体にすら見えない。それは、灰褐色《はいかっしょく》の増殖物《ぞうしょくぶつ》――フジツボや貝蟲類《かいむし》のような石灰質《せっかい》の殻《から》が全身に群生《ぐんせい》したなにものかで、蔓のようにはびこる粘液《ねんえき》にまみれて、魚の化石にも似た灰色の頭蓋が、顎らしきものを開いている。棺の内部は、藻《も》とも粘液ともいえぬ薄緑色のものに満たされて、奇怪な死骸は、そのなかに沈んでいた。

「インスマス硬殻症《こうかく》！」

ハーバル・ウエストは叫んだ。「これまでに三例……ミスカトニック大医学部の標本室と、イプスウィッチとニューベリーポートそれぞれの臨床研修で……お目にかかったことがあるけれど……」

ハーバルは、眼を見開いた。「本来、インスマス出身の高齢者に限って発症例のある疾患《しっかん》のはず。だとすると……これは、かなり珍しい若年性《じゃくねん》！」

「はい。一族でも、この若さのものには、はじめてで……」

依頼者は言った。「あっと言う間でした。身体に白い膜《まく》がはって、目が濁ったと思ったら……みるみる、この殻が拡がって……」

「そういうことだったのね」

ハーバル・ウエストは、あらためて、ステンドグラスの紋章を見あげた。

「Mの頭文字……マーシュ家。……道理で、見覚えがあったわけだわ。あのインスマスのマーシュ家」

「そうなのです」

依頼人――ガブリエル・マーシュを名乗る初老の男は語気を強めた。「呪いは、わが一族の誇りでもあるのですが……」

棺を眺めながら、続けた。

「せがれチェルシーは、新天地におけるマーシュ一族、希望の星でした。本家の統治《とうち》する血族の故郷から、ここロングアイランドに移り住み、財をなした我々の祖先からの夢。……それが、このようなことに……」

「こいつは、やっかいね……」

ハーバルは唸った。「そもそも、この病理的な原因がわかっていないし……普通の死体を蘇生させるのとは、わけがちがう！」

「しかし——博士は臨床例を知っていると……」

「確かに……ニューベリーポートで、蘇生試薬を試したことがあった」

ハーバルは言った。「蘇生と同時に、この疾病《しっぺい》の影響は消えた。灰褐色の増殖物も粘液も消え、実験体……いや、被験者は、元の顔に戻った」

「では、成功したと」

「いいえ……」

ハーバルは言った。「半日もたたぬうちに、被験者は死んだ。再び、症状が現れて、二度目の死が訪《おとず》れた」

「なんと」

依頼者は目を見開いた。

「それでは、不可能なのか……。あなたの技術をもってしても……」

ハーバルは唇を噛み締めた。

脳裏に、あの気障《きざ》な吸血鬼アレックスの声が浮かびあがった。

（この依頼は、君の手に負えないかも知れないね……今回の死体には、君の蘇生技術も歯が立たないかもしれない……）

「冗談じゃないわ！」

ハーバル・ウエストは、拳《こぶし》を握りしめた。「あの非科学的な存在め！」

依頼者は、顔をあげた。

「えっ？　なんですって？」

「やらせてもらいましょう」

「それじゃ、ウエスト博士！」

ハーバルは、頷いた。

そして、黒衣を脱いだ。

「ただちに、死体蘇生施術開始！」

白衣のハーバルが語気を強めた。

2

執事《しつじ》は目を剥いた。

大広間に、小柄なひとりの助手が、次々と大きな装置を運び込む。

車寄せに停められた、異様に長大な黒塗り車両——車体改造二八年型リンカーンの後部に詰め込まれた実験器具一式と簡易外科手術用ワゴン、さらには交流型電流発射装置など、蘇生施術に必要な設備である。

ハーバルは、棺に、二種のチューブを入れ、装置のスイッチを入れた。

合掌《がっしょう》し、神に祈っていたマーシュ氏が、ふと目を開けた。

そして、水槽と化した棺の中——石灰の繭《まゆ》にも似たチェルシーの遺骸《いがい》から、ふつふつと泡《あわ》が立ち始めたのを見た。

二種のチューブを流れる液体の流れが速くなりだし、沸《わ》き立つ泡の数も目に見えて殖えてくる。

「……こ、これは……」

端正な顔に汗をうかべてマーシュ氏が、ハーバル・ウエストを見る。ハーバルの顔には強い緊張が刻《きざ》まれたままだ。

マーシュ氏が、今一度、棺の中を覗いた瞬間だった。

手が動いた。——フジツボめいた石灰に覆われて、鰐《わに》のそれのように変わり果てたチェルシーの手が蠢いたかと思うと、まるで、電流が流れたかのように、五本の指をピンと伸ばした。

「動いてる!」

マーシュ氏が、叫んだ。「チェルシーが、動いてる!」

棺が、沸騰《ふっとう》した。

たちのぼる蒸気と、煮え滾《たぎ》る泡とともに、棺から濁流《だくりゅう》が溢《あふ》れ出した。

どろどろと溢れる粘液とともに、おびただしい石灰の砕けた破片が、美しい絨毯《じゅうたん》の上に流れ出す。

「こ――これは……」

奇怪な塊――殻に覆われた化石のようなチェルシーの身体が、めりめりと毀《こわ》れた。

そのなかから、櫻色《さくらいろ》の嬰児《えいじ》のような肌が見えた。金髪の少年が、奇怪な繭を破って、現れた。

そして、その瞼が開いた。

「チェルシーが！」

マーシュ氏の声に、ハーバルも身を乗り出した。

「息をしている！　生きてる！　生き返った！」

少年の胸が波打つのを見て、ハーバルの顔に微笑みが浮かぶ。だが――すぐに、その目は、鋭く、険《けわ》しいものになった。

「油断しないで！」

ハーバルは叫んだ、「ここからが、大事なのよ」

少年を、ベッドに移す。

脱皮したばかりの蛇《へび》のように、少年の肌はつややかだった。

文字通り「死」からの脱皮だったのだ。

少年は、目を見開いて、大きく息をしている。

その目に視力が戻っているのかどうか、ハーバルは検査した。

のみならず、心拍《しんぱく》も、血圧も。

「異常ないようね」

少年は眠りから覚めたばかりで、頭が働かないかのように、浅い呼吸を繰り返している。

「あなたの名前は？」

「チェルシー……」

無表情ながら、少年はしっかりと答えた。「チェルシー・マーシュ」

「おお！　せがれや！」

マーシュ氏が、しっかりと抱きしめる。

だが、少年は無表情のままだ。

ハーバルは、ふと違和感を感じた。

「あの……マーシュさん」

ハーバルは父親に呼びかけた。

「蘇生には成功しましたが、なんといっても、稀少な症例です。あの……経過観察が必要だと思われますが……」

「といいますと」

「よろしければ……息子さんの身体を、もう少し調べたいのです。あの、もしもよろしければ……一日、ないし二日、この館に滞在して――」

「ウエスト博士」

マーシュ氏は言った。「博士《せんせい》には、本当に感謝しています。なんといっても、せがれを生き返らせてくださった。せがれが、あんなことになってから、私自身が生きている実感がなかったのだ。それが――今日、ようやく取りもどせた」

マーシュ氏の端正な顔に、強い決意が現れた。

「本日は特別な日だ。今日は……せがれと過ごさせてはくれまいか」

「といいますと……」

「今日のところは、どうか……」

お引き取りを、と望んでいる。

ハーバルは、それにも違和感を感じた。

「しかし――あの……」

「博士《せんせい》！」

少年が言った。澄んだボーイ・ソプラノだ。

「パパの言うとおりにして」

そう言って、振り返った美しい顔には、やはり表情がない。

だが、その目には、強い光があった。

ハーバルは、怪訝に感じながらも、

「わかりました」

依頼人に言った。「それでは……あとで、なにがあったとしても、契約はこれで終結ということで」

「報酬は、今、払おう。フィッツジェラルド！」

執事が、慇懃《いんぎん》無礼《ぶれい》に大きなトランクを運んできた。

ハーバルは、すぐにトランクを開けて、緑色のドル紙幣を確認した。

「ありがとう。では、これで、完全撤収するわ」

「どうもありがとうございました、博士《せんせい》」

執事に送られて、ハーバルは屋敷をあとにした。

あとに残されたのは、金髪の少年と、その父親……であるはずなのだが……。

「よく調子を合わせてくれたな、チェルシー」

「……しかたがありません」

少年は言った。「あの女の先生が、僕を生き返らせてくれたのでしょう。命の恩人の先生を殺させるわけにはいきませんから」

「柱の影で、フィッツジェラルドがライフル銃で狙っていたのが見えたわけか」

マーシュを名乗っていた男が言った。「今ならまだ間に合うぞ。あの女に助けを求めたら、どうだ？」

「……いいえ」

少年が答えると同時に、V型八気筒のエンジン音が鳴った。

ハーバルのリンカーンが発車したのだ。

「そうか。おまえは、運命を受け入れる気になったのだな」

男は、にやりと嗤った。

「おまえの本当のパパとくらべれば、ずいぶんと良い心がけだ。呪われた一族の中でも、おまえの体質はずいぶん過酷《かこく》だったからな。一度、失った命だ」

「それを……助けてくれた先生まで巻き込みたくはありません」

その瞬間――激しい爆発音がした。

窓がビリビリと音を立てる。

少年が不安そうに顔をあげたが、偽の父親はにやにやと嗤うだけだ。

執事が、慇懃無礼な様子で、入ってくるなり、

「お聞きの通りです。爆弾仕込みのトランクは、敷地の外に出たあたりで、吹っ飛びました。御覧

になりますか？」

双眼鏡を渡した。偽の父親は、窓の外を見ながら、

「ほう。はっきりと見えるな。横倒しで火を噴くリンカーンに……転がり出た、黒こげの女も」

「悪魔め」

少年は歯ぎしりした。「おまえなんかに……おまえなんかに」

「拒むことは出来ない」

偽の父親は立ちあがった。

その手には、ピストルが握られている。

「さあ、案内してもらおうか。マーシュ家の財宝の隠し場所まで」

3

乾いた音が響いた。

平手打ちの音だ。

頬を赤く滲ませて、少年は倒れた。

「甦らせてもらったわりには、聞き分けが悪いな。どうやら、おまえが一度死ぬ前のことを忘れてしまったのかな」

偽の父親は、フィッツジェラルドに寝室のキャビネットを指さした。

「思い出させてやれ」

執事は、キャビネットを開けた。

猿ぐつわをされ、両手足を縛られた男が、ぐたりと倒れかかった。

「――パパ！」

少年が叫んだ。どうやら、この捕虜《ほりょ》こそが本当の父親のようだ。

「人質のことを思い出したかな？」

偽の父親は、本物の父親の猿ぐつわをずらした。

「……チェ……チェルシー」

潰れかけた蛙《かえる》のような声が、力なく息子の名を

呼んだ。「生きては……生きていたのか……」

「俺たちが、甦らせてやったのさ。感謝しろ、ガブリエル」

偽の父親はガブリエル・マーシュの顎に手を当て、その顔をぐいっと上に向かせた。

それは、異様な顔だった。濁って動きのない眼球は眼窩《がんか》からはみだし、だらりと開いた両棲類のように大きな口が喘《あえ》ぐたびに、皺《しわ》とも鰓《えら》ともつかぬ、喉のよじれた皮膚が波打っている。ガブリエル・マーシュは、打ち上げられた深海魚さながらだった。

偽の父親が言った。

「ハーバル・ウエストも愚《おろ》かな女だ。マーシュ家の人間ならば、この年齢になれば、こんな醜《みにく》い面構《つらがま》えになっちまうというのに、俺の顔を見ても、そのことが見抜けなかったのだからな」

「おまえも……充分、醜いぞ、マスタートン……。見習い船員だったおまえが、こんな外道《げどう》なことを」

「やかましい。おまえに何が見える」

偽の父親改めマスタートンが言った。「おまえが視力さえ失わなかったら、病気のせがれを使って案内させるまでもなかった。だが――あのやっかいな隠し部屋を開ける寸前に、あいつは、石灰の塊になっちまった。本当に、めんどうなものだな、マーシュ家の呪いというのは」

「おぼしめしだ」

盲目の父親がうめいた。

「われわれは、地上の恵みを求めない……。われわれの先祖が……地上に見切りを告げたがっている……」

「ああ、そうかい。俺たちが見切りをつけないうちに、財宝をよこすんだな」

執事は父親に、マスタートンは少年に、それぞれ銃を突きつけながら、四人は、邸宅の暗い回廊《かいろう》を進んだ。

ロングアイランドの邸宅の地下回廊には、博物館のように歴史的な蒐集品《しゅうしゅうひん》が展示されていたが、進むに連れて、博物館のエジプト室めいた回廊は、本物の墳墓《ふんぼ》のような様相を呈してきた。異様な彫刻と巨石で築かれた巨大な扉が行く手を塞いでいた。

「さあ、開けて貰おうか」

マスタートンが少年に言った。

「財宝の扉を」

巨大な扉には、異様な彫刻《レリーフ》が施されている。波間《なみま》から黒々と姿を現す、巨大な影……。背後には、蛸《たこ》とも烏賊《いか》ともつかぬ異様な怪物。粘液まで滲《し》み出し、滴《したた》りそうな彫刻である。

「この扉を……」

老人に銃が突きつけられた。

「わかったよ……」

少年は、両手を伸ばした。

その指が、怪物の触手に届いた。

「ふんぐるい　むぐるうなふ　……」

少年は、呪文を唱えながら、指を扉に這《は》わせた。

「くとぅるー　るるいえ」

とびらの表面に異様な文様《もんよう》が、燐光《りんこう》のように輝いて、浮かび上がった。

それは異界の文字のようにも見えた。

その指が、奇怪な文字の上に当てられた。

「うなふなぐる」

「ふたぐん」

その瞬間、空気が震えた。扉の怪物が吼えたとさえ思われた。

異様な体感に、マスタートンとフィッツジェラルドは、不安そうにあたりを見回した。

扉が、ゆっくりと開いた。

思わず目を瞑ったマスタートンが目を開け、ぶるっと震えて、見開いた。

きらびやかな光が目を射《い》た。

墳墓のような空間。

そこは、月光でゆらめく光苔《ひかりごけ》のような妖靡《ようび》な光に覆われた古代遺跡のように見えた。まるで、ローマのカラカラ浴場の跡地のようにも見える。

「なんてこった」

フィッツジェラルドが言った。「邸宅の地下に、こんなものが……」

マスタートンは足下に零《こぼ》れているものに気がついた。

「金貨だ」

拾いあげた。「妙な文様だな……」

そこに、彫られていたのは、下半身が魚体の僧《そう》形《ぎょう》の紋章《もんしょう》である。

「ダゴンの神だよ……」

少年は言った。「……フェニキアの守り神だ」

「古代の金貨ってわけか」

フィッツジェラルドが唸った。

「ありがてえ神様だ」

マスタートンが目の色を変えた。

金を拾い集めようとした時、

「そういうことだったのね、悪党」

女の声と同時に、鋭い閃光《せんこう》が走った。

マスタートンの拳銃が弾き飛ばされたのだ。

「おっと、動かないで」

ハーバル・ウエストが、硝煙たなびく拳銃を構えていた。「殺すのは主義に反するけれど、あとで生き返らせてあげるから」

「驚いたぜ。黒こげになったはずなのに……」

「うちの運転手は画才があるの。あんたたちが見たのは、ただの絵。書き割りよ」

「馬鹿な……」

「ひと目見て、変だと思った。初老のお父上にしては、インスマウスのお顔立ちじゃないものね。子どもをダシに使うとは」

ハーバル・ウエストがゆっくり近寄った。

偽執事フィッツジェラルドから、ライフル銃を取りあげて、少年に言った。

「気分は、どう？」

「大丈夫です、先生。どこも苦しくないです」

「安心した。お父上も助けてあげられる。この悪党をやっつけたら」

「なあ、あんた。……この金貨を見ろよ。と、取引しよう……」

両手をあげたまま、マスタートンが言った。「俺たちで、山分けにしよう。……いや、あんたが六分、俺たちが四分でいい」

ハーバルは冷たく一瞥し、少年に、ライフルを手渡す。

「扱い方は知ってる？」

「知ってます。父から教わりました。マーシュ家の人間は、自らを守れと」

ハーバルは頷《うなず》いて、悪党に近寄った。

マスタートンのズボンからベルトを抜いて、両手を縛る。

「あんたが八分、俺たちが二分でいい」

「まだ、そんなこと言ってるの？」


だが――ハーバルは気づいていなかった。

その背後で、少年に異変が起きていることを。

少年の顔色が、少しづつ蒼ざめていた。

そして、その肌の表面に、白い発疹《ほっしん》が浮き出しはじめた。

見あげる父親が目を剥いた。

病変は、すさまじい速さで拡がっていた。

「うおおお！　チェルシー！」

父親の声に、ハーバルが振り向いた。

ハーバルの目に、石灰質の殻に覆われて、ふたたび化石のごとく変貌《へんぼう》した少年が、がっくりと頽《くずお》れていく姿が映ったのと、その後頭部に激しい痛みを感じたのとが、ほとんど同時だった。

ライフルを取り戻したフィッツジェラルドが、その柄《え》を斧《おの》のように振り下ろしたのだった。

「形勢逆転だな！」

岩盤《がんばん》に横たわったハーバルには、勝ち誇った悪党の罵声《ばせい》よりも、チェルシーを襲った再びの異変のほうがショックが大きかった。

――やはり、無理だったのか……あの蘇生は……。

歯をくいしばり、上体を起こそうとする。

――もう一度、あの少年《こ》を……。

だが……身体が動かない……。

「こいつら、手間をかけやがって！」

マスタートンが兇暴に唸った。「はやく、片づけよう」

ハーバルが、拳を握りしめた。

そのハーバルの傍から、マスタートンが、なにかを拾いあげた。

「おまえの拳銃で殺ってやる」

靴先が、ハーバルを仰向《あお》けにした。

「自分で自分を蘇生させることはできねえだろう、先生」

撃鉄《げきてつ》が起こされた。

その時――だった。


その声が聞こえたのは……。

オオオオイ……。

……オオオオオイ……。

ハーバルは、はっきりと聞いた。

それは、確かに「声」だ。

オオオオイ……。

……オオオオオイ……。

「なんだ？」

マスタートンが、言った。

フィッツジェラルドが振り返る。

「風……だろ？」

「いや……あれは……」

二人は、その方向を見た。

自分たちが立つ地下の岩盤の奥。

墳墓にも似た暗闇の先に、黒々と空いた穽《おとしあな》。

その墓穴めいた大きな穽のなかから、波立つようにに見える黒いもの。

水……。

――排水溝か……？

二人は、妙に不安になった。

その音は、その穴から聞こえてくるように思えたからだ。


オオオオオイ……。

……オオオオオイ……。


声か？　呼び声か？

そう思った矢先、近くからも同じような声がきこえてきたために、二人の悪党は目を剥いて振り返った。

縛られたマーシュ家の父親、ガブリエル・マーシュが唸っているのだ。

白く濁った目を見開いて、魚とも蛙ともつかぬように変貌した顔の大きな口を開けて、老マーシュが唸っていた。

「オオオオオイ…………オオオオオイ……」

「やめろ！」

マスタートンが老人に向けて、拳銃を撃った。

だが――弾丸が当たったのか当たらなかったのか……老マーシュは呻り続けている。


オオオオオイ……。

……オオオオオイ……。


黒い穴が、声をあげている。

それは、あきらかに呼び声だった。呼び合う声だった。

そして、その声が……灰褐色の殻に覆われた少年の身体にも浴びせられた。

ハーバルは、見た。

灰褐色の化石のような少年の身体に、稲妻《いなずま》のような亀裂《きれつ》が走った。

恐怖にかられたフィッツジェラルドがライフルを撃った。マスタートンがピストルを乱射した。

しかし――化石は、その衝撃にはびくともしない。それなのに……静かに、内側から走り始めた亀裂だけが、触手《しょくしゅ》を伸ばす生き物のように拡がっていく。

一瞬、亀裂の動きが止まった。

次の瞬間――灰褐色の化石は破裂した。

それを見て、マスタートンが瞠目した。

フィッツジェラルドが悲鳴をあげた。

化石の殻のなかから、現れたものの姿を見たからだ。

ハーバル・ウエストも、はっきりと見た。

現れたものは……かつて、少年だったもの。少年の肉体から変貌したものだった。

たくましい肉体は、緑色の鱗《うろこ》に覆われ、虹色《にじいろ》の油じみた粘液をしたたらせている。

頭頂から背骨、そして長く伸びた尾の先まで、鋭い棘《とげ》が走っている。

魚類とも爬虫《はちゅう》類とも原始的な両生類ともつかぬ顔は、大きな顎が発達しており、耳骨《じこつ》のあたりまで裂けたような大きな口を開けると、無数の鋭い牙が伸び、その隙間から真っ赤な鰓《えら》の内側が見える。

その鮮やかな色が、二人の憐《あわ》れな悪党の目を脅《おびや》かした。

そして、なによりもその長い鋭い牙は、いかにも二人の首を咬みたがっているようであった。

「うわあああ……」

二人同時に悲鳴をあげるよりも、早かった。

怪物は、驚くべき跳躍力で、二人の間に跳び込んできた。

すぐさま、マスタートンをくわえて振りまわし、岩盤に叩きつけた。

飛び散る血を頬に受けたフィッツジェラルドが叫ぶ間もなく、その頭をギロチンのように咬み破る。

「ウオオオオッ」

襤褸《ぼろ》切れのようになってもまだ死にきれないマスタートンが、ガブリエル・マーシュ老人の足下をのたうちまわる。

それを眺めて、老ガブリエルは天をあおぎ、雄叫びのような声をあげた。


オオオオオイ……。

……オオオオオイ……。


ハーバル・ウエストは、頭の傷を抑えながら、身体を起こした。悪党の血まみれの肉体の傍、雄《お》叫《たけ》びをあげる老人と緑色の怪物に目を移す。

――ふたりとも、そっくり……。

間違いなく血族だと感じたハーバルの耳に、別の声が轟《とどろ》いた。

複数の雄叫びが、闇の奥からも聞こえてくるのだった。

凄まじい水音がする。

なにか影のように黒いものが、ぞろぞろぞろぞろと、奥の穽から現れる。

――集まってきた……。

蛙とも深海魚ともつかぬ、気味の悪い姿の黒い影どもだ。

それらは、虫の息でのたうつ悪党どもの残骸を取り囲んだ。

あらためて悲鳴が劈《つんざ》き、ぐちゃぐちゃと肉を咀《そ》嚼《しゃく》する音が聞こえた。

ハーバル・ウエストは、茫然と見つめることしかできない。

のしのしと、緑の脚が近づいてくる。

鰐とも蝦蟇《がまがえる》とも恐竜ともつかぬ怪物が、かつては美しい少年だった醜《みにく》い頭部を、ゆっくりとハーバルに近寄せた。

その乱杭歯《らんくいば》の間から、蒸気のような息とともに、

「……ありがとう……先生……」

少年の声に、ハーバルは、ハッとした。

「チェルシー……あなた、大丈夫……」

「先生のおかげで……僕は……生きています……」

「成功したのね……私は――」

その時、周囲に近寄ってきた黒い影が、鋭い爪をハーバルの肩に突き立てようとした。

チェルシーは、唸り声をあげて、顎で、影を牽《けん》制《せい》した。

黒い影どもは、海草まみれの蛙めいた顔を歪めて、あとずさりする。

「……先生には……感謝しています」

チェルシーがそう言った時、ハーバルの目に鱗の合間から垂れ下がる金色の毛髪が見えた。「父たちと……深淵《ふるさと》に還りますので……」

そう言ったかと思うと、巨大な顎を天に向けた。

凄まじい咆哮が、天井を揺るがせた。

それを合図に、黒い影は、ぞろぞろと戻っていく。

老マーシュが、蝦蟇のような顔を闇に向けた。

彼を守るかのように、かつてチェルシーだった海獣も背を向けた。

がらがらと館の岩盤が音をたてた……。

激しい地響きとともに、ロングアイランドから豪邸がひとつ消えた。

瓦礫《がれき》の間から、ハーバル・ウエストが這い出した。

「私の仕事は、成功したわ……吸血鬼のやつめ、思い知らせてやる」

彼女の〈矩形の匣〉《オブロング・ボックス》が近づいてきた。

そのヘッドライトの光を頼りに、彼女は、ようやく持ち出した報酬を翳した。

金貨の表面で、半身半魚の神が、黒衣の女に祝福を与えた。

第四話　冷気の街の訪問者

1

前略　先生、たいへんご無沙汰《ぶさた》しております。

お元気で、いらっしゃいますでしょうか。

先生と御約束したとおり、私は新聞社の職を辞《じ》した今も、文学への夢を追い求め、日々、精進《しょうじん》する毎日です。一時は、糊口《ここう》を凌ぐため――という
よりジャーナリストとしての興味を抑えきれず、危険な取材にもあけくれておりました。

ありていにいえば、この街の裏側の、闇の社会に接するというものでしたが、ある時、ついに、絶体絶命の生命の危機を迎えてしまいました。しかし――先生の仰ったとおりです。恐怖の中にこそ、門を啓《ひら》く鍵はありました。

私はある方に出会い、奇跡的に、命を救われました。

現在、私はその方の屋敷に居候《いそうろう》して、あてがわれた部屋で、この手紙を書いているところです。

その方は、科学者で、驚くべき特別な研究に従事されているのです。不思議なことに、その方の研究について語ろうとすると、私は、先生がかつて出会ったという神秘の存在を思い出さずにはいられないのです。たとえば、先生が仰っていた、あの別世界から来た者……アウトサイダーなる存在についても……。


ここまで書いた時、ノックの音がした。

ロバート・ブレイクはペンを置き、まだインクも乾かぬ便箋《びんせん》を、そっとデスクの抽出《ひきだし》に仕舞《しま》った。

再び、ノックの音がした。

ロバートは椅子《いす》から立ちあがり、ドアのそばまで来た。

「はい？」

返事をしてから、耳を欹《そばだ》てた。

「私だ」

妙に気取った男の声が応えた。遅い時間の部屋への訪問を詫《わ》びるわけでもなかった。

声の主は容易に想像はついたが、わざと、

「どなたですか？」

と聞くと、

「生ける死者だ。そう。君たちの言葉で言う……」

「ヴァンパイアか」

ロバートは、慎重《しんちょう》にドアを開けた。

ドアの前に、青白い顔をしたアレックスが、黒くて長い外套《がいとう》を着込んで、立っていた。外出用の恰好ではないか、とロバートは思った。

「なんの用だろう？」

「入っても良いかね？」

吸血鬼は訊いた。なるほど、これが彼らの儀式だ。


「いやだと言ったら？」

人間が拒《こば》めば、吸血鬼は自発的にその部屋に入室することができない。それが、決まりだからだ。

「断るなら仕方がない。君にしか頼めぬことだが……」

声を潜《ひそ》めた。「博士に関することだ？」

「ハーバルさんの？」

ロバートの返事に、アレックスは長い人差し指を唇に当てた。

声が高いということか。

ロバートは決心した。十字架をポケットに入れていることも思い出した。

「入っていいよ。アレックス」

「感謝する」

アレックスはドアに入りながら、「が——ただ、ひとつだけ。私のことは、伯爵と呼びたまえ」

つくづく面倒くさい奴だ、とロバートは思いながら、ドアを閉める。

「それで……伯爵。博士がいったい？」

「彼女は、これから外出する」

「え……。今夜？　こんな時間に？」

「毎月、欠かさずだ。新月《しんげつ》の晩の真夜中。ひとりで。運転手のピックマンすら伴《ともな》わせずに、自らリンカーンを運転して……」

「へえ？」

ロバートは首を捻った。「何故《なぜ》だろう？」

「今夜こそ、あとをつけたい」

「え!?」

「手伝ってもらいたいのだ」

吸血鬼は真剣な顔をしていた。「君にしか頼めないんだ。ロバート・ブレイク」

月のない夜は漆黒《しっこく》の闇に包まれていた。

玄関の繁みの中に隠れながら、ロバートとアレックスは、ハーバル・ウエストの登場を待ち伏せしていた。

「本当に今夜なのか……」

「まちがいない……」

アレックスは闇に目を細めた。「いつも同じ夜だ。彼女にも秘密があって然《しか》るべきだ。だが……」

呪いの影が迫っているなら、解決しなければならない。

部屋で、そう打ち明けられて、ロバートは驚いた。アレックスは、その独特な超感覚というべきもので、彼が〈呪い〉と呼ぶものの存在を察知する。例のマーシュ家の依頼に〈科学では割り切れぬモノ〉の影を読み取って、ハーバルに警告した事件は、ロバートも記憶に新しいのだが、

「しかし、なぜ、僕なんです？」

「ハーバルは運転手にさえ知らせずに出かけるのだ。護りたい秘密があるのだろう。他の連中に話して大騒ぎになるのは避けたいのだ……」

大恩ある博士を護るための隠密《おんみつ》行動と聞かされ

て、断ることはできない。しかも、他の助手ではできないこと、と言われてはなおさらだ。

とはいえ、まさか、闇の中で吸血鬼と過ごすことになろうとは考えてもいなかったが――。

「見たまえ」

アレックスの声に、ロバートは緊張した。

音をたてずに、玄関扉が開いた。

ハーバル・ウエストが、優美な黒豹のようにまろび出た。

とはいえ、闇こそ目が利く吸血鬼とは違い、ロバートには影が蠢き移ろうようにしか見えなかったのだが、確かに彼女はただひとり、ガレージへ向かうと彼女の愛車に乗り込んだ。V型八気筒エンジンの音。

二八年型リンカーン改造車の巨大な黒い車体が、目の前を通りすぎる。

フロントグリルの頂点《ちょうてん》を飾るエンブレム――銀色の猟犬《ハウンド》――が、吸血鬼の瞳の中で、光を帯《お》びた。

「よし――跡をつけるんだ」

アレックスが、ロバートに、繁みの中を指さした。

「え？　これに乗るのか？」

繁みに隠されていたのは一台の自転車だ。

「リンカーンには追いつけないだろう」

「いいから、乗りたまえ」

面倒くさいうえに、貴族《やつ》は命令になれてやがる……。

ロバートは、あきれながらもしかたなく、自転車にまたがり、サドルに腰を降ろす。

ひょいとその後ろにアレックスが乗った――と思う間もなく、自転車が走り出す。

「うお！」

ロバートは声をあげた。

二人乗りの自転車は、スピードをあげた。

ペダルをかろうじて踏んではいるものの、自転車はロバートに操縦を許さず、あたかも、それ自身の意志でもあるかのように、闇夜を駆け抜けていく。車輪は、地面を走っているのか、それとも、宙を飛んでいるのか。

「どうなってるんだ！」

ロバートは叫んだ。「まるで――魔女の箒《ほうき》だ」

「なるほど。適切な描写だな」

アレックスは言った。「君は偉大な作家になれるだろう」

皮肉にしか聞こえないが、この際、いたしかたない。

スピードをあげる黒い〈矩形の匣《オブロング・ボックス》〉を追いながら、流れ星のようについていくロバートとアレックスの自転車は、ニューヨークの裏路地を縫《ぬ》いながら、夜の風と化していくようであった。

――こいつは、アレックスが操っているのだな……。

対向車が近づいても、ふわりふわりとかわしてしまう。

そのタイミングもさることながら、どうやら、対向車の運転手にも、自分の姿は見えていないらしい。

なるほど、これは魔力の賜物《たまもの》なのだろう。ハーバル・ウエストが忌《い》み嫌う非科学的な存在のなせるわざだ。

「いったい……どういうことなんです？」

速度が安定してきた頃を見計《みはか》らって、ロバートはアレックスに訊いた。

「なぜ、僕なんです？」

「なにがかね？」

「なぜ、僕に頼んだんです？　君にしか頼めないって」

「……ああ」

背後でアレックスは頷いた。「確かにな……他の連中より頼みやすい……というだけではなかったな……」

「というと？」

「その理由の二番目は……」

吸血鬼は言った。「君に〈呪いの匂い〉を感じたから……かな」

「なんですって？」

頬の横を掠《かす》める対向車の風を感じながら、ロバートは呻いた。「……〈呪い〉って――」

「君は、なにかに憑かれているような気がする」

吸血鬼は言った。「君に憑いているのは……そうだな……言うなれば……神だ」

「はぁ？」

「なんらかの神。それも……奇妙な顔の神……とでもいうべきか」

「なんですって？」

ロバート・ブレイクが思わず振り返った。「それはいったい――」

「おっと、前を見たまえ」

吸血鬼が言った。「ハーバルが角を曲がる。どうやら、目的地が近いようだが……おやおや……妙だな」

「え？」

「お客さんだ。そいつには、俺たちが見えるらしい」

闇を飛ぶ自転車の速度が落ちた。

ビルの影を駆けてくるなにかの姿が見えた。

一直線にこちらに向かってくる。

巨体だ。大男だ。それも、なにやらみすぼらしい襤褸《ぼろ》のようなものをまとった、異様なほど奇怪な姿の大男だ。墓掘りウィルバー同様の堂々とした筋肉質だったが、こいつと比べれば、あの猛牛のようなウィルバーの体躯も均整が取れて見える。

今、走ってくる巨人は、どこか歪な多角形を連想させる妙な身体だが……。

――こいつは、もしや……。

頭が気づく間もなく、歪な巨人は、猛スピードで自転車に激突する――。

と思いきや、飛ぶ自転車は、ひらりと体勢をかわした。

そのまま、宙に跳んで、蝙蝠《こうもり》のように翻り、さっと空から敵にフェイントをかけた。

車輪が、敵の顔を掠る。

ざくっと音がして、繃帯《ほうたい》が乱れ飛んだ。

奴は、顔中にミイラのような繃帯を巻いていたのだ。

それが解けて、見えかけた顔に、自転車が襲いかかった。

「ンガーッ!!!」

と、虎のような声で吼えながら、巨人は右手を振りあげる。

その巨人の顔に、魔鳥のように素速く、アレックスが覆い被《かぶ》さった。

鋭い爪で巨人の顔面を掻きむしりながら、吸血鬼は狼のような咆哮をあげた。

巨人が、また叫んだ。

同時に跳んできた巨大なてのひらが、強い衝撃波となって、ロバートに襲いかかった。

「あの怪物は……まさか……」

その瞬間――ロバート・ブレイクの脳裏に、閃光のごとく記憶が甦った……。

2

「恐怖こそ……」

暖かそうな安楽椅子に腰を沈めた恩師《おんし》は、若い同好の士に、静かに呼びかけた。

「人間の感情の根源なのだよ、ロバート。……それは、この世界ばかりではない、あらゆる世界においてもだ」

「世界とは……」

ロバートは訊いた。「世界とは、果たして、いくつも存在するものなのでしょうか……?」

「私がそれを知ったのは、町外れの映画館だった」

恩師は語った。「かかっていた映画は、一九一〇年、エジソン・スタジオ社の製作によるもので、監督はJ・サール・ドーリー。主演はオーガスタス・フィリップと、チャールズ・スタントン・オーグル……。その原作は……いや、そもそも、その物語は、原作者の考えた結末とは、異なる奇妙なものだった。いや、それは、この映画の脚本家《きゃくほんか》や監督が、意図《いと》したものとも異なっていたのかも知れない……」

「と……申しますと？」

「映画館には、独特の匂いがこもっていた。観客の食べ物や、フィルムの溶ける匂い……。月光めいたスクリーンの燦めきの中に、その醜《みにく》い怪物はいた。物語では、野心的な科学者が、死体を繋ぎ合わせて組み立てた屍肉《しにく》の化け物ということになっていた。映画でも……襤褸雑巾《ぼろぞうきん》のような衣服とも腐爛《ふらん》した皮膚ともつかぬものを引きずった異様な大男だ。まるで、遠い極東の役者のような白い化粧《けしょう》にまみれて、隈取《くまど》りをほどこした役者の幽霊にも見えた。ふくれあがった背中と、横に伸ばした柳《やなぎ》の枝のような両腕と、猛禽《もうきん》のようにまっすぐな脚をした獣にも見えた。確かに、それは、動く屍体に見えた。その姿を見て――私は、客席で、臆面《おくめん》もなく悲鳴をあげた」

「怖かったのですか？　先生」

「恐怖を覚えた」

師が言った。「だが――他の観客は、誰ひとり私の感じた恐怖の意味を知らなかった。なぜ、私が、その映画に恐怖を覚えたのか、その本当の理由を、知るものはひとりもいなかっただろう……」

「どういうことですか、先生」

「私が恐怖を覚えた理由……それは、なによりも」恩師は言った。「私が、その〈映像〉を知っていたからだ」

「え？」

「はじめて観る映画にもかかわらず、私はその〈映像〉を知っていた。夢とも現実ともつかぬ想念の世界の中で、私が体験したものに、酷似《こくじ》していたのだ。……その〈映像〉で経験した怪物は、この映画よりも、はるかに醜悪《しゅうあく》で、はるかに陰鬱《いんうつ》なものだったのだが」

恩師は言った。

「つまりは……私が観た映画とは、〈夢想《むそう》〉のなかで私が幻視《げんし》した強烈な体験の、いささか劣悪《れつあく》とさえ思われる色褪《いろあ》せた複写にしかすぎなかったのだ。その事実を知った時、私は、真の恐怖を感じた。おそらくは――私も、この映画の製作者も、私と同じものを目撃し、体感したにちがいない。だが――この映画製作者は、私の記憶以上の細密な怪奇さ、恐怖の再現に成功してはいなかった。にも、かかわらず……私は、その幻視体験の真実を知ったことに恐怖したのだ。あの映画に、私が恐怖したのは、まさに、そのためであった――」

ロバートは、茫然として、恩師の顔に刻《きざ》まれた恐怖の残光《ざんこう》を見つけたような気がした。

だが、すぐに、あることに気がついて、問い直した。

「あの映画には、原作となる小説がありましたよね。十九世紀に書かれた小説です。エジソン社の監督も、あなたも、その原作に影響されて、そのシーンを幻視したということではないのですか？」

「ちがうのだ」

恩師は、即座に否定した。

「私が恐怖を覚えたあの映画のラストシーンは、メアリー・シェリーの原作小説には描かれていない。映画のラストシーンは――舞踏会《ぶとうかい》のシーンだ」

恩師は、続けた。「きらびやかなホールで、着飾った男女が舞踏会を催している。そこに、あの忌まわしい姿の怪物が、まぎれこむのだ。たちまち、悲鳴をあげ、逃げまどう客たち。やがて――怪物自身も、おのれの醜い姿を、ホールの奥に見つけてしまうのだ。その――鏡の中に……」

「……！」

「鏡像はたちまち粉砕《ふんさい》し、怪物は自分を生んだ科学者の姿となる。夢とも現実ともつかぬ不可解な、そのわりにいささか教訓めかした終わり方を、あの映画はするのだったが――」

　恩師は言った。「私の幻視のなかでは、怪物は怪物のまま、おのれの運命に直面するのだ。その恐るべき呪いが、私の中に伝わってきた。そう、この幻視を見たのは、私と、あの監督だけではないはずだ。あの十九世紀の女流作家も、同じ姿を見ていたのかもしれない……」

「そんな……」

　ロバートは唸った。

「私は、幻視の中で出会った怪物を、〈他界人《アウトサイダー》〉と名付けた」

　恩師は語った。「あやつは、あらゆる幻視者の幻視のなかを彷徨《さまよ》う存在だ。いや……幻視のみならず、現実をも彷徨うものかもしれない。幻視も虚《きょ》構《こう》も現実も、〈アウトサイダー〉が彷徨う数多くの世界のひとつにすぎないからだ。あるいは……」

　恩師は言った。「〈アウトサイダー〉が現れる時、そのそれぞれの世界は、少しづつ変容していくのかもしれない。現実も虚構も……少しずつ姿を変えていき……」


――凄まじい衝撃波が、ロバート・ブレイクの意識を、この現実に引き戻した。

　彼は、自転車とともに路地裏の壁面に叩きつけられ、再び意識が朦朧《もうろう》とした。

　だが、視界に再び浮かびあがったのは、激しい衝撃とともに、戦う吸血鬼と屍肉色の巨人であった。

　長い時間が経過したのか、それとも一瞬だったのか、凄まじい戦いは続いている。

　めまぐるしく跳躍し、牙を剥き出す吸血鬼は、翼手竜のようにも見えた。原始虎のようにも見えた。剣を振る騎士にも見え、幻のように姿を変える影のようにも見えた。

一方の巨人は、その歪んだ多角形を連想させる巨躯の、すべての筋肉を波立たせていた。その不規則な動きとともに、これまで筋肉に埋没《まいぼつ》していた金属の雄捻子《ボルト》や、全身を繋ぎ合わせた縫合糸の繊維までが、威嚇するかのように浮かび出た。

重量感のある体格のわりには素速い動きが、稲妻のように、襲いかかる。

その激しい戦いの衝撃が、路面や建造物の壁面に、悪魔の爪痕《つめあと》のような傷を走らせた。

ロバートは路肩で震えあがっている。

そこに、一台の車両が近づいた。

黒い〈矩形の匣《オブロング・ボックス》〉――ハーバルのリンカーン改造車である。

「乗りなさい」

ハーバル・ウエストが言った。「あいつらなら戦わせておけばいい。あれは彼らの会話《プロトコル》みたいなものの。……まあ、似たもの同士かもしれないわね」

「えっ？」

「さあ、早く――」

有無を言わさず、ロバートを車内に引きずり込んだ。

「あの巨人は？」

ロバートが聞いた。

「あいつは敵じゃないわ。……今となってはね」

「え？」

ハーバルは発車した。スピードをあげながら、

「あの吸血鬼は、あなたに尾行《びこう》を手伝わせた。なぜだと思う？」

「僕が呪われているからと……奇妙な顔の神に」

「ふうん……そうなの」

ハンドルを握りながら、ハーバルは言った。「それだけだと思う？」

「それは、理由のふたつめだと」

「確かにね。第一の理由は、入室の許可をもらいたいってこと。吸血鬼という存在は、他人の家や領域に、自由に足を踏み入れることはできない。部屋に入る時でも、必ず、入室の許可をもらわなければならない。でも、これから私が行く場所では、私はゼッタイに許可しない。だから、あなたのことを入室させて、あなたに自分の入室を許可してもらう必要があった……おわかり？」

「あなたは、僕のことは許可するのですか？」

「さあて……どうしようかな」

ハーバルは、しばらく考えていた。

その間も、リンカーンは裏路地を走り続ける。

ビルから剥き出しになった非常階段や、装飾過《そうしょくか》剰《じょう》な建物の裏側を仰《あお》ぎ、地面を白く這う蒸気を切り裂いて、その地区へ入ったとたん、ロバートは急に電気に触れたかのように、ぶるっと震えた。冷気だ。なにやら異様な冷気が、背筋《せすじ》を駆け抜けたのだ。

「たぶん……他の奴らなら、気づかなかったかもしれないわ……」

ハーバルが言った。「今、あなたが感じた感覚よ」

「えっ」

「気に入った。あなたに懸けてみる」

車は、陰鬱な建物の前に停まった。

褐色砂岩《かっしょくさがん》造りの四階建《だ》てアパート。

ハーバルの後から建物に入り、その部屋の前に辿り着くまで、ロバートの身体は震え通しだった。

そして――ドアを開けた瞬間……彼は、網膜まで凍りつくかと思った。

3

部屋の中は、あたかも白銀の世界だった。

霜《しも》に覆われた床を踏み、足を上げると靴が貼りつけられたように感じられた。

鎧戸《よろいど》を下ろした窓も白く凍りつき、天井からは氷柱《つらら》が下がっている。

その部屋の中心に、天蓋《てんがい》付きベッドに横たわった男がいた。

ガウンを着込んだ男は、老人のようにも見えたが、年齢はわからない。髪も眉毛も白いが、これは霜に覆われているのかもしれない。

皮肉なことに、暖炉《だんろ》の傍で温まろうとしているような姿であった。

一見、凍死体と見るのが自然だろうが、ロバートには何故か、そのようには思えなかった。

「私の師匠よ」

ハーバルが紹介した。「今日は、調子がよさそう……」

それが聞こえたのか、白い男は、ゆっくりと白い睫毛《うぶげ》を動かした。

目を開けたのだ。


「ハーバル・ウエスト……」

男は言った。「メッセージを……受け取ったようだな……」

「今朝、受け取った。あいつの字よね」

ハーバルはポケットから封筒《ふうとう》を取りだした。

ロバートは目を凝らした。宛名のハーバルの名前も住所も、子どもの書いたような不格好《ぶかっこう》な字だが、字が大きいので、遠目でも読める。差出人は、ニューヨーク西十四丁目のムニョス。住所は合っているが、名前は偽名《ぎめい》だろう、とロバートは思った。

その中の手紙も、同じ筆跡だ。


私のもとに、予期せぬ客が来るはずだ。われわれに福音《ふくいん》をもたらす者と災《わざわ》いをもたらす者。だが私はどちらも受け入れる。君が判断してくれ。新しいページを開くためだ。

読みあげたハーバルが、恩師の顔を見た。

「あなたが、こんな手紙をくれるなんて」

「ひさしぶりに、幻視があったのだ……。夢ともうつつともつかぬ合間に、幻視自身が、この内容を語った。だから……あいつに頼んで、書いてもらい、投函《とうかん》させた」

「予言はあたっているのかしら」

ハーバルが、ロバートを指し示した。「確かに、二人の尾行者がいたわ。予期せぬ、お客さん。ひとりは、ロクでもない吸血鬼。常識的に見て、あっちが〈災い担当〉でしょ。今、あいつがくいとめてるわ。そして、もうひとりが……」

ハーバルが、ロバートを、「師匠」に近寄らせた。

「こちらに」

男は言った。「師匠」の顔が、はっきりと見えた。霜に覆われているが、老人ではない。細面の貴族的な顔立ちだ。目を見開いた。碧《あお》い目だ。ハーバルと同じ瞳の色だ。

――親族だろうか……？

ロバートは訝《いぶか》った。確かに、ハーバルは何も語らないが、ウエスト家の一族がいても、おかしくはないだろう。古風な貴族の着るもののような衣服は謎めいているが、少なくとも、ムニョスなどというヒスパニック系の顔立ちではない。

「こちらに」

ロバートは、さらに近寄った。男は顔は動かせるが、身体は萎《な》えている。というよりも、凍りついているのだ。まるで氷河《ひょうが》に閉じこめられたもののように。

「もっと、こちらに」

と言われると同時に、ロバートは、その手を掴まれた。

怖ろしく冷たい、皮膚が凍りつくような痛みが手首に拡がった。

と、その瞬間――男の顔の白い霜が、ふわりと溶け、精気のある肌色が現れたように見えた。そのまま、男は、半身を動かし、起きあがった。

「うわっ」

と、ロバートはのけぞった。

身体の奥に――特に胸の中心に――電気のようなものが流れているイメージがした。

同時に、霜と氷に覆われたこの部屋のあちこちで、火花と電流が走りはじめた。

「先生！」

ハーバルが、起きあがった恩師に、歓喜と興奮の入り交じった目を向けた。

「いったい……いったい、何が！」

バチバチと音がする。安楽椅子の上にぶらさがった氷からだ。

いや――それは氷と言うよりも、複雑な形の結晶めいた人工物のようだった。ガラス工芸のように燦めきながら、それは内側から光を発していた。

「あれは――」

ロバートが驚きの声をあげた。

「驚いたかね」

恩師は言った。「君は、あれを知っているのかな？」

「いいえ……しかし……」

「君の体内エネルギーと反応している」

男は言った。「君と触れあったことで、私の状況が緩和《かんわ》し、さらに、あの結晶体が反応していると は……。どうやら、これが幻視の語った福音か」

「先生、どういうことです？」

ハーバルの質問に、恩師は貴族的に微笑んだ。

「死者の蘇生には、さまざまな方法がある。ハーバル。私の教えから、君が極めつつある薬学的な方法。現在、私の身体をもって体験している冷却法。そのすべての元となったものが、かつて、私が発見した方法……」

「天空のエネルギーを転換する方法でしたね」

ハーバルが確認した。「落雷を使った電気エネルギーの転換」

「それは、表層的な解釈《かいしゃく》でしかない」

恩師は言った。少しづつ、饒舌《じょうぜつ》さを増してきた。

「たんなる電気エネルギーとは異なる宇宙のエネルギーだ。だからこそ、私の方法を応用して、君はさまざまな試薬を精製できた。ルードヴィヒ・フリンもジョン・ディーも正しかった。光学的であると同時に、数学的な方法論でもある。その抽出《ちゅうしゅつ》に、最も効率的なものが、あの種類のアルキメデス双対《そうつい》だ」

輝くガラスの人工物を指さした。

「斜方立方八面体の双対多面体だ。結晶学的に言えば、凧型二十四面体《トラペゾヘドロン》——」

「トラペゾヘドロン！」

ロバートが叫んだ。

と、同時に頭を抱えた。「なぜだ。……この言葉を、僕は、なぜ知ってるんだ」

「君は、なにかを忘れているね」

恩師が言った。

「君に触れていると、あの人工物が反応する。君は、なにか、あの結晶と同じ構造を持つ特別な物質を身につけているのではないか……」

目が鋭くなった。「いや……というよりも……もしかすると、君は……」

ハーバルの碧い目が、瞠目したその時だった。

大音響とともに、ドアが、ぶち破られた。

銃を構えた黒づくめの男たちが三人、戸口に立ち現れたのだ。

「こいつらは！」

ハーバルにとって忘れようもない。黒い軟式潜水服のような衣服。ハイポヘルメットめいた黒覆面。——前に家を襲ったことのある〈M財団〉のソルジャーである。

だが——。

その屈強な三人は、銃を撃つ様子はない。ぐらぐらと身体が揺れて、三人ともが、くずおれた。まるで、ドアをぶち破って飛びこんで来た頃から、頸骨《けいこつ》や背骨《せぼね》が折られていたかのように。

「キヲツケロ！」

大声で叫ぶ声がして、ドアに巨大な背中が見えた。「敵ダ！　敵ガ来タ！」

あの巨人だった。

屍肉色の巨人は、主人たちを身をもって護るように、開いたドアの前に広い背中で立ち、その縫い跡だらけの太い腕で、次々と襲い来るM財団のソルジャーを薙《な》ぎ倒していたのだ。

銃声が轟いた。まずは、この巨人を葬《ほうむ》ろうというのだろう。

だが、巨人には、鉛玉など利きもしない。分厚い胸に巻かれた繃帯が、小さな埃《ほこり》をたてるだけだ。

「あいつは、味方だったのか」

ロバートは叫んだ。「あの……他界人《アウトサイダー》は……」

「アウトサイダー？　私は、あいつに名前などつけていない」

恩師は言った。「あいつ、私が最初に造った被創造物《クリーチャー》だ。名無しの怪物だ。死体を集めて、繋ぎ合わせ、命を与えた。だが……その方法を、私に教えた幻視の姿も、あいつに、よく似ていたのだが」

「そうだったんですか」

ロバートは言った。「その幻視こそが、他界人《アウトサイダー》だったんですよ。私の恩師が見た幻視と同じだ」

銃声と同時に、窓の外でも、悲鳴が聞こえた。

銃を構えていた黒服が喉を押さえて、落ちていく。

その背後で、吸血鬼が優雅にマントを翻しているではないか。

「おい、ハーバル。いいかげんに入室許可を与えてくれ」

「いいわよ。入りなさい、アレックス」

吸血鬼は影のように、室内に入りこむ。「外のは、おおかた片づけた。あの巨人とは意気投合してな。意外と、いい奴だな」

「災いをもたらす客ってのは、M財団のことだったのね」

しかし、どうして、彼らはこの部屋を襲ったのか。ハーバルが、内臓を破壊された鮹《たこ》のように伸びている黒覆面どもを、しげしげと眺めていたその時――。

「ヴィクトル！」

名無しの怪物が吼えた。「シッカリシロッ！」

恩師が、巨人の腕の中、土気色《つちけいろ》の顔のまま、うなだれている。

その目は、みるみる碧い光を失っていく。

ヴィクトルというこの恩師の目の色が、もとの褐色の虹彩《こうさい》に戻っていくことに、ロバートは驚いていた。

「どうしたんだ！」

「冷却装置がやられたのね」

ハーバルが叫んだ。「早く処置しないと……」

名無しの怪物――屍肉色の巨人が、器用に機械配線をたぐり、部品の修理を始めた。

ハーバルも、負けてはいられない。破損した冷却装置の部品をスペアと取り替え、専用蘇生液の洩《も》れを確認し、注入しはじめる。

恩師ヴィクトルが、もう一度、目を開けた。

そして、手を伸ばす。

ロバートに対してだった。

そうだった。理由はわからないが、はじめてこの男に触れた時も、あの冷却装置につけられた結晶体が、ロバートの身体に反応し、男にエネルギーを送ったように思われた。ということは……。

「私の身体の中に、もしかして……」

ロバートが、なにか喋ろうとした。

だが――口が動かない。

喉に、なにかが巻き付いている。

声が出ない。ハーバルも、巨人も、吸血鬼までもが、横たわるヴィクトルと冷却装置の修理に夢中になっている。

だが、ヴィクトルだけが気がついている。

その暗い目に、ロバートの異変が映っている。

ヴィクトルが手を伸ばす。

ロバートが手を伸ばす。

だが、手と手が触れることさえ叶わない。

ロバートの喉を絞めているものの力が強まる。

そして――。


窓硝子《まどがらす》の激しい音に、ハーバルは振り返った。

まるで、窓の外に、吸い出されるように、ロバート・ブレイクが引きずりだされる瞬間が、悪夢のように見えた。

喉と両腕に、鎖が巻き付けられ、そのまま、ウインチで引っ張られたように見える。

ハーバルは、慌てて、窓に駆けよった。

タロットカードの「吊るされた男」よろしく、宙づりにされたロバートが、新型ヘリコプターとともに雲の彼方《かなた》に消えようとしている。

「なんてこった！」

アレックスが追いかけようとして、慌てて窓から飛び退いた。もう、夜明けの光が雲間《くもま》から洩れていたのだ。

「やつらの狙いは――はじめから、ロバート？」

茫然として、ハーバルが唸った。

「やはり……」

ヴィクトルがうめくように声をあげた。

「あの男は福音だった……。あの男は、われわれの科学に寄与するほどの、驚くべき秘密を隠している……おそらくは……その体内に」

天蓋を差ししめした。「あの結晶体を凌ぐなにかを……」

「無理をしないで……恩師《せんせい》」

名無しの怪物に抱きしめられた恩師に向かって、ハーバルは言った。

「私が必ず取り戻しますから。あなたを助けるためにもね……かけがえのない私の恩師……ヴィクトル・フランケンシュタイン……」

第五話　屍者たちの喚び声

1

あれから、一週間後……。

ニューヨークは、屍《し》の匂いに包まれていた。

摩天楼の影であれ、地下鉄構内であれ、ロウアーであれ、アッパーであれ、彷徨い歩く屍者で埋め尽くされた。ハドソン川からも、イースト川からも、腐爛した屍体が這い上がってくる。ウォール街にも、ブロードウェイにも、グランドセントラルステーションにも、屍者たちの飢えた咆哮と陰鬱な跫音《あしおと》が轟いた。

ブロンクスでも、ブルックリンでも、マンハッタンでも、クイーンズでも、スタテンアイランドでも、かれらの横行《おうこう》は猖獗《しょうけつ》を極めた。

緑の膿汁《のうじゅう》をしたたらせたもの。蛆虫《うじむし》だらけのもの。それ自身がもはや蛆虫のようにしか見えぬようなもの。硬直した身体が、礼拝堂の腐乱彫像《トランジ》そっくりのもの。かと思えば、軟らかに腐汁《ふじゅう》を滲ませているもの。完全に白骨化し、がちがちと歯を鳴らしながら、硬くて赤い筋の支えで歩いているもの。

死の舞踏《ダンス・マキャブル》そのものであった。

腐敗の程度にかかわらず、屍者たちは旺盛《おうせい》な食欲を有していた。

言うまでもなく、彼らの飢えを満たす対象は、まだ生きている人間であった。

「どこもかしこも、死人だらけよ」

電話口でわめきたてるアーミテイジの声が、異変を告げたのは、三日前。

「モルグから連中が出てきたのは、あの変な雷が落ちてからよ」

「雷？」

「すごい稲光《いなびかり》よ。雷の音がしない。あの光のあと、最初の屍体が、ボディ・バッグを突き破って、生き返ったの。それから、すぐに、墓という墓から、屍体が這い出てきたわ。みんな、あんたのせいだって言ってるわ、ハーバル」

「なんですって？」

「あんたの変な実験のせいだって」

「言わせておくわ。でも、ちがう！　やったのは……おそらく《M財団》よ」

「どうだっていいわ」

ミスカトニックの同期は、女より甲高《かんだか》い声でわめいた。「あたしはもう、検死局を辞める。ニューヨークを出るわ。アーカムの片田舎のほうが、ずっとましよ！」

それっきりだった。

彼の安否《あんぴ》はすでにわからない。

「たいした数だ」

運転手のピックマンがぼやいた。「こりゃあ、車では無理ですな」

フロントグラス前方は、おしあいへしあいする屍体の群れで視界も利かない。リンカーンの車内にいれば安全だが、そのかわり、身動きもできなくなっている。

「誰が言ったか知らないが、この街は坩堝《るつぼ》だ。……人種のではなく、死骸のね」

運転手の呟きも耳にはいらぬ様子で、ハーバルは、暗澹《あんたん》たる風景を眺めながら、考えをまとめていた。

ロバート・ブレイクが《M財団》に、連れ去られてから、一週間。

彼らは、最初からロバート・ブレイクが目的だったのだ。

ハーバル・ウエストは、ブルックリンのギャング抗争に巻き込まれていたロバートを救い、彼が裏稼業《かぎょう》の始末屋サビーニの手引きで、闇社会の取材をしていたことを知った。だが、その闇社会の背後には、大戦後に急成長した巨大資本集団のひとつであるM財団の影があった。《M財団》のなんらかの秘密を知ったため、ロバートは命を狙われていると、ハーバルは思ってきたのだが、どうやら、ロバート自身が、彼らの計画に重要な鍵を持っていたと思われるのだ。

それが、あの冷気の部屋での恩師の言葉でもある。

「あの男は、われわれの科学に寄与するほどの、驚くべき秘密を隠している……おそらくは……その体内に」

恩師は、死者復活のエネルギー転換に必要とした結晶体すら凌ぐなにかを、ロバートが持っていると考えていたのだった。

そのロバートが《M財団》に連れ去られ、その直後に起きた屍者の復活を重ね合わせれば、《M財団》がロバートの持っているなにかを使って、この事態を引き起こしたことは容易に推測できる。

いや――それだけで、すむのだろうか？　おそらく、《M財団》は、さらなる恐るべきことを実行しようとしているのではないか。

「屍者たちは、一定の方向に進んでいる」

ハーバル・ウエストが言った。「その屍体が集まる場所に、ロバートは、きっと、いる。彼を拉致《らち》して、この状況を創《つく》りあげた《M財団》の首脳たちと同じ場所にね」

屍体の同行については、そのとおりだった。

屍体たちは、先を争って、まっすぐに一定方向に進んでいた。

生きているものを喰《く》いながら進むのみならず、あとから来る屍体が、動きの遅い屍体を踏みつけて、這い上がり、我先にと、侵蝕《しんしょく》する波のように、一定方向に進んでいるのだ。

「屍体の目指す方向は、わかっているわ」

ハーバルは言った。「蝙蝠の翼で空から眺めたアレックスからの報告が正しければ……彼らは、ある場所に集まってきている」

「では、そこに？」

ピックマンが訊いた。「しかし……もう車では……」

「畜生！」

ウィルバーが呻いた。「畜生ッ！　今すぐやつらを叩きのめして、道を創ってやりてえ！」

「道なら、創れる」

エーリッヒが虚無的に嗤った。

そして、ヴィオールに手を伸ばす。

「待って！　今、目立つ方法は取りたくない。まずは、敵に気取られず、やつらの本拠地《ほんきょち》に潜入《せんにゅう》しなければ」

「しかし、どうやって？」

「任せて」

ハーバルは言った。「いい方法がある」

十分後、一九二八年型リンカーンのドアが開いた。

少し隙間を開けただけだったが、さっそく、灰褐色に腐敗した屍体が数体、尖《とが》った爪を伸ばし、歯を打ち鳴らしながら、禿鷹《はげたか》のように首を突っ込んできた。

だが――屍体どもは、あてが外れたように、顔を背《そむ》けた。

周囲の屍体たちも同じ反応だ。

リンカーンの車内からは、血まみれの蒼い手が伸びた。長い髪を振り乱し、屍蝋《しろう》のように色のない女が、ボロボロに破れたマントを、羽根《はね》の折れた鴉《からす》のようにぞろりと羽織《はお》って、長い脚を覗かせた。

ハーバル・ウエストである。彼女を知っているものでも、なかなか見分けはできなかっただろう。屍体は、みんな似たようなものだ。その碧い瞳を除いては。

続いては、巨大な体躯に黒いコートをまとった腐乱屍体。

さらには、痩せて背の高い、ヴィオールを持った髑髏《どくろ》の顔。

次々と屍体の現れるハーバルの愛車は、愛称〈矩形の匣《オブロング・ボックス》〉の語源どおり、棺に見えた。

そして、最後の最後に、小柄な体躯に、ノートルダムの怪物《ガーゴイル》か喰屍鬼《グール》かというご面相の男が転り出すと、先に車内から出た「三体」にむかって、どこか得意そうに、頷いた。

すべては、このピックマン画伯の画才によって、施されたメイクなのだった。

飢えた屍体さえも騙される「騙し絵」なのである。

ハーバルをはじめ四人の「歩く屍体」は、うろつく屍体たちの間を擦《す》り抜けながら、その進行方向を進んだ。

途中で、幾度も、屍体が顔を近寄せてきた。

その都度《つど》、ハーバルは気分が悪くなった。いつもは、死体を見るたびに、心が躍るハーバルだったが、他の誰かが勝手に甦らせた、歩く屍体などは、見るのも厭《いや》だった。屍体そっくりにメイクした天才ピックマンの腕は確かだが、とはいえ、生きているものの気配、匂い、呼吸や代謝《たいしゃ》、生体《せいたい》エネルギーなるものまでは、さすがに隠せないのではないか……と、ハーバルはひやひやしていた。だが、ピックマンの魔術的な画才が優《まさ》っていたのだろう、最終的には、屍体どもは、顔を背けた。

近くで、悲鳴が聞こえた。

なんと、生きている女が取り残されていたのだ。

飲食店のウエイトレスらしい恰好をしている。

ハーバルたちの顔を見て、悲鳴をあげたのだった。

——助けてやりたい。

と、ハーバルは、思った。だが、どうすればよいのか。

泥のように腐爛した屍体が、早速、その女に挑みかかった。

瞬間、ハーバルは拳を出していた。

屍体の顎は、簡単に、吹っ飛んだ。顎の無くなった屍体は、生きた女を咬もうとしても叶《かな》わず、うらめしげに立ち竦んだ。

女は、一瞬、助かったことを悟った。そして——ハーバルの顔を、どこか希望を持った眼で見つめ直した。

——あの人、私が生きていることに気がついたのかしら……。

ハーバルは、反射的に背を向けた。

だが、次の瞬間。

背後で、女の絶叫が聞こえた。今度のは——凄まじい断末魔《だんまつま》の悲鳴だ。

ハーバルは振り返ろうとして、すぐに、エーリッヒに止められた。

エーリッヒは髑髏のメイクの下から、沈痛な面持ちで、かぶりを振った。

しかし、ハーバルは見てしまった。

ウエイトレスの服装を鮮血で染めた女は、千切《ちぎ》れた自分の内臓をぶらさげたまま、すでに、飢えた屍者特有の目つきとなり、あらたな獲物を探していた。

「ごめんなさいッ……」

ハーバルは愕然《がくぜん》とした。「私なら、もう少しまともに蘇生させてあげるのに……」

あらためて、ハーバルは怒りに燃えていた。

「こんな死体蘇生は、最低だわッ」

確かに、初歩の初歩だった。

ミスカトニック大の医学部で、ハーバルが密かな実験を繰り返していた時は、初期の段階で、このテの蘇生体が確認できた。Z試薬と名付けられた最初の溶液がもたらしたものは、知能の失われた、食欲のみの獣のような蘇生体。しかも、薬剤の濃度によっては、二次的な死体——すなわち、蘇生体の襲った犠牲者までが、同じような蘇生体となって、復活し、コントロールを失った。

ハーバルとしては到底満足できるものではなかったのだが、この段階で、ハーバルの業績に感化され、崇《あが》めてくれるような愚かな後輩さえもいたのである。だが、そんな「押しかけ弟子《でし》」でさえ、彼女の研究には、ついてこられなかった。

その後のさまざまなトラブルで、大学さえ飛び出した彼女が、非合法な方法で、実験体を手に入れながらも、まがりなりにも研究を続けてこられたのは、「完全なる死体蘇生」という理想の目標があったからであり、理想の恩師との出会いもあったからなのだが――だからこそ、こんな死体蘇生を強引に実行した《M財団》は、

「許せない……！」

のであった。

「やつらの本拠地を、つきとめてやる！」

ハーバルは、前を歩く屍体の背中に足をかけ、その上をよじ登った。

「おっと、それは危険だぜ」

ウィルバーは、慌てて、ハーバルのあとを追う。

その強い膂力《りょりょく》で、前の死体を押し倒した。

どどっと将棋《しょうぎ》倒しが起きて、前の屍体どもは、泥のように崩壊していく。

「あれを見て」

追いついたウィルバーやエーリッヒに、ハーバルが呟いた。

「吸血鬼の報告通り。やっぱり――屍体の行き先は」

遙か先に、それは幻のように見えてきた。

見まごうはずもない

助手たちが叫んだ。

「ベドロー島だったのか……！」

ハーバル・ウエストは、頷いた。

「そうよ。またの名を……リバティ・アイランド

――自由の女神のお膝元《ひざもと》」

2

霧の彼方に、自由の女神は、聳え立っている。

遠目にも、その姿が、いつになく頼りなげに見えた。

まだリバティ・アイランドという名称は正式名ではなかったが、自由の女神の建っているベドロー島は、マンハッタン南端から二・六キロも離れた、離れ島である。

だが……そこを目指す屍者たちは、海など怖れてはいないようだ。

何十体もの屍体が沖へ歩き出し、沈んでいく。海底の泥の中を歩き、水膨《ぶく》れした皮膚を、蟹《かに》やバスなどに喰われながらも、対岸まで辿り着こうとしている。また、その屍体の上を、さらに屍体が踏みつけていく。

海上には、いくつもの屍肉の層が、浮き島のようにも見え、そのそれぞれは、活発に蠢いていた。

――あの屍体の上を飛び歩くしかないか？

屍体があげる波飛沫《なみしぶき》の泡を被りながら、リバティ・アイランドに潜入する方法を、考えあぐねているハーバルに、背後の屍体が、挑みかかってきた。

間一髪、肩を咬まれそうになり、振り切ったハーバルに、別の屍体が呻り声をあげた。助けに入ったウィルバーの顔を見て、やっと、ハーバルは気がついた。

「メイクが落ちてる！」

「なんと！」

ピックマンが悲鳴をあげた。「波で濡れて、剥《は》がれ落ちてしまったんだ。ああ、どうしよう！」

周囲の屍体は、五人分の生肉に、興奮したようだ。グルグルと飢えた声をあげ、屍者は襲ってきた。歯を剥きだした先頭の屍体の顔が、ハーバルの喉元に近づいた。

次の瞬間、屍体の頭部は、いきなり、破裂した。

焦《こ》げ臭い硝煙《しょうえん》と、飛び散る歯の中で、ハーバルは、見た。周囲の、さらに五、六体の頭が吹っ飛んでいく。

「ハーバル！　こっちだ！」

聞き覚えのある声とともに、銃を構えるウォード警部の姿が見えた。波間《なみま》を走って、近づいてくる警備艇《けいびてい》の運転席だ。白い波を飛ばして急カーヴし、ハーバルたちの前で停まった。

「乗れ！　ベドロー島へ行きたいんだろう！」

「どうして、あなたが？」

「わけはあとだ！」

ハーバル・ウエストと三人の助手を乗せるやいなや、ボートは、ベドロー島へと速度を上げる。

「あなた、まだ、警察辞めてなかったの？」

「見ての通りだ。上の命令で、ここの警備を手伝わされている」

「まさか、警察まで《M財団》の指揮下に――？」

「だから、渡りに舟だろ」

ウォードは言った。「潜入するには、いいチャンスだ。俺だって、ロージィの本当の仇を、黒幕を暴《あば》いてやりたい。調べだして、わかってきたことがいくつもある」

「まさか、《M財団》が警察まで動かせるなんて」

「議会もだ……。今回、初めて経験した世界大戦で、わが国の指導者たちは確信した。また、次なる大戦は必ず起きる。そのために、準備しておかなければならない巨大な力……。《M財団》は、そこにつけこんだ」

「それが、ベドロー島に？」

「やつら、対岸で、どんなものを造っていると思う？」

「造っている？」

「見えてきただろう」

視界には、緑青《ろくしょう》に覆われた自由の女神の威容《いよう》が見えてきた。

一五三フィート（約四七メートル）の台座の上

に鎮座まします、体長一一一・一フィート（約三三・八六メートル）の青銅の女神。さらに、四〇フィートもの高みに右手を伸ばし、純金の松明《トーチ》を掲《かか》げた自由のシンボル。

だが……見えてきたのは、それだけではなかった。

女神像を囲むようにして、見たこともない建造物ができあがっている。

それは、女神の肩ほどの高さを持つ巨大なもので、建造物と呼ぶには形の定まらぬ、一見するとなにやら灰色の土塊《つちくれ》か塵《ちり》が積み上げられているようにも見えた。

ただ、それは動いている。

地下から産み出されたばかりの溶岩《ようがん》のように、表面も輪郭も、みちみちと動いている。ハーバルは目を細めた。

その高さも、少しづつ成長しているようだ。

なにやら、いやな予感がした。

「あれは、なに？」

「島に五カ所だ。自由の女神を囲むように五芒形《ごぼうけい》でも描くように建てやがった」

「なんなの？　あれは、いったい？」

「わからない。――だが、その材質は、近寄ればわかる」

ウォードがうんざりしたように言った。「もうじきな」

船が近寄った。

五つの不定形の建造物は、ぐねぐねと動きながら地上に伸びていく。強い異臭を放っていた。みちみちと動く表面は、まるで、蛆の塊《かたまり》のように見える。なにかの蟲《むし》の群体のように見える。

否――あれは、蛆ではない。

ハーバルの目に信じられない光景が見えてきた。

屍体だ。あの歩く屍体どもが、群れ集まり、重なり合って、あの建造物を構成していたのだ。墓やモルグから起きあがった屍体どもは、あの不定形な五つの物体の一部となるために、海底を歩き、先を争って、この島に集まってきたというのか。

「なんてこと……」

ハーバルは唸った。「屍体の柱……？　あの五本の柱で、いったい何を」

彼女らを乗せた警備艇が、島に着いた。

船の中で、再び死骸《しがい》のメイクを補ったハーバルたちは、ウォードの手引きで、女神の見える位置に来た。

船の上からは、ぐねぐねと動く不定形の建造物としか見えなかったものも、ここでは、その「素材」がはっきりと見える。腐乱屍体、歩く白骨、飢えた屍体たちの重なり合い、縺れあった、蠢く霊廟だ。直立した屍体集積所だ。いや――というよりも。

奇怪な唱名《しょうみょう》が聞こえてくる。

なにかの儀式か。

自由の女神の台座だ。

女神像は、その台座《ペデスタル》――女神の身長より高い一五三フィートもの堅牢《けんろう》な建造物――の上に足を乗せている。

その台座正面に巨大な祭壇《さいだん》めいたものが備えられていた。

黒い祭服を着たものたちが、頭上を見あげながら、呪文を唱えている。

――非科学的な奴らめ……。

胸の中で痛罵《つうば》しながら、ハーバルが、目の前の彼らを睨みつけた時……。

……ポトン……。

と、赤いものが、彼女の目の前を通過して足下に滴った。

色の無い地表に、それは、真紅《しんく》の花のように鮮《あざ》やかに見えた。

……ポトン……ポトン……。

時間の流れを止めるかのように、ゆっくりと落ちてくる赤い水滴は、鬼気あふれる周囲の状況すらも遮断《しゃだん》して、ハーバルの碧い視線を釘付けにした。

ハーバルは、頭上に視線を移した。

女神の血ではなかった。

女神の冠《かんむり》の七つの突起《とっき》。その中央の一本から長い縄《なわ》が垂《た》らされており、その先端《せんたん》に、憐れな生《い》け贄《にえ》が吊されていた。

落ちてきたのは、その生け贄の血なのであった。

ハーバルは、愕然とした。

吊るされた生け贄は、ロバート・ブレイクだった。

3

血は、ハーバルの怒りを燃えあがらせた。

一瞬にして、彼女は、さまざまなことを悟った。

ロバートの存在を、彼らは、このために必要としたのだ。大量の屍者の蘇生も、奇怪な五つの建造物も、このためのものなのだ。――この奇怪な儀式のために。それが何かはまだわからない。だが、彼ら――《M財団》にとって、合衆国を動かす闇のエスタブリッシュメントにとって、それは次の世界大戦をも見越した巨大な計画に他ならない。いや――しかして、それは、合衆国国民が……いや、人類が望むものだろうか……。

ハーバルは、怒りに震えた。

ただちに、この儀式を粉砕して、ロバート・ブレイクを助け出さねば。

激しい興奮から、我に還り、ふと気がつくと、ウォードがいない。

儀式の詠唱が、大きく鳴り響いた。

足下に、ウォードが倒れている。

その頭から、血が流れている。

「ウォード警部！」

その声も掻き消されるほど、儀式の詠唱が、鳴り響く。

「ウィルバー！　エーリッヒ！　ピックマン！」

目を疑った。

ウィルバーは、身体を硬直させ、あらぬ方向を向いている。

エーリッヒも、ピックマンもだ。

三人とも、目がうつろだ。白目を剥いている。

「ウィルバー！　エーリッヒ！　ピックマン！」

なにかの術にかけられたのか。

──元凶は、あの詠唱か？

儀式の詠唱が大きくなる。あの祭司たちの声ではなかった。

屍体たちだ。今も形を変えつつある五つの建造物を構成する屍体たち、ひとりひとりの呻き声にも似た歌声なのであった。

──こうなったら、自分ひとりでも……。

覚悟を決めたハーバルの背中に、冷たいものが押し付けられた。

「お久しぶりです。ハーバル・ウエスト博士」

ねばりつくような声に、覚えがあった。

とうに記憶の底から廃棄《はいき》したと思っていた面影《おもかげ》。

「あなたは……」

「ミスカトニックでの貴女は素晴らしかった。……私にとっては、神のような存在です……」

「なぜ……あなたが……？」

ハーバルの脳裏に、医学部の後輩の姿が浮かびあがった。確かに、ハーバルを崇めていた信奉者《しんぽうしゃ》のひとりだ。研究生として途中編入してきた人物だが、Z試薬のごとき失敗作を、幾度も再現して得意になっていた愚かな「押しかけ弟子」だ。

その名は、確か……。

「エリック・モーアランド・クラップハム＝リーですよ。戦時中は、あなたに死体供与《きょうよ》の便宜《べんぎ》をはかろうとしたじゃないですか……」

「お断りしたはずよ。モーアランド卿」

「私の寄付も、ボストンでの開業の話もお断りになった」

粘つく声とともに、ハーバルの腰に手が廻ってきた。

ハーバルは思わず、跳ね除《の》けた。

「貴女の研究がなければ、今日の成果は得られなかったのですよ、ハーバル・ウエスト博士。貴女の試薬と私のプロジェクト。それは、合衆国の未来も、人類の運命も変えるものなのです」

「まさか……《M財団》というのは……モーアランド卿、あなたの」

「《モーアランド財団》は、いまや、デュポンもモルガンもロックフェラーも超えました。合衆国最大の巨大財閥《グレート・ファミリーズ》なのですよ」

モーアランド卿は、前に回って、顔を見せた。

学生時代から、とらえどころのない、目立たない顔だったが、狂信的な眼の色が強まっていた。

祭司の黒服の下から、軍服らしき勲章《くんしょう》の光が洩れた。構えている銃も軍用の大きなものだった。

「あいかわらず……貴女は魅力的だ」

屍者たちの歌声が高まった。

ぐねぐねと重なり合う屍体の建造物は、すでに自由の女神と同じ背丈になっていた。

「なにを造ろうというの？」

モーアランド卿は、得意げに笑った。

「神ですよ」

4

地表一五三フィートの台座の頂上に、ロバート・ブレイクは吊るされていた。自由の女神の足下に揺れているのである。

その身体から、血がしたたるごとに、屍体どもは歓声をあげた。

そして、ブレイクの身体が、さらなる高みに引き上げられていくにつれ、屍者の群れの悦びの歌声も高まった。

蛆の群れのように蠢く屍体は群れ集まって、巨大な群体が、それぞれできあがっていた。そのひとつひとつは小山のように高く、取り囲まれた自由の女神像と高さを競《きそ》っているように見えた。

そのそれぞれが、奇怪な巨獣のように見えた。

「神ですよ」

モーアランド卿は、得意げに笑った。

「人間などというちっぽけな存在が、地球にはびこる以前から宇宙を支配していた超越した存在……。私が、それらを呼び戻すのです」

「あの屍体が……」

「そう。屍体蘇生など、そのための手段にすぎません。あの神の姿をした屍体たちが、依巫《よりまし》となって、真の神を喚ぶのです」

五つの巨大な群体は、それぞれが、奇怪な形状を顕しはじめた。

ひとつは、原初の魚とも両生類とも人魚ともつかぬ不気味な半身の怪物が、奇怪な顔を天に向けて悶《もだ》えているように見えた。

ひとつは、ぶくぶくと泡のように波打ちながら、虹色の光を放ち、縄のような触手《しょくしゅ》と触覚《しょっかく》をみちみちと音をたてながら蠢かせる軟体動物めいた姿。

ひとつは、山羊《やぎ》の角《つの》めいたものを掲げ、異様に膨れた黒い腹部を伸びたり縮《ちぢ》めたりしながら、千もの小さな屍体を産み落としているかのように見える姿。

ひとつは、すっかり形の崩れ果てた死骸にかしづかれた、それ自体わけのわからない姿で、フルートのような音をたてながら、ぐずぐずと身体をのたうたせている。そのすべてが、犇《ひし》めきあう群体の姿もあってか、形を顕《あらわ》したかと思うと不定形に乱れる状態を繰り返していた。

だが——残るひとつは、はっきりとした異形を顕していた。

その頭部は、蠢く頭足《とうそく》類のように見えた。その「頭足類」の両脇から、蝙蝠めいた巨大な翼を拡げ、獅子《しし》のような体躯で、鉤爪《かぎづめ》をふんばって、吠え声をあげる。それはなにかの呼び声のようにも感じられた。

「ああ、俺を呼んでいる……」

放心状態のウィルバーが叫んだ。「俺も……そっちへ……」

「やめて!」

ハーバル・ウエストが叫んだ。「行くんじゃない!」

ピックマンは茫然としながら、壁に狂ったような絵を描き始めた。

その耳が、〈呼び声〉に反応しているのだ。

そして、エーリッツヒが、白目を剥いたまま、リサイタルのように一礼した。

ヴィオールを抱きかかえ、弓を構える。

――そうだ。エーリッツヒがヴィオールを弾けば……。

ハーバルは期待した。あまりにもリスキーだが、状況は覆る。

だが――エーリッツヒは、そのまま、泡を吹いて倒れた。

屍体の《神》は、さらにのたうった。

モーアランド卿は、勝ち誇ったように笑った。

その目も恍惚《こうこつ》として、すでに正気を失っていた。

「さあ……古き支配者たちよ……」

モーアランド卿は、祭壇に向かって叫んだ。

「帰還の刻《とき》はきたれり……」

その瞬間―― 鎖で繋がれ、ぶらさげられたロバート・ブレイクの胸から、なにか黒く光るものが回転しながら幻出《げんしゅつ》するのを、ハーバルは見た。

――あれが……。

ロバートが財団から、持ち出したもの? ハーバルの恩師が推測したもの。ロバートは、その体内に隠しているかもしれないと考えたものだとしたら……。

――トラペゾヘドロン……。

恩師の言葉が甦る。

あれが、屍体復活の触媒《しょくばい》、いや、それ以上の役割の——この召喚《しょうかん》儀式の鍵……。

「帰還の刻はきたれり……」

モーアランド卿は白目を剥《む》いている。トランス状態に陥っていた。

ハーバルは、隙を見て、走った。

倒れているウォード警部の元へ走る。

大丈夫。頭を殴られ、失神しているだけだ。

胸元から、銃を取りだした。

「さあ……古き支配者たちよ……帰還の刻はきたれり……」

倒れたエーリッヒの元にも駆けよる。

ハーバルは、拳銃を握って、ブレイクを見あげた。

ロバート・ブレイクの胸元で、黒い結晶体が回転している。

——あれが……輝くトラペゾヘドロン……。

ブレイクの唇が、動いた。

——殺してくれ……ハーバル・ウエスト……。


ハーバルは、銃を構えた。

「それは、私のシゴトじゃないわ」

銃を収めた。

「私は、死体蘇生者！　ハーバル・ウエストよ」

別のものを取りだした。

それは——恩師から預かった氷塊にも似たものを——恩師が最初の蘇生体に宇宙のエネルギーを送るために、古書の導きと数学的な方法論をもとに、はじめて人間の手で創りあげた結晶体——あの偏型二十四面体《トラペゾヘドロン》なのだった。

ハーバルは、それを宙に翳《かざ》した。

眩い光が瞬いた。

ハーバルの持つ結晶体から、鋭い光が、放たれたのだ。

それは、碧い光——ハーバルの瞳の色にも似た碧い光だった。

碧い光軸が、向かった先は、吊るされたロバートの身体から幻出し、空中で高速回転している黒い結晶体〈輝くトラペゾヘドロン〉である。

碧い光は、鋭く黒い結晶体を射抜いた。

瞬間、〈輝くトラペゾヘドロン〉の回転が止まった。

時間が止まったかのように、思われた。

屍者の声が、祭司たちの詠唱が、掻き消えた。

「私は、蘇生させる！」

ハーバル・ウエストが叫んだ。

「この世界を！」

同時に、ハーバルの掌で、碧く輝く結晶体が、震え始めた。振動は、発動機《ダイナモ》のように呻りをあげた。

その振動に同調するかのように……。

空中で止まっていた〈輝くトラペゾヘドロン〉が、再び回転しはじめる。

凧型二十四面体《トラペゾヘドロン》も回転しはじめたかと思った刹那――ハーバルの掌から鳥が飛びたつように、碧い残光を残して、結晶体が飛び出した。

同時に〈輝くトラペゾヘドロン〉も、高速で回転しながら、碧い結晶体めがけて急降下している。双つの結晶体は互いに惹かれあうように突進し、空中で衝突した。

その瞬間――。

宇宙が、瞬いた。


その寸前まで、空の高みに吊されながら、ロバート・ブレイクは、回想していた。ミスター・サビーニが盗み出した結晶体がなんだったのか、彼にはわかっていなかった。しかし、その名を聞いた時、なぜか、胴震えが来た。〈輝くトラペゾヘドロン〉。どこで聞いたのか、思い出せなかった。それが、シャツのポケットに入れただけで、自分の身体に吸い込まれたように消えてしまったことさえ、思い出せなかった。

だが――今、この瞬間、思い出した。

ハーバル・ウエストが何かを放ち、それがあの黒い結晶体に当たった瞬間、なにもかも理解できた。

――そのとおり――

突如として、目の前に世にも陰鬱な姿の〈他界人《アウトサイダー》〉が現れて、その映像を視せた。

――世界はひとつだけではない――

その世界では、自分は、〈輝くトラペゾヘドロン〉の秘密を知り、召喚された邪神への贄となって無《む》惨《ざん》な最期《さいご》を遂《と》げた。

そしてまた別のある世界では、自分が「無惨な最期を遂げる」物語を創った恩師に触発され、自分はいくつもの物語を紡《つむ》ぎ出す作家になり、本当は旧約聖書を書いて有名になりたかったなどと、嘯《うそぶ》いていた。

――誰もが別の物語を持っている――

失神したエーリッヒの脳裏では、〈他界人《アウトサイダー》〉が語る物語は、音楽として聞こえた。

放心状態のピックマンが描いた画の中からは、地中に続く世界に入った自分がどうなったのかが、描かれていた。

ウィルバーの前にも〈他界人《アウトサイダー》〉は現れた。コートの中から次々と現れ、自分を咬み破る猛犬の頭が、もうひとつ別の物語での役割を伝えた。

警官ではなく探偵だった自分の物語の終焉《しゅうえん》とともに、チャールズ・デクスター・ウォードは目を醒ました。

そして……〈他界人《アウトサイダー》〉の視せた世界のハーバル・ウエストは、女性ですらなく、世界の混沌《こんとん》を招き入れる張本人だった。彼が犠牲にした協力者モーアランド卿の、復讐の標的でもあった。

「思い出したか、ハーバート・ウエスト」

その世界においては、既に頭部を失っているらしいモーアランド卿の首無し死体が、喉の切断面から泡を噴きだすような声で叫んでいた。

「たとえ、どの世界であっても、俺はおまえに復讐してやる。そのために、俺は《神》を喚《よ》んだ」

屍体たちが、いっせいにウエストに跳びかかった。彼らは、牙をたて、その肉を引きちぎり、内臓を引きずりだし、ウエストを八つ裂きにするところだ。喉が破られるまさに寸前だった。

「私は、たとえどの世界であろうと」ウエストは叫んだ。「私はどの世界であろうと、死体蘇生者だ！」

声高く宣言した。

「私は――蘇生させる！　私の味方も、敵も、私自身も！　そして」

陰鬱な姿で佇《たたず》む〈他界人《アウトサイダー》〉を指さした。

「あらゆる物語を！」

その瞬間――。

宇宙が、瞬いた。

五体の《神》が、どろどろと崩れ去った。

動きを失った屍体が、瓦礫《がれき》のように押し寄せてくる。

ウエストは、茫然と立ちあがった。

そして、叫んだ。

「ウィルバー！　エーリッヒ！　ピックマン！」

屍体の中から、立ちあがったものが三人。

「無事ですぜ、ボス――いや、博士」

「俺もだ」

四人目が立ちあがった。ウォード警部だ。

「それから、どうやら、あの坊やもな」

ぶらさがっているロバートを指さした。

「モーアランド卿は？」

ウエストが聞いた。

「これじゃ、わからない。屍体に埋まったか、逃げおおせたか」

「ふうむ。振り出しか……」

女神の陰から、ウエストが言った。「まあ、いい。どんな敵が現れようが、私は、実験を続けていくだけだ」

その声を聞いて、ピックマンとエーリッヒが顔を見合わせた。

「博士。なんだか、喋り方が変わりましたね」

いいにくそうに言った。「その……男みたいな」

その時、眩《まばゆ》いヘッドライトが、ウエストに当てられた。

V型八気筒の呻りとともに、二八年型のリンカーン〈矩形の匣《オブロング・ボックス》〉の窓から、アレックスが顔を出した。

「ニュージャージー側まで廻って、フェリーで運んでやったんだ。感謝しろよ、ハーバル・ウエスト」

「来るのが遅いんだ、吸血鬼！　みんなを乗せて。運転は任せた！」

ヘッドライトに照らされたハーバル・ウエストは、長い髪をなびかせて、叫んだ。

「その前に……ロバートをお願いね」

女死体蘇生人ハーバル・ウエストの日常は、これからも変わることなく続くだろう。

ただ、ひとつ。


彼女たちを見おろすものを除いては。

自由の女神は、誇らしげに聳えていた。宇宙の瞬くような閃光を受けて、判別のつかないまでに溶けてしまった顔を、世界に向けて。

死神は飛び立った

《樹　シロカ》（いつき・しろか）

二〇一五年、「遥かなる海底神殿　（クトゥルー・ミュトス・ファイルズ）」掲載の読者参加企画「海底カーニバル」にて事件一・「いと小さき者達よ」を担当する。二〇一二年よりクラウドゲームス㈱運営のＷＴＲＰＧ「エリュシオン」「ファナティックブラッド」のシナリオライター、ならびに「オーダーメイドＣＯＭ」でノベルライターとして活動中。コメディからシリアスものまで幅広く手掛ける。

1

死は、いつでも傍《そば》にある。

佐々木朋彦《ともひこ》にとって、これは動かしようのない事実だった。

三坂《みさか》大学医学部を卒業し、附属病院に勤務して十年余りが経《た》つが、ここでは毎日誰かが死んでいく。

今、遅い昼食をとるためにコーヒーショップの関係者専用ラウンジに座っていても、丸テーブル二つを挟んだ並びの席にいる白衣の男女が低い声でぼそぼそ語る声が耳に入ってくるのだ。

「やっぱりだめだったのね」

「うん、だめだった。午前中はそれですっかり潰れたよ」

佐々木の席から男のほうの名札《なふだ》がちらりと見えた。男は小児科の医師らしかった。

年端《としは》もいかないような子供も、将来有望な若者も、可憐《かれん》な美少女も、死がひとたびその気になって襲いかかって来れば、決して逃れることはできない。

医師になったばかりの頃は、その事実に直面して無力感に打ちひしがれたこともあった。

だが今の佐々木は、見た目こそ当時と変わらず細身で色白で、外科医らしい細く長い指をしていたが、性格は随分と図太くなっていた。

それは他の同僚や先輩達――今そこで、カツカレーやミートスパゲティをつつきながら会話している二人もそうだ――のように、次第に現実を日常として受け入れていったからだ。いや、むしろ、他の者よりよく適応していたといえるかもしれない。

佐々木はほとんど乾きかけたウェットティッシュで指を拭《ぬぐ》い、空《から》の皿やコーヒーカップの載ったトレイを返却口《へんきゃくぐち》に運ぶと、コーヒーショップを後にした。

廊下に出て、病棟《びょうとう》を繋《つな》ぐ渡り廊下へと向かう。二階にコーヒーショップやコンビニ、一階に外来受付などがある、いわば表玄関にあたる一号館は、渡り廊下で他の棟と繋がっていた。

建て増しに建て増しを重ね、診療科を分けたりくっつけたりする度に改装を繰り返した病棟は、まるで立体迷路のように入り組んでいる。

渡り廊下に出ると、明るく穏やかな自然光に包まれる。遠くからは規則的でどこかのどかに響く電車の走る音が聞こえて来た。

佐々木は立ち止まり、二、三度まばたきした。光の中では空気までが、滅菌《めっきん》されているはずの病棟よりも清潔《せいけつ》に感じられるから不思議だ。

だがそんな穏やかな空気を、近付いて来る救急車のけたたましいサイレンが蹴散《けち》らした。回転灯《かいてんとう》の赤い光が足元を通り抜け、救急センターの車寄せに吸い込まれて行く。

三坂大学付属病院は海を望む小高い丘の上にある。この辺りでは山と海の距離が近く、建物の屋《おく》上《じょう》に出れば北側には山の、南側には海の景色が広がる。

病院の山側には私鉄の小さな駅があり、線路は山裾《やますそ》をなぞるように続いている。海側には高速道路と国道が並走《へいそう》していて、この道路を通って近隣の市からひっきりなしに救急車がやってくるのだ。

佐々木は腕時計《うでどけい》を見た。午後三時を少し回ったところだった。

冬の太陽は、もう急ぎ足で西へと傾《かたむ》きつつある。予定していた手術が一件、患者の体調不良でキャンセルになり、夜勤の時間までには少し時間がある。他に急ぎの用もないこういう暇に、佐々木は時間をつぶす場所を決めていた。向かったのは三号館だった。

三号館はかつての救急病棟で、二号館が建て直されて新しく救急センターになってからは、一階部分が紹介患者専用の外来受付や入院受付に保安所、待合スペースなどに割り当てられている。そして渡り廊下の繋がる二階は、いくつかの診療科の外来になっていた。

既に通常の外来診療の時間は終わっているにもかかわらず、時間のかかる検査の順番か、その結果が出るのを待っているのだろう。陰鬱《いんうつ》な表情の者達がぽつぽつと、固い椅子に座りこんでいた。

一瞬、ひやりと冷たい風が足元を吹き抜けていくような気がする。実際には最低限の暖房は効《き》いているはずだが、空気は重く寒々しい。ほとんどの者は連れと低い声で会話しているか、目を伏せてじっと動かないかだった。中には、怯えたような視線を上げて、通り過ぎる佐々木をちらりと見る者もいる。

佐々木は丁寧《ていねい》な無視でそれに応《こた》え、外来を通り抜けた。

大学病院でこんな時間まで残されている外来患者や付き添いである。恐らくはかかりつけの医院から不吉な予測と共に紹介状を受け取り、これでもう大丈夫だという期待半分、一方でもっと酷《ひど》い宣告を受けるかもしれないという絶望半分の心持ちでやってきたのだろう。

救急搬送《はんそう》された誰もがそうだろうが、当人達にとって病《やまい》や怪我《けが》はまさに降ってわいたような災難《さいなん》だ。だが受け入れる病院のほうではそれも日常にすぎない。

もし死神とやらが本当にいて目に見えたなら、

病院の天井《てんじょう》は、仕事の順番待ちの死神がみっしり詰まっていて、満員電車のようになっていることだろう。

三号館の端には医療用の売店があった。入院中に使う身の回りの品のほかに、機能訓練用の機器や医療用のサポーターなどを扱っている。なくては困るが通常の売店ほど賑《にぎ》わうような店でもなく、年配の女性が二人、暇《ひま》そうに店番をしていた。

佐々木は売店の並びにある自動販売機でペットボトルの暖かい緑茶を買い、ケーシー白衣のポケットにつっこむ。

売店を通りすぎると、左手の目立たない通路に入る。そこは一般患者がほとんど気付かないだろう一角で、荷物搬入用の小型エレベーターがあるのだ。エレベーターは売店の裏口に面していて、その扉の奥の壁際に階段室がある。

こんな所にある階段を一般の患者はまず利用しないだろうし、病院の関係者すらほとんど見かけない。佐々木はためらうことなく、その暗い孔《あな》に踏み込んで行った。

二階と三階の途中にある踊り場まで階段を上がり、そこで壁にもたれてペットボトルを取り出す。

佐々木はほとんど誰とも遇《あ》うことのないこの場所での休息《きゅうそく》を好んだ。たとえ一日のうちの三十分でもいい、上にも下にも患者にも気を使わず、静かに過ごす時間が欲しかったのだ。

どうせ緊急事態には、首から下げたＰＨＳで呼び出される。彼が所属する消化器外科は隣の五号館で、走って行けばものの五分とかからない。そういう安全圏《あんぜんけん》で、つかの間の自由と解放とをひそかに楽しんでいたのだ。

踊り場は静かだった。

遠くからまた救急車のサイレンが聞こえて来る。売店前の廊下を通る人の足音も微《かす》かに聞こえる。いつも通りの休憩時間だった。

そろそろ戻る時間かと思った頃、ふと、妙な臭《にお》いが鼻をついた。

「……なんだ？」

佐々木は咄嗟《とっさ》に、自分の肩口や胸元を掴《つか》んで臭いを嗅《か》いだ。どこか血生臭《ちなまぐさ》いような、何かが腐ったような臭いの元が、そこにあるのかと思ったからだ。だが着替えたばかりの真っ白なケーシーからは、微かな消毒薬の臭いぐらいしか感じられない。

「気のせいか？」

呟《つぶや》きながら、なんの気なしに視線を上げて階段が続く先、三階への出口を見たときだった。

……キィイイ……。

聞き慣れない音だった。単に音と呼ぶには余りに奇妙な〝音〟。まるでその〝音〟自体が何かしら明確な意思を伴っているかのような〝声〟に近い音だ。だがどんな生物にせよ、佐々木はこんな〝声〟を出す存在を知らない。可聴域《かちょういき》をはるかに超えたところで脳を揺さぶるような、脊髄《せきずい》を締め上げ震《ふる》わせるような、医師でありながらそんな表現でしか表せないような音だったのだ。

佐々木は一瞬ためらった後に、階段に足をかけた。

彼が休憩《きゅうけい》場所にしているこの階段が、ほとんど無人であるのには理由があった。人目を避けるように作られた階段の上、三階にあるのは病理診断科の処置室だったのだ。

遺体を解剖《かいぼう》して死因を調べるのが専門の科は、ほとんどの一般患者にとって無縁である。そして病院関係者であっても、いくら日常と隣り合わせに死がある職場とはいえ、用もないのに死そのものに近付くはずもない。

佐々木は、あえてそこに近付くことで、己の理性に対する自尊心《じそんしん》と、ほんのささやかな子供じみた背徳心《はいとくしん》をくすぐられて満足していた。なので、やはり三階まで上がることはこれまでなかった。

顔を出して見た三階の廊下は、しんと静まり返っていた。

佐々木は先程の音が聞こえないかと耳を澄ましたが、内心では聞こえないことを望んでいた。それほどに不快な音だったのだ。

「気のせいだったのか？」

首を傾《かし》げつつ、しばらく廊下を眺める。

一号館と三号館は同じぐらいの古さの建物だが、綺麗《きれい》に改装を済ませた一号館と違い、どことなく薄汚れた感じのする陰気な廊下だった。

一般の患者がまず通らないという理由だろう、二本セットの蛍光灯はうち一本ずつを外されており、廊下は昼だというのに薄暗い。その中で、病理処置室が使用中であることを示すランプが、いやに明るく見えた。

(時間も時間だ、戻るか)

自分を納得させて踵《きびす》を返した瞬間だった。

突然の激しい爆発音に、佐々木は弾《はじ》き飛ばされたように廊下に倒れ込んで身を伏せる。

白い煙《けむり》が廊下に流れ出してくる。佐々木は残っていた緑茶を染み込ませたハンカチを鼻に当てると、辺りを見回した。すぐ傍の非常ボタンを押すと、耳をつんざくようにベルが鳴り響く。

スプリンクラーから降り注ぐ水を浴びながら、佐々木は病理処置室へ向かう。使用中なら誰かがそこにいるはずだった。

「大丈夫ですか！」

処置室のドアは、爆風によって歪《ゆが》んでいた。鍵がかかっていたために、力をまともに受けたらしい。蝶番《ちょうつがい》を止めていたネジが吹き飛んで外れかかっていた扉は、思い切り蹴り飛ばすとあっさり中へと倒れていった。

入ったところは準備室だ。見れば、奥にある処置室のドアは見事に吹き飛び、残骸《ざんがい》となって転がっていた。

蹴飛ばしたドアを踏み越え、暗い非常灯が灯《とも》る室内を覗《のぞ》き込んだ佐々木は、一瞬息を飲む。そこに靴《くつ》を履《は》いた誰かの足が転《ころ》がっていたからだ。

だが落ちついてよく見れば、足はちゃんと胴に繋がっている。流れ出てくる煙を避け、身を低くして、佐々木は仰《あお》向けに倒れている人物に近付いた。

手術着にマスクをつけた年配の男は、病理診断科の西村教授だった。学生の頃、佐々木も解剖学の講義を受けたので顔は良く知っている。

「西村先生、大丈夫ですか！」

声をかけながらマスクを外して気道《きどう》を確保した後、佐々木は西村の身体をさっと診《み》る。首筋の脈を取ろうと手を当てると、ねっとりとした温かな液体にまみれた。

(これは……まずいな)

佐々木は同時に二点についてそう思った。

一点はもちろん、西村の容体について。そしてもう一点は、偶然とはいえ、これほどの事故の現場に自分が踏み込んでしまったことについてだった。

だが穏やかではない心中とは裏腹に、佐々木の手は機械のように正確な応急処置を続けていた。

「う……あ……」

ごぼり。

声と音と液体が、西村の喉元《のどもと》からあふれる。

「喋《しゃべ》らないで。お話は後で伺いますから」

佐々木はなぜこの騒ぎに誰も駆けつけないのか、

そのことに苛立《いらだ》ちを覚えていた。もしかしたらまだ誰か、助手でも中に取り残されているかもしれないというのに。

突然、佐々木は自分の手を掴む異様な力に気付いた。見れば、西村が佐々木の腕を払い退《の》けようとしている。

「先生、何をなさるんですか！」

「……あ、はや、く……薬を……くす……り……」

西村は佐々木を払い退けようとしたわけではなかった。佐々木の手をどこかに導こうとしているのだ。

「どうしました、薬がなにか？」

西村の指の爪が佐々木の腕に食い込む。その力の強さに異様なものを感じつつ、西村の導くままに床を探る。すると一本の小瓶《こびん》が落ちているのに気付いた。佐々木はそれを引き寄せ、西村の眼前に示す。

「先生、これですか？　これをどうするんです？」

西村の喉がぜいぜいと鳴り始めていた。命の灯が消えようとしているのだ。だが西村はその中でも、ひからびた指で床を探り、一本の注射器を掴んでいた。

「注射、を……はや、く……」

到底起き上がれそうもない状態の西村が、注射器を握り締めながら床で身悶《みもだ》えする。

「先生、注射をどうするんですか！」

強心剤だろうか？　それなら自分が打ってもいいのだが、このような状態の西村の判断がまともかどうかも分からない。

小瓶には何かラベルが貼ってあるが、暗くてよく見えない。佐々木はひとまず、西村をここから連れ出すべきだと考えた。

「先生、ちょっと失礼しますね」

そう言いながらポケットに小瓶を突っ込み、西村の頭側に回ると脇《わき》の下に両腕を入れる。西村は小柄《こがら》で痩《や》せぎすな老齢《ろうれい》の男だったが、それでも佐々木ひとりで動かすにはあまりに重い。

深く膝《ひざ》をついて、思い切り力をかけたそのときだった。

……キィィイイ……。

あの、全身が凍りつくような、脳をめちゃくちゃに掻《か》き回されるような、異様な〝音〟がすぐ傍で、それも先刻よりもずっと大きく響き渡ったのだ。

「なんだ、これは……！」

佐々木は〝音〟に逆らうように、声を上げた。

だが実際にその声が出たのかどうかはわからない。声を上げたと思ったときには、横殴《なぐ》りの激しい衝撃《しょうげき》を受けて自分が吹き飛んでいたからだ。

佐々木は壁際の棚に全身を激しくぶつけた。特に左の即頭部がひどく傷み、左足は燃えるように熱い。呻きながらも状況を確認しようと薄眼を開けると、思わぬものが目に入った。

辺りの様子も見えない暗がりの中、小さな白い顔が浮かび上がって見えた。暗い光をたたえたふたつの目が教授を見つめている。

目の下にはぽかりと空洞があいていて、異様な〝音〟はそこから漏れていた。空洞は口で、音は〝声〟だったのだ。

——これはなんだ？

佐々木の意識はそこで途絶えた。

2

明るい光が射《さ》しているのが、目を閉じていてもわかる。しばらくその穏やかな感覚に浸《ひた》っていた佐々木の意識は、突然ひっぱたかれたかのように明瞭《めいりょう》になった。

目を開いた瞬間、飛び込んで来たのは明るく白い天井。そして見覚えのあるナースの顔だった。確か本田といったか――。

「佐々木先生の意識が戻りました！」

そこでようやく佐々木は、自分が病院のベッドの上に横たわっていることに気付いた。

正確には横たわっているというよりは、何もできずに転がっている、といったほうが正しいかもしれない。何か喋ろうと口を開けたが、酸素マスクで覆《おお》われていて声は出ない。身体を起こそうとすると、ナースが飛んできて、あやすように身体を押さえた。

「先生、私の言ってることがわかりますか？　先生は酷い怪我をされているんです。もうすぐ谷口先生がいらっしゃいますからね。しばらくお休みくださいね」

優しい、諭《さと》すような口調。佐々木は情けない思いで相手の言葉に頷《うなず》いた。

言われなくとも身動きはできない。目を凝《こ》らして自分の身体を見下ろすと、ギブスに覆われ天井から吊られた左足が見えた。

（そうか、俺は怪我をしているのか）

それを確認すると同時に、激しい頭痛が襲って来る。顔をしかめ、佐々木は枕《まくら》に頭を預けた。深い霧《きり》の中にいるように視界がぼやけている。

ほどなくして廊下でなにやら言い合う数人の声が聞こえてきた。しばらく押し問答《もんどう》が続く気配がし、病室のスライドドアが開くと同時にきつい男の声が響く。

「ですから今は無理です。絶対安静なんですから。お引き取り下さい」

入って来たのは佐々木の同期の外科医である谷

口壮介《そうすけ》だった。谷口は後《うし》ろ手に鍵をかけると、少し大げさに息をつく。

「仕事熱心も程々にしてもらいたいね」

そして佐々木のベッドの脇まで来ると、丸椅子を引っ張り出して座った。

谷口は快活な印象を与える、大柄《おおがら》なスポーツマンタイプの男だ。低い丸椅子に座ってベッドに顔を寄せると、曲げた膝がつかえて邪魔そうだった。

「気分はどうだ？　ああ、喋れないな。まばたきで行くか。イエスならまばたき一回、ノーなら二回だ」

佐々木は一回、瞼《まぶた》を閉じて開く。

「お前はガス爆発に巻き込まれて、怪我して倒れているところを発見されたんだ」

谷口の説明によると、左側頭部《ひだりそくとうぶ》と両肩の打撲《だぼく》、それに左大腿骨《ひだりだいたいこつ》の骨折により全治《ぜんち》一カ月というところだった。


まばたきを一回。

「まあしばらくは休暇だと思って、のんびりしてろよ。嫌かもしれんが俺が主治医だからな。ちゃんと言う事を聞けよ？」

佐々木は顔を歪めて一回だけまばたきしてみせた。

痛み止めの点滴《てんてき》のせいもあり、それからしばらく佐々木は夢うつつを彷徨《さまよ》った。後で聞いたところでは、かなりうなされていたらしい。

酸素吸引で枯れた喉の不快感も消え、どうにかまともに会話ができるようになった頃には、あの爆発から四日が経っていた。

その日佐々木は、回診に訪れた谷口に、一番気になっていたことを尋ねた。

「西村教授はどうだった？」

谷口は一瞬言い淀《よど》んだが、誤魔化《ごまか》すことができない位には、佐々木が回復していると判断したのだろう。結局、発見された時には死亡していたと教えてくれた。死因は首からの出血による失血死と思われる、ということだった。

「と、思われる？」

「ああ。ガス爆発の衝撃が相当大きかったらしく、遺体の損傷《そんしょう》が激しくてな」

「そんなはずはない！」

佐々木は反射的に身体を起こしかけた。が、次の瞬間には、呻《うめ》きながらベッドに転がることになる。谷口が苦笑《にがわら》いでたしなめるが、その言葉は佐々木の頭を素通りしていった。

自分が駆けつけたとき、西村教授はまだ生きていた。生きていて、言葉を発したのだ。

——それからどうした？

そうだ、首の傷が酷くて。応急手当を試みたが、かなり危険な状態で。火災の煙に巻かれないうちに連れ出さなくてはと思って、教授の両脇に腕を入れて引っ張ろうとしたところに……。

「……つぅッ……！」

激しい頭痛が佐々木の思考を乱す。頭を抱えようにも手が動かない。身悶えしようにも下半身はベルトで固定されている。

「おい、無理をするな。まだ動ける状態じゃないのは自分でもわかるだろう？」

谷口の言う通りにするしかなかった。

痛み止めの注射を打つ谷口の手元を見ているうちに、佐々木はまた何かを思い出しかけたが、意識は次第に遠のいていく。

『注射、を……はや、く……』

しわがれた声。甲高《かんだか》い、脳をひっ掻き回すような、全身を凍りつかせるような〝音〟がどこかから聞こえてくる。

——あれは一体なんだ？

佐々木の意識は、どこまでも続く暗闇《くらやみ》の彼方《かなた》へと落ち込んで行った。

それからまた二日が経った。

痛みは残っているものの、ショックから立ち直った頭の働きは回復しつつあった。

そもそも苦労して車椅子を使って用足《ようた》しに行く以外は、ベッドの上で天井を見つめるぐらいしか今の佐々木にできることはない。そこであの日のことを何とか思いだそうとしてみた。

谷口が言っていたことは本当だろう。嘘をつく理由がないからだ。だがそれならば、なぜ自分はこの程度の怪我で済んでいるのか――。

激しい衝撃は覚えている。再び爆発が起きて、自分だけが運良く外に放り出されたのだろうか。それとも西村教授を助けようとしたこと自体が、佐々木の夢の中の出来事だったのだろうか。

佐々木は窓の外に広がる空を、見るともなく眺めていた。

彼の病室は個室だった。一般の四人部屋の半分ほどの広さで、入り口の脇にはトイレと洗面台がある。奥の壁際に、ベッドが据え付けられている。

ベッドの足元、壁の長辺いっぱいと右手の壁の一部にある窓の位置からみて、外科病棟である五号館の五階南西の個室だろう。

起き上がることができれば、南の窓からは海が見えるはずだ。ナースステーションからは近いが、エレベーターや動線の具合で入り口が見えにくくなっている。人目につきたくない患者を入れるにはうってつけの部屋である。

(まあ、下手をしたら俺の担当患者と顔を合わせかねないからな)

担当患者――。その言葉に佐々木は現実に引き戻された。自分にとっても降って湧《わ》いたような災難とはいえ、同じ診療科の皆には大いに負担になっていることだろう。もちろん、患者だって不安がっているに違いない。

回復してきた分だけ頭が回る。改めて皆に迷惑をかけていると気付くと、佐々木はなんともいたたまれない気持ちになって来た。せめて外来の担当ぐらいは早く復帰しなければと、恨《うら》めしい思いでギブスに覆われた役立たずの左足を眺める。

思考はノックの音で断《た》ちきられた。ドアが静かに開き、谷口が入ってくる。

「気分はどうだ」

谷口はいつものように傍の丸椅子に座ることなく、佐々木を見おろす。珍しく何かに苛立っているように思えた。

「おかげさまで。優秀な主治医様サマってところかな」

わざと明るい口調で言ってみるが、谷口はにこりともせずに黙りこんでいる。ややあって、言い難そうに口を開いた。

「お前が回復したら、話をしたいと言われてるんだ。……警察に」

佐々木は困惑《こんわく》して眉《まゆ》を寄せる。警察が自分にいったい何の用があるというのだ。谷口がフォローするように続ける。

「事故で死人が出た以上、警察が来るのは仕方ない。で、とりあえずあの場にいたお前から、知っている限りの話を聞きたいって言ってる」

なるほど、谷口が苛立っているわけだ。誰だって警察に付きまとわれていい気はしないだろう。

だが佐々木は、自分自身の記憶に確信が持てないでいる。谷口はうつむいて黙りこんだ佐々木の顔を覗き込み、ゆっくりと諭《さと》すように囁いた。

「今日のところは一〇分だけと言ってある。途中で気分が悪くなったら、すぐに中止させるからそう言え。いいな?」

谷口がドアを開くと、待ちかねていたように
スーツ姿の中年男が二人入って来た。谷口は不快な様子を隠そうともせず、腕組みしてドアの傍に立っている。

「大変なところをすみませんね、少しだけお時間を頂戴しますよ」

相手は身分証明書を開いて見せ、県警の刑事だと名乗った。年上のほうが丸椅子に座ったが、もうひとりは傍で立ったままだ。

佐々木はといえば、入院患者用の貸し出しパジャマ姿でベッドの上に寝転がっている。この状態で体格のいい相手に見下ろされると、圧迫感で息苦しい程だ。あるいは、それが相手の狙いかもしれない。

「まず、佐々木先生がどうしてあの日、あの場にいらっしゃったのか、その辺りからお伺いできますかね。先生は普段からよくあの辺りにいらっしゃったということですが?」

佐々木はしばらく考えた後に、下手に繕《つくろ》うよりも、覚えている限りをそのまま話したほうが得策《とくさく》だと判断した。もし自分がショックで記憶が混乱しているのなら、かえって好都合だろう。

軽く目を閉じ、渡り廊下で時計を見た辺りから話し始めた。だがさすがに、奇妙な音のことと、教授の薬のことは伏せた。自分でも現実のことか自信がなくなっていたし、仮に現実のことなら向こうから確認してくるだろうと思ったからだ。

そうして教授を助け出そうとして、衝撃を受けて気を失ったところまでを語り終えた。

刑事は頷きながら手帳に何やら書きとめていたが、顔を上げて佐々木の表情を確かめるように見つめる。

「なるほど。しかし先生は、ええと……消化器外

科でいらっしゃる。西村教授とはどのようなご関係がおありで？」

「いえ、階段の踊り場で休憩するだけですから。あの日も先生がいらっしゃったかどうかも知りませんでした」

一瞬、刑事の目に何かが閃《ひら》いた。

「では危険をかえりみず、おひとりで行かれたのはなぜですか？　誰もいないかもしれないのに？」

佐々木の背中を冷たい物が滑《すべ》り落ちていく。

「ええ、非常ベルを探しているうちに階段を上がっていたんです。そうしたら三階で叫び声が聞こえたもので」

それでも不自然かもしれない。人間、咄嗟の場合には、少しでも危険から遠ざかろうとするほうが自然だ。

だが刑事は——少なくとも表向きは——そこに拘《こだわ》らなかった。西村教授を見つけたときの様子や、室内の状態などについてかなり細かく確認され、谷口が時間切れだと口を挟むまでそれは続いた。

「わかりました。最後にひとつだけ。では先生はあの日、西村教授が解剖することになっていた遺体についてはご存じないのは確かですね？」

「もちろんです。それがなにか？」

刑事は立ち上がりながら、じっと佐々木の目を見つめている。

「遺体は二歳の男の子だったんですがね。見つからないんですよ。我々はその行方を探しているんです」

佐々木の顔色を確かめるように、しばらく無言でいた刑事だったが、谷口に時間切れだと追い立てられてようやく帰った。

さっきまで刑事が座っていた椅子に、谷口がどっかりと座りこんだ。

「だいたい、お前は気を失って倒れているところを発見されたんだ。遺体の行方なんか知る訳ないのは、警察だって本当は分かってるのさ」

慰《なぐさ》めるような谷口の言葉に、佐々木はどうにか頷く。

「で、本当に見つからないのか」

谷口によると、男児はかなり衰弱《すいじゃく》した状態で深夜に来院したが、未明に死亡した。診察した医師により虐待《ぎゃくたい》が疑われ、病理解剖に回されたのだという。

「いくら小さい子供とはいえ、痕跡《こんせき》もなく燃え尽きるというのはあり得ないからな。警察が疑うのもわからんでもないが、西村教授にはもう話も聞けん」

——なるほど、つまり自分は重要参考人というやつか。

刑事の態度がすとんと腑《ふ》に落ちた。この点に関しては佐々木自身が、確実に自分は無関係だという認識もあったからだろう。

だがなぜか、あの奇妙な〝声〟を聞いたときと同じ、得も言われぬ不快感が、背中から這い上がって来るのを感じてもいた。

3

夜になって風が出てきた。完全に開くことのない二重サッシに遮《さえぎ》られてさえ、木の梢《こずえ》がひゅうひゅうと鳴る音が聞こえていた。その音をかき消して救急車のサイレンが近付いて来る。

佐々木は眠れないまま、病室の天井を見つめていた。個室なので消灯時間後にテレビをつけてもお目こぼししてもらえるのだが、見ていると頭痛が酷くなるので消してしまった。

爆発で亡くなった教授と消えた遺体。

教授が固執していた薬。

そして不快な〝声〟。

それらが繋がるのか、あるいは全く無関係な要素の寄せ集めなのか。考えても分からないことが頭の中を巡り続けている。

「……いかんな」

佐々木はあえて声に出して言ってみた。自分の声が病室に虚《むな》しく消えていく。

ふと喉の渇きを覚え、手摺《てすり》に掴まりながら長い時間をかけて車椅子に移った。

呼べばナースが世話をしてくれるが、皆が顔見知りなだけに甘えているようで気恥ずかしい。これもリハビリだと、部屋の中で済む用はなるべく自分で済ませることにしていたのだ。

相変わらず風が鳴っている。その甲高い音はあの不快な〝声〟を思わせた。

そこで佐々木の喉がごくりと鳴った。

……キィィイイ……。

聞き間違いようのないあの音が耳に蘇《よみがえ》ったのだ。

ズキン、と左側頭部の傷が疼《うず》く。

——違う。今、聞こえているんだ！

カーテンを閉め切った白く明るい室内に、あの〝声〟が微かに響いているのだ。佐々木は思わず周囲を見回す。〝声〟は西側の窓からのように思えた。

「そんなはずがあるか。どうかしてる！」

自分を奮い立たせるように声を出してみたが、頭痛は酷くなるばかりだ。その不快感を掃《はら》いたくて、佐々木は窓に車椅子を寄せた。

カーテンに手をかけ、思い切り引く。ざあっとレールの擦《こす》れる音がして、窓は一面の黒を背景に室内の光景を反転して映し出した。

眼をぎらつかせた自分の顔も、窓は鏡のように映していた。その必死の形相《ぎょうそう》に自分で苦笑した佐々木だったが、次の瞬間、あり得ないものを目の端《はし》に認めて息を飲む。

ちょうど部屋の角《かど》に当たる部分、左下の窓枠《まどわく》辺りに何か白い物が張り付いている。じっと目を凝らすと、それは小さな小さな掌《てのひら》だとわかったのだ。

佐々木の顔が驚愕《きょうがく》に歪む。

白い掌の向こう側、こちらをうつろな双眸《そうぼう》で見つめる子供の顔が、ぼうっと白く浮かんでいるではないか。

声にならない声が佐々木の喉からほとばしり出た。車輪にあらん限りの力を籠《こ》めて動かしたために、車椅子はバックでベッドに激突し、バランスを崩して横倒しになる。

治りきっていない頭と肩と足が激しく痛んだ。全身を走り抜ける痛みと自分の呻き声が佐々木の正気を呼び覚ます。

顔だけを上げ、薄目で窓を見遣《みや》ると、そこにはただ室内の景色が映っているばかりだった。

「どうしました、佐々木先生！」

よほど大きな物音をたてたのだろう、ナースの本田が血相《けっそう》を変えて駆けこんで来た。その顔を見て、佐々木は蒼白《そうはく》ながら照れ笑いができるぐらいには理性を取り戻した。

「すみません、寝ぼけていて車椅子の扱いを間違えたみたいで」

本田は呆《あき》れながらも、佐々木がベッドに戻るのを助けてくれた。

ようやく落ち着いた佐々木は、自分の心の弱さが可笑《おか》しくすらあった。幽霊の正体見たり、枯れ尾花《おばな》。光の反射をお化けに見間違えたなど、恥ずかしくて誰にも言えない。

（色んなことがいっぺんに起こって、疲れてたんだな。谷口に頼んで安定剤でも処方してもらう

か）

それでも電気を消す気にはならず、明るい中でうとうとしながらその夜を過ごした。

翌朝、採血や検温などのためにナースがやって来た。交替《こうたい》時間がまだなので、担当は夜勤だった本田である。

佐々木は昨夜の失態を改めて詫び、迷惑ついでにと病室のカーテンを開けておいてくれるように頼んだ。

「あら？　どうしたのかしら」

本田が小さく呟く。

「何か？」

「いえ、窓が汚れてるんです。嫌だわ、いつからでしょうねえ」

佐々木は彼女が部屋を出ていってから車椅子に乗り込み、窓に近づいた。

そこでまた悲鳴をあげそうになる。窓には何かをこすりつけたような、赤黒い跡《あと》がはっきりと残されていたのだ。

気がつけば病室を逃げ出していた。

誰かが呼び止めたような気もしたが、とにかく今はあの部屋から少しでも遠く離れたい。一番近くのエレベーターに乗り、とにかく下に降りる。

一階は放射線科とその受付がある。まだ早い時間であり、佐々木自身のように入院中の患者が偶《たま》に通って行くぐらいだ。

だが、少ないながらも、他人のいる場所で車椅子を止めているうちに、ようやく気持ちも落ち着いてきた。

自分だけが見たものなら、悪夢を見たのだと笑い飛ばせる。だがあれを見つけたのは何も知らないナースの本田だ。あの部屋は五階にある。

あんな所を汚すことができるモノとは一体なん

だ？

　どうすればいいのか分からないまま、佐々木は顔を上げた。

　待合の後ろには通路に沿って作り物の観葉植物で覆われた衝立《ついたて》があった。その向こうは外の景色が良く見える明るいガラス張りになっている。

　今見えているのは、ちょうど佐々木の病室の真下あたりだ。そこに清掃業者と思われる数人が集まって何事か話し合っているように見えた。

（そうか、鳥か！）

　佐々木の表情が明るくなった。ガラスに気付かず激突した鳥が死ぬのはよくあることではないか。

　佐々木は車椅子を転がし、外に出た。彼らから自分の予想を肯定する答えが得られるかもしれないと思ったのだ。

「おはようございます。何かありましたか」

　年配の男性が訝《いぶか》しげに顔を向けたが、車椅子の男が佐々木だと分かると丁寧に頭を下げた。

「ああ、先生でしたか。大変な目に遭《あ》われたんですってねえ。もう動いても大丈夫なんです？」

「ええ、お陰さまで。で、皆さんお揃《そろ》いで何かあったんですか」

　後のふたりも彼と同様に年輩《ねんぱい》の男女で、いずれもよく見かける顔だ。だがその顔色は青ざめており、怯《おび》えたような目をして互いを見かわす。

「いや、野良犬なんだろうけど……」

　手前にいた男が半身をずらしたために、三人で囲んでいた場所がよく見えるようになった。佐々木は息を飲む。

「これは一体……」

　アスファルトがおびただしい量の血で赤黒く染まっていたのだ。

「いやあ昨夜ねえ、ここで何かに襲われて、大怪我した人がいたらしいんですよ」

「なんですって？」

怪我がどれほどなのかは知らないが、流れている血の量は、もし一人のものならば命にかかわるレベルと見えた。

「とにかく、外来の患者さんが来る前に洗い流しておいてくれと言われたんですがね。それよりも、早いとこ野良犬を捕まえてもらいたいとこですなあ。患者さんに何かあったら大変ですし、私たちだって気味が悪くて仕方がない」

佐々木は曖昧《あいまい》に頷くと、病棟に戻った。


その日は冬にしては珍しく、昼前から激しい雨が降りだした。叩きつける雨粒に洗い流されて、件《くだん》の窓の汚れはすっかり消えてしまった。

佐々木はベッドで横になっていた。検温に来たナースが心配そうに顔を覗き込む。

「佐々木先生、少しお顔の色が悪いみたいですよ。傷が痛みますか？」

「いや、大丈夫です。さっき車椅子で外に出たので、少し冷えたんでしょう。横になっていれば治ると思います」

「そうですか？　何か御用《ごよう》があったら呼んで下さいね」

ドアを閉めて出ていくナースに弱々しく手を上げて見せた後、ひとりになった佐々木は固く目を閉じて横たわる。夜に谷口が来るまで、少しでも眠ろうとしたのだが、上手くいかなかった。

ひょっとしたら、頭がおかしくなったと思われるかもしれない。だが誰かに話を聞いて貰わないと、本当に狂ってしまいそうだったのだ。

谷口が笑い飛ばしてくれれば、それで救われるような気もする。ついでに何か理由をつけて、病室を変えて貰おう。

食欲のないままに夕食を口に押し込み終えた頃、

ようやく谷口が顔を出した。

「遅くなってすまん、午前中に急な手術が入ってな。後がバタバタだ」

「いや。こちらこそ無理を言ってすまない」

いつも通りに丸椅子を引きよせながら、谷口が思いついたように言った。

「そうだ。佐々木、お前三階の売店の近くをよく通ってただろ？　急患はあそこに勤めてる森さんという人の旦那さんでな。帰宅が遅くなった奥さんを夜遅く迎えに来て、この五号館の前で野犬に襲われたらしいんだ。いやあ、酷かったよ。首の傷なんて、こう言っちゃなんだが生きてるのが不思議なぐらいだった」

佐々木の喉から危うく悲鳴が飛び出しそうになる。

「で、話ってなんだ？」

何も知らない谷口はそう言って、佐々木の診療科の連中が持ってきてくれた見舞いの菓子を勝手に取って頬張《ほうば》る。

「ああ……実はな……」

意を決し、佐々木は語り始めた。

刑事達には黙っていた、謎の物音、西村教授の言葉、気を失うまでの出来事の全て。そして昨夜からの怪異についても。

「……って訳だ。証拠になるような物が何もないし、自分でもおかしなことを言ってるとは思う。だが、どうにも気持ち悪くて、主治医にぐらいは全部聞いてもらいたくてな」

どうにか冗談めかして語り終えると、それまで黙って聞いていた谷口が、椅子の上で身じろぎした。

何かを迷っているような表情だったが、やがてのろのろとポケットに手を入れると、取りだした物を佐々木のベッドに置く。それは一本の小瓶だった。

「すまん。本当のことを言うと、俺もお前が西村教授とつるんで、何かやってるんじゃないかとちょっと思っていたんだ。お前には用がないはずの三号館によくいるって噂を小耳にはさんでな。ほら、今回も最初に駆け付けたわけだろう？」

谷口は誤魔化すように、少し笑いながら肩をすくめた。

「で、あの日お前の上着のポケットに入ってたこれ。何かわからなかったんで、ひとまず預かっていたんだ」

佐々木が首を振り、大きく溜め息をつく。友人である佐々木のことも考えたのだろうが、恐らくは自分が所属する病院を面倒事《めんどうごと》から守るためだろう。谷口は如才《じょさい》ない男だった。

「そうか……。で、お前はどう思う？」

今度は谷口が黙り込んでしまった。


消えた幼児の遺体と、昨夜の怪異《かいい》。お互いがそれを直感的に結び付け、同時に馬鹿げていると自身で否定したのが手に取るようにわかった。

——だが。

「歯が、な」

谷口の眉間《みけん》の皺《しわ》がぐっと深くなる。

「負傷した傷口の形状がな。どう見ても犬じゃないんだ。この辺りは山が近いから、野生の猿の仕業《しわざ》だろうということで話はついたんだが」

佐々木はシーツを強く握り締めた。ああ、谷口は笑い飛ばしてはくれなかった。むしろ、悪夢は次第《しだい》に現実になりつつある。

青ざめた佐々木を見て、谷口が肩に手をかけた。

「おい、大丈夫か？」

佐々木はぎこちなく笑って見せた。

傍らの小瓶がベッドの上を転がり、固く冷たい感触《かんしょく》が手に当たる。

佐々木は改めてその小瓶を見つめる。中身はわずかに緑色を帯びて見える透明な液体だ。アルファベットらしき手書きのラベルが貼り付けてあるが、何の薬かは全くわからない。

「なあ、俺達で少し探ってみないか」

「え？」

谷口の目が、ぎらぎらと異様な光を帯びていた。

「俺にちょっと考えがある。お前はリハビリのついでにでも、それとなく西村教授の噂を集めておいてくれないか。お前は巻き込まれた被害者なんだから、逆に説得力があるだろう？」

どこか状況を楽しんでいるような谷口の口調は不気味ですらあった。だが佐々木も見えない恐怖を理性の力で捩《ね》じ伏せようと覚悟を決める。

「これが何なのか、つきとめるんだな」

掌《てのひら》に包み込んだガラスの薬瓶が、どくんと脈打ったような気がした。

4

その二日後。佐々木の足の骨折は順調に回復していて、車椅子よりも松葉杖《まつばづえ》を使う機会が多くなっていた。

変えてもらった病室にやってきた谷口は、背後を気にするような妙な仕草で廊下を見てから、個室の鍵をかけた。

「おい、すごい物が出て来たぞ」

谷口は黒い鞄《かばん》を大事そうに抱えていた。上擦《うわず》った口調はいやに熱っぽく、佐々木は思わず身を引く。

そんな佐々木の様子にはお構いなしに、谷口は食事用の補助テーブルを引っ張り出した。鞄から取り出した分厚《ぶあつ》く黴臭《かびくさ》いファイルを、佐々木の正面に据《す》えた。

ファイルの表紙は黒が変色した薄汚い緑色、綴《つづ》り紐《ひも》は千切《ちぎ》れかけている。固められていたであろう先端部分もぼそぼそに広がっていた。今にも剥がれそうな表紙のラベルは酷くボロボロで、手書きのインクの文字も退色して消えかかっていた。

「実はな、西村教授の家に行ってみたんだ」

「なんだって？」

佐々木は谷口の大胆《だいたん》さに呆れた。

西村教授個人の研究資料は、病理解剖室の爆発でほとんどが失われていた。そこで谷口は弔問《ちょうもん》の名目《めいもく》で自宅を訪《おとず》れ、自分の研究資料を教授に預けたままなので探してもらえないかと、細君《さいくん》に頼んだという。

「良くそんなことを思いついたな」

「一か八《ばち》かだ。幸い、教授の奥さんは仕事についてはノータッチだったらしくてな。それでも葬儀《そうぎ》以降、大学の連中が誰も寄り付かなくて寂《さび》しかったんだと」

そうして教授の私室を探る口実《こうじつ》を得た谷口は、資料やパソコンのデータまでも頂戴してきたらしい。

「犯罪だ……」

佐々木が思わず頭を抱《かか》える。

「ああ犯罪だ。これを見ろよ」

谷口がファイルを広げた。触《ふ》れると崩《くず》れそうな茶色い紙に、古めかしい字体で書かれた英語は非常に読みづらかった。

それはある実験の記録だった。読み進めるうちに佐々木は身を乗り出す。

「死体の蘇生《そせい》実験だと……！」

治りかけていた頭の傷が疼き出す。吐き気を催《もよお》すような不快感を覚えながら、それでも目は文字を追うことをやめられない。

傍らでは谷口が熱に浮かされたようにぶつぶつ

と呟き続けていた。

「その実験自体は、随分古い資料を元にしているらしい。西村教授がどこでこれを手に入れたのか、あるいは見て書き写したのかは判らないが、そんなことはどうでもいい。とにかくこの資料によると、死体に注射することで蘇生が可能になる薬品を、そこらの材料で調合できるってことらしいんだ」

佐々木はのろのろとファイルから顔を上げて谷口の顔を見た。

「おい。まさかその薬って……」

西村教授の残した小瓶、その中身の謎の液体。

教授はあのとき何と言った？

『注射、を……はや、く……』

背中を怖気《おぞけ》が駆け上がる。佐々木は掌で顔を覆うようにして補助テーブルに肘をつく。

「待て、待て！　ちょっと待て！　じゃあ教授は、その薬を使って何かやっていたっていうのか？　行方不明の遺体が蘇生して、この辺りをうろついているとでも？　そして教授は自分を蘇生させろと言ってたのか⁉」

自分の右腕に残された、死に瀕《ひん》した老人がつけた爪痕《つめあと》から、冷たい何かが流れ込んでくる。反対の左腕を、温かく大きな手が強い力で掴んだ。

「試してみればいいじゃないか」

谷口が顔を寄せて囁《ささや》いた。

「試す？」

「そうだ。お前がやりたくないなら、俺ひとりでもやる。あの薬をくれないか」

――やめてくれ！

反射的に叫びそうになった佐々木は、その言葉を飲みこんだ。

ここで自分が断っても、言葉通り谷口はひとりでやるだろう。こいつは西村教授の最後の姿も、あの異様な音も知らないのだ。

佐々木の中で死を冒涜《ぼうとく》することに対する怖れと、自己をある種、特別な存在だと自負《じふ》する心——それはあえて誰も近付かない場所を、休息場所にする程度で満足していたはずのものだった——がせめぎ合う。

「やるとして、どこで。大学では、俺達だけで何かを、その、研究する……なんてのは、到底無理だ」

やっとの思いで絞《しぼ》りだした声は、我ながら哀《あわ》れな程に掠れていた。

「それは考えてある。俺の実家の病院ならなんとでもなる。やるか？」

均衡《きんこう》を保っていた佐々木の心の天秤《てんびん》が大きく傾いた。

谷口の実家は、三坂大学からほど近いところにある開業医だ。開業医とはいえ、ちょっとした入院設備もあるそれなりの規模である。谷口はこの大学で箔《はく》をつけて、いずれそこの院長に収まるという恵まれた境遇《きょうぐう》だった。

そう、入院していても見舞いに駆けつける身内もいない佐々木の身の上とは、雲泥《うんでい》の差があるのだ。

谷口と佐々木は同期の中でも馬が合う良い友人と言えた。だが同じ医師として、負けたくないという気持ちも確かにある。佐々木はぐっと力を籠めて相手を見返した。

「いいだろう。俺が外出できるよう上手く手配してくれ」

「任せろ。実験の準備も整えておく。次に俺が休みの日にやろう」

一度腹を決めてしまえば、畏《おそ》れていたのが嘘のようだ。ふたりはぞくぞくするような好奇心に突き動かされつつ、低い声で相談を続けた。

その日から佐々木は、寝る間《ま》を惜《お》しんでファイルと格闘することになった。

入院中の暇つぶし兼勉強なのだと言えば、古い資料を読んでいることを誰も怪しまない。

こうなると時間が惜しかった。谷口も忙しい身だったし、佐々木自身もなるべく早く仕事に戻らねばならない。私物のノートパソコンを持ち込み、実験手順をまとめていく。

だがいくら読んでも何か大事なものが欠けているという印象は拭えなかった。

(このファイルは不完全だ。谷口のやつ、興奮して何か忘れてきたな……)

だがひとまずはわかる範囲で試すことになり、谷口が休みになる日にあわせて佐々木も外泊許可を取った。タクシーに乗り込むとそのまま谷口の病院へ向かう。

病院の裏口に車をつけると、谷口がすぐ迎えに出てきた。佐々木が松葉杖を使い苦労して車を降りる間に荷物を受け取り、揃って中に入る。

「ちょうど休診日でな、タイミングが良かったよ」

谷口は裏口のすぐ近くの部屋に佐々木を案内した。簡単な検査等を行う処置室らしく、血圧計や採血用の器具やエコー検査の装置などが並んでいる。

「ここなら今日は誰も来ないはずだ」

谷口が隣の部屋から様々な道具、薬品、そしてマウスの飼育ケースを載せたカートを運んできた。

大学では疫病《えきびょう》対策や生態系《せいたい》への影響を考慮し、実験用の動物は極めて厳重に管理されている。なので、マウスをちょっと一匹拝借《はいしゃく》というわけにもいかず、谷口はネットショップで蛇などの活《い》き餌《え》として売られているマウスを入手したのだという。

本来なら実験には目的に応じて様々な遺伝的な条件を満たしたマウスが必要だが、今回はその必要はない。必要なのは単なる死骸《しがい》だからだ。

ふたりは処置用の小さなテーブルを挟んで両側に回る。佐々木は丸椅子に腰掛けた。

「足のほうは大丈夫か？」

谷口のマスク越しのくぐもった声。佐々木は松葉杖を使えばかなり動けるようになっていたが、さすがに立ったままでの作業はまだ無理だ。

「ああ。座ったままだ、問題ないよ」

佐々木は無事な右足に体重をかけて、姿勢《しせい》を整える。

「じゃあ始めるぞ」

事前の打ち合わせ通り、飼育ケースから掴み出したマウスが暴れないよう麻酔《ますい》を打ち、生体反応を確認するための電極《でんきょく》を繋ぐ。そうしておいてからマウスの腹を開いた。

ふたりは無言でモニターを眺める。腹を裂《さ》かれたマウスの生が終わるのを待つ。

光が明滅《めいめつ》していたモニターが徐々に大人しくなり、ついに動きを止めた。客観的に見る限り、マウスは「生きていない」状態になったのだ。

佐々木が注射器を手にする。中身は例の西村教授が残した薬だ。

互いの呼吸が荒くなり、その音を聞いているうちに心拍数《しんぱくすう》が上がって行く。まるで学生時代に初めて注射をしたときのような慎重な手つきで、マウスに針を刺した。

少しずつ、液体がマウスの身体に入って行く。

ふたりは息を詰めて見守った。

だが、マウスはピクリとも動かない。

「何分ぐらいが目安なんだろう」

「わからん。それは資料になかった」

佐々木は資料を詳しく読み込んでみたが、データの類は全く見当たらなかった。

西村教授自身の実験データも恐らく存在したの

だろうが、大学のデータベースには当然そんな物は残っておらず、個人使用のノートパソコンは爆発で吹き飛んでいた。

それから小一《こ》時間も待っただろうか。遂《つい》にマウスは蘇生しなかった。

「さすがに急ぎすぎたか。しかし何がどう失敗したのか、さっぱり分からんな。薬が駄目になっていたのかもしれんし」

谷口がぼやきながら、空になった注射器を片付ける。

「とにかく今日はここまでだ。相当な手間《てま》はかかるが、この薬に頼らずにあの資料の通りに作ったほうが確実かもしれんな」

実験に使ったマウスは、谷口がしばらく様子を見ることにして、ふたりは今日のところは実験を終えることにする。

「まあ一応、俺のほうで西村教授の周辺をもう少し探ってみよう」

佐々木は松葉杖を頼りに腰を上げる。

「あまり目立たないようにしろよ。西村教授のやっていたことを、病理の連中がどこまで知っているかもわからないからな」

さすがの谷口もそこは気になるらしい。

「大丈夫だ。というよりも、今思いついたんだが——、逆に俺は一度ぐらいあっちに話を聞きに押し掛けたほうが自然じゃないか？　何と言っても最期の時を共にした上に、一番酷い目に遭った被害者なんだからな」

「そう言われてみればそうか」

谷口は未練がましくマウスのケースを覗き込んだが、溜め息をついて覆いをかけた。

さっきまで生きていたマウス。それが、今は死んでいる。死んだものは二度と戻って来ないのが当たり前だ。本当に、一度消えた命を取り戻す方法など存在するのだろうか。

佐々木は無意識のうちに、薬の入った小瓶に手を添《そ》えていた。まるでそれに問いかければ答えが得られるかのように……。

5

次に時間が取れたのは、それから二週間後だった。谷口は毎日多忙であったし、佐々木も退院すると同時に、リハビリに通いながら仕事に復帰していたからである。

その合間《あいま》のある日の午後に、佐々木は西村教授のいた病理診断科を訪れていた。

「ああ、佐々木先生。その節は大変だったようですね。今日は何か？」

応対に出た若い研修医はどこか怯えたように佐々木を見る。

おそらく体よく追い返せと言われているのだろう。

調査すべき遺体が消えたことについて、佐々木よりはるかに厳しい〝協力〟を強《し》いられたのは間違いない。彼らは西村教授の事件について忘れたがっているのだ。

佐々木は相手を懐柔《かいじゅう》するか脅《おど》すかを迷った後に、後者を選んだ。

「何かじゃないだろう。こちらは救命を試みただけなのに、大怪我した上に共犯扱いなんだぞ。仕事にも差し支《つか》えるし、いい迷惑だ。そっちからもひとことあって然《しか》るべきじゃないか？」

少し声を荒げると、仕切りの陰から別の人物が顔を出した。佐々木より少し先輩にあたる、病理のベテラン医師である。胸の名札には講師とあったが、もうすぐ准《じゅん》教授にもなるのではと噂されている男だ。

「すまんすまん。ちょっと手が離せなかったんでな。こっちに入ってくれ」

軽い調子だが目は笑っていない。それでも中に呼びこまれ、古びて軋《きし》む椅子をすすめられる。

「こっちも大変でね。挨拶《あいさつ》に行くのが遅れたのは本当に失礼した。教授の急逝《きゅうせい》だけでも大変なんだが、あちこちから呼び出されて、仕事の引き継《つ》ぎもろくに手をつけられない有り様でね」

その後も相手はぼそぼそと語り続ける。

確かにかなり疲れてもいるようだ。良く見れば色々なものが積み上がった棚やデスクのあちこちに、不自然な空間ができている。警察はこちらではより強硬《きょうこう》に、資料の押収《おうしゅう》まで踏み込んだのだろう。

佐々木は通り一遍《いっぺん》のお悔《く》やみと労《ねぎら》いを述べた後、本題を切り出す。

「実はこちらに今日伺ったのはですね」

相手の頬《ほほ》がわずかにひきつる。隠し事の得意なタイプではなさそうだ。

「僕のほうにはもう警察が来ることはないでしょうけど、念のためにお互いの訊かれた内容を確認しておきたかったんです。病院内部のことで、余計な詮索《せんさく》は勘弁《かんべん》してもらいたいですから」

もっともらしい理由をつけて、佐々木は自分が警察に話した内容そのままを先に披露《ひろう》した。つまり薬のことや、妙な〝声〟については伏せたのである。

「なるほど。では佐々木君が西村先生を見つけたときには、もう検死用のご遺体はなかったということかな」

佐々木はその言い回しにどことなく違和感を覚えた。

「どうでしょう。西村教授が倒れていらっしゃったのは、入り口のすぐ近くでしたので。もう煙がひどくて、奥は見えなかったんです。そんな余裕もありませんでしたしね」

話しながら相手の様子を窺《うかが》う。何も見えなかった、という言葉に、相手が安堵《あんど》しているようにも思えた。そこでさらに踏み込む。

「あのとき、巻き込まれたのは教授と僕だけだったようですね。教授はおひとりで処置室にいらっしゃったんですか？　その、こちらの方は誰も立ち会わずに？」

講師の男の表情が険《けわ》しくなった。

「うん。それで話が面倒なことになっちゃってね。教授は予定の時間よりも早く、おひとりで処置室に入って作業を始めてらして。私達もそれで、色々とね……」

かなりこっぴどく、病院の上層部から叩かれたようだ。


「とにかくお礼が遅れて申し訳なかった。教授もきっと感謝しておられると思う。それにしても佐々木君が怪我だけで済んで本当によかったよ。後はしっかり養生《ようじょう》して、またバリバリ活躍《かつやく》してくれよ」

次の予定があるからと、面談はそこで打ち切られた。佐々木は腰を上げかけながら、いかにもどうでもいいことを思い出したというようにつけ加える。

「ああ、そういえば。西村先生は何か持病がおありでしたか？　例えば狭心症《きょうしんしょう》だとか」

「いや、特には……それがなにか？」

講師の男の目がなにかを探るかのように細められる。佐々木はそれに気付かない振りをして歩き出した。松葉杖の扱いにも随分慣れてきて、狭い場所でもさほど不自由はない。

「そうですか。いえ、先生があのとき、しきりに薬、薬とおっしゃっていまして。余程大事なお薬だったのかなと、何となく気になっていたんですよ」

軽い調子でそう言って、佐々木はそこを後にする。一気に冷えた部屋の空気が、彼の背後で渦を巻いていた。


その日の夜遅く、佐々木は電気がついているのを確認して再び病理診断科を訪れた。ドアをノックし、中へ入る。そうであってほしいと思っていた通り、中にいたのは昼間最初の応対に出た研修医ひとりだけだった。

研修医は佐々木の姿を認めると、ほとんど泣き出しそうなぐらいに狼狽《ろうばい》していた。

「ど、どうされたんですか？　こんな遅い時間に……」

「いや、実はさっき忘れ物をしたみたいなんだ。僕の万年筆が落ちてなかったかな」

もちろんこれは口実だ。

「万年筆ですか、気付かなかったですね。何色ですか？　誰か拾っているかもしれないので、明日にでも聞いておきますよ」

「そうか、ありがとう。しかし君もひとりで遅くまで頑張ってるんだね。他の先生はもう帰られたんだろう？」

そう言いながら少し横に重心を移動すると、研修医はそれにあわせるようにわずかに身体を動かす。

佐々木はそのせいで研修生が何かを背に庇《かば》うようにして動いていることに気付いた。

もたれるようにして後ろ手をついているデスクの上に、検査を請け負う業者が検体を入れて持ち運ぶのに使うような、プラスチックケースが置いてある。

佐々木はあえて真正面から仕掛けた。

「こんな時間に何か処置かい？　もう業者が来る時間でもないだろう」

研修医がびくりと身体を震わせる。

「いえ、別に……」

佐々木は勝手に傍の椅子に掛け、研修医の顔を探るように見上げた。

「実はね、君に用があったんだ。君はまだここにきて日が浅いだろう？　気の毒に思ってるんだよ、こんなことに巻き込まれて」

なだめるような回りくどい口調が、我ながら悪どいと佐々木は思う。

「さっき、警察はもう僕には何も訊きにこないだろうと言ったけどね、そうとも限らないんだ。君は西村教授が何を疑われているか知っているかい？」

「な……なんですか」

「臓器売買だよ。それも子供のね」

これは、ついさっき思いついた口実だった。

「そんなはずはありません！」

怯えきっていた研修医が、突然気色《けしき》ばむ。

「先生はそんな方じゃありませんよ！」

「もちろん、僕はわかっているよ。だが仮にそう疑って状況を見てみれば、困ったことに、一見《いっけん》、辻褄《つじつま》が合っているんだ。警察としては、このストーリーが一番都合がいいんだろう」

呆然《ぼうぜん》としている若者に冷静になる暇を与えないよう、佐々木はなおも追い込む。

「君の後ろのそのケース。中身は知っているのか？」

研修医はびくりと身体を震わせた。

「これはその、不要品を処分しようと……」

「じゃあ見せてもらっても問題はないね。まさか臓器なんかが入ってる訳じゃないんだろう？」

返事を待たずに佐々木は立ち上がり、松葉杖で相手の足を遮ると蓋《ふた》に手をかけた。果たして、中に入っていたのは見覚えのある小瓶だった。

「これは西村教授の物なんだね？　良く押収されなかったものだ」

研修医は答えない。だが無言は、この場合、肯定《こうてい》だった。

「察するところ、君は何も知らなかったということでこれを廃棄処分するように言われたんだね。だが病院の手続きでは、申請者として君の名前が残るんだよ」

哀れな若者は唇《くちびる》を噛んで俯《うつむ》いた。

「僕だけじゃありません。他の先生方も、その薬について全く知らないんです。西村教授に頼まれて、他の科が預かっていたとかで、今朝戻されて来たんです。だから……」

「他の科？　どこでそんなものを預かってたんだ」

「外科です。本田というナースが持ってきたんです」

佐々木が入院していたとき、担当してくれたナースだ。

「なぜ本田さんがそんなものを」

「知り合いを通じて、西村教授の口利《くちき》きでこの病院に来たそうです。教授が亡くなられて、薬を預かったままなのも困ると言って……」

勢いついでに自分の科の責任だけではないと言いたいらしく、研修医は饒舌《じょうぜつ》だった。佐々木はなだめるように彼の肩を叩く。

「これは僕が預かろう」

「えっ？」

研修医があからさまに疑わしげな目を向ける。

「僕もこれ以上ごたごたに巻き込まれるのは御免なんだ。西村教授の残した物に警察が後で気付いてみろ。こんなすぐに処分したらすぐにばれる。

そうしたら、君は証拠品を隠した犯人扱いだよ」

「僕が、犯人……！」

哀れな青年は、揺さぶりに翻弄《ほんろう》され通しだった。

佐々木は内心の高揚《こうよう》を抑えて、いかにも渋々《しぶしぶ》という表情でケースを取り上げる。

「なに、他の科に預けていて今日まで見つからなかったんなら、病理以外の科でうまく処分すれば誰にもわからないさ。君は言われたとおりに処分したと報告しておけばいいんじゃないか？」

追い込まれた若者には、佐々木の行動について深く考える余裕はなかった。


それから数日後、谷口の実家の病院を訪ねた佐々木は、一連の経緯を話して聞かせた。

ただし、外科のナースの件だけは伏せておいた。谷口は顔を合わせることも多いだろう、当面の間は知らない方がいいと思ったのだ。


「お前も思ったよりやるなあ」

谷口は肩を震わせて笑っていた。

「まあ、それほど的外《まとはず》れなことは言ってないと思うがな」

だが谷口の言う通り、元来慎重《がんらいしんちょう》な性格の佐々木にしては大胆な行動だった。

「病理の連中だってこれ以上の面倒事は避けたいはずだ。俺が踏み込めば何か反応があるだろうとは思っていたが、こうも上手く行くとはびっくりだよ」

佐々木にしてみれば、谷口が西村教授の資料をまんまと手に入れてきたことで、なにか手柄《てがら》を横取りされたような気持ちがあった。自分のほうが最初に事件に関わったのだから、主導権を握られたままではちょっと癪《しゃく》だという本音があったのだ。

「教授は薬を使おうとしていたんだから、他にも予備があると読んでたんだ。お陰で事が早く進む。

多分こちらの方が保管状態もいいはずだ」

教授が亡くなるときに持っていたものとそっくりな、ラベルの付いた小瓶から注射器に薬を取る。

「よし。じゃあ、早速《さっそく》始めよう」

前回と同じくふたりは実験にとりかかる。ただし、今回マウスに注射するのは、新しく入手した薬だ。

佐々木も谷口も固唾《かたず》を飲んでマウスを見守る。長い長い五分が経過し、佐々木が先に深い息を吐いた。

「やっぱり駄目か」

だが谷口の目は、じっと一点を凝視《ぎょうし》していた。

「おい。今、動かなかったか」

「なんだって？」

佐々木は半信半疑で顔を寄せる。そのときだった。微かに、本当に微かに、佐々木の鼓膜《こまく》を忘れようとしても忘れられないあの音が震わせたのだ。

……キィィイイ……。

「なんだこのひどい音は！」

谷口は耳を塞いで叫んでいた。

だが佐々木は声を上げることもできない。喉は悲鳴をあげようとひきつったが、続いて起こった出来事に驚くあまり、その悲鳴もどこかへ行ってしまった。

尾がぴくりと動き、続いて尖《とが》った鼻先が、不規則に上下する。ぺたりと寝ていた髭《ひげ》が、震えながら立ち上がる。

「おい、これは……」

谷口の声も震えていた。

死神は一度捕まえた獲物《えもの》を手放して、どこかへ飛び立ったのだ！

マウスの傷口を縫合《ほうごう》し、飼育ケースに入れて様子を見る。それから一時間も経つ頃には、マウスはよたよたとケースの中を動き回るようになったのだ。

興奮が冷めやらぬままに、ふたりは透明な飼育ケースを間に、向かい合ったまま座りこんでいた。

「これはすごいぞ……！　すごいことだぞ」

うわごとのように谷口が幾度も呟く。佐々木は内心で、谷口の図太さに舌を巻いた。

(谷口はあの音が、もう気にならないのか)

だが、佐々木が単純に目の前の出来事に興奮できないのは、あの音を聞いたのが初めてではないからだろう。あの音はいやな記憶を連れてくる。

それを頭から消したくて、特に意味もなく薬瓶を取り上げ、透《す》かして見た。佐々木はそこであることに気付き、以前失敗したほうの薬の瓶を鞄から取り出し、ラベルのアルファベットを見比べた。

「なあこれ、大文字の『I』じゃなくて、ローマ数字の〝I〟と〝II〟なのかな」

「どれだ？　……ああ、そうかもしれんな」

見れば、以前に失敗したほう——つまり西村教授が最後に持っていたほうの瓶のラベルでは、アルファベットの最後にあるIの縦線が太いと思っていたが、どうやら二本の線がほぼ重なっているらしい。

今回使った、病理から持ち出した薬瓶のラベルではきちんと一本である。元々読み取りにくい文字だったので、今まで気付かなかったのだ。

「なんだろうな。ここだけ数字っていうのもなんだか……」

何かが引っかかり、佐々木は考え込む。その間に谷口は辺りを片付け始めた。

「元々は西村教授が区別をつけるために付けた番号みたいなものだろう。今となっちゃ、その名称自体に意味はないさ」

「まあそれもそうか」

すっかり元気になって走り回るマウスを横目に、佐々木はやはり何かが気にかかっていた。

「こっちの成功した薬の後に作ってみたら、効果がなかったんだろう。もうそっちは捨ててしまえよ」

「うーん、そうだなあ……」

佐々木は曖昧に答えながら、なおも薬瓶を眺めていた。改めて見れば、西村教授から直接受け取った薬のほうは、文字の下に赤いインクでラインまで引いてある。

(これは違いがはっきりわかるように書いたんじゃないんだろうか。もし失敗作なら、なぜこっちの薬を処置室に持ち込んでいたんだろう？ 作った西村教授には見分けがついたはずだが……)

考えこむ佐々木に対して谷口は興奮の真っただ中にあり、熱に浮かされたような目をしていた。

「なあおい、そんなことよりも、これからどうする？」

「これから？」

谷口がぐっと顔を寄せてきた。

「決まってるだろう。この薬の応用だよ。なあ、これを人間に使えると思うか？」

「人間、だって……？」

佐々木は身震いした。良識《りょうしき》とか道徳とかいう類《たぐい》のものに反する恐怖心と同時に、生死を司《つかさど》る神の領域に手をつけることに対する興奮が身体を駆け巡るのを感じた。だがそれもすぐに消え失《う》せてしまう。

「待て。その前にもう少し実験が必要だと思わないか。現時点では、一勝一敗なんだぞ」

適当な言葉しか出ない。佐々木は激しい眩暈《めまい》を覚えた。

「いや。たぶん西村教授は人間で実験してたんじゃないのか？　絶対そうだと思う。ここまで薬を作り上げておいて、何もしてないはずがないだろう。しかも例の事件だ」

何かが喉を締め上げる。佐々木は谷口のように舞い上がることができなかった。

――なぜだ？　一体何が俺を押しとどめているんだ？

そうしているうちに漠然《ばくぜん》とした不安だったものが、少しずつ形をとり始めた。

死んだ人間を蘇生する。それが可能だとして、それは本当にまだ〝人間〟なのか……？

不吉な予感に飲み込まれそうになりながらも、谷口を一足飛びに走らせないような上手い言い訳を必死に考える。

「仮にそうだとして、誰にも知らせないのはあり得ないだろう。倫理《りんり》的な問題があるにせよ、技術が完成したなら大学内部の誰かが知っているはずだ。なのに薬はこうして放置《ほうち》されている。まだ誰も知らないんだ。ということはだ、何かが足りないんじゃないのか？」

佐々木は思いつくままに語りながら、自分の考えが整理されて行くのを感じていた。そうだ、この薬には何か重大な欠陥《けっかん》があるに違いない――。

谷口はやや不満げだったが、佐々木の言葉に耳を傾けている。佐々木は谷口をなだめる方法をしばらく考え、提案した。

「そうだな……どうだろう、まずは組織培養《ばいよう》から始めてみないか。それなら欠陥があってもすぐに対応できるだろう」

「なるほど、それはいいな。仮に死なない臓器が作り出せたら、それはそれでとんでもないことだぞ！」

目を輝かせる谷口を、佐々木はどこか遠い存在のように見つめていた。

西村教授は今際《いまわ》の際《きわ》に薬を使おうとしていた。最期を悟り、自分の研究の成果を自分で確かめようとしたのだろうか。自分を連れ去ろうとする「死」を追い払って、なお生きる存在、それも自分自身であるとそう信じるだけの何かを得ていたのだろうか。

尋ねてみたいが、それはもう叶《かな》わない。

静かな室内に、勢い余ったマウスがケースの壁に激突する鈍《にぶ》い音が響いていた。

6

それからしばらくの間は、〝実験〟について、ゆっくり谷口と話す機会を持てなかった。互いに多忙だったこともあるが、別の問題が立ちはだかっていた。

大学内で他の者に怪しまれずに、ふたりで相談する場所や時間を確保することが、簡単ではないのである。

例の薬を使って本格的に実験するには、材料を入手しなければならない。経過を観察するための環境も必要だ。

佐々木の専門は消化器外科なので、癌《がん》細胞の研究だとか一応は言い訳もできるだろう。だが大学の中で研究するとなると、予算の都合やほかの研究との兼《か》ね合いの調整や、他にも面倒な手続きが山ほど必要になる。

その上、一定期間の後には成果を報告しなければならず、その内容によっては研究も即打ち切りである。まさか死体を蘇生する実験ですとは申告できるはずもなく、解決法を探しあぐねてずるずると日を過ごしているのだった。

そんなある夜、偶然ふたりは帰宅の時間が重なった。人気のない薄暗い廊下を並んで歩くうちに、ふたりは無言のままに同じ考えを巡らせる。

「なあ、病理の研修医。あいつにやらせるのはどうだ」

谷口が前置きもなく、苛立ちを抑えきれない低い声で囁いた。

「まあ確かに、あそこなら多少は誤魔化せるだろうが……」

佐々木は首を振る。ちょっと脅し過ぎたのもあったし、彼の性格的に隠し事は難しそうだと思ったのだ。

そこでふと、佐々木は目の端にちらつく白い物に気付いた。改めてよく見ると、谷口の上着の右の袖口から覗く手首に包帯が巻かれている。

「どうしたんだ、それ」

「ああ……ちょっとドジってな。大した傷じゃないさ」

「俺が言うのもおかしいが、気をつけろよ。大事な商売道具だろうが」

冗談めかして言うと、谷口は苦笑いでそれに応えた。

敷地内を南北に貫く道路を挟んで、東側に三号館と五号館が、西側に一号館と救急センターがある。夜間に彼らの居る五号館から外に出るには、渡り廊下を経て北側の三号館まで移動しなければならない。

一階の保安所で守衛に見送られて、外に出る。寒い夜だった。足のつま先から冷えが忍び寄る。

佐々木は松葉杖を使わなくても歩けるようになっていたが、まだ万全ではない。ことにこういう冷え込みの厳しい夜には、芯《しん》から疼くような痛みに悩まされる。

「お前こそ大丈夫か。足が辛《つら》そうだな」

谷口が歩調を落としてくれた。

「慣れるしかないからなあ。暖かくなったらましになるだろう」

三号館の外周を辿るのが、駅への最短距離だ。谷口はそこから電車に乗るのだが、佐々木の自宅は駅から歩いて五分ほどのマンションにある。

ゆっくりと歩きながら三号館の北東あたりに来た頃、佐々木は何となく五号館のほうを見た。車止めや貧弱《ひんじゃく》な草花《くさばな》を植えた柵がわりのプランターなどの並ぶ辺りに、妙な違和感を覚える。

佐々木が足を止めたので、谷口もそちらを見た。

「どうした？」

「いや。あそこのプランターの陰、あれ、人じゃないか？」

佐々木は目を凝らしながら、そちらへ向かって歩き出した。歩道は建物の北側を駅へと続くように作られているので、東側は植え込みを突っ切るように進まなければならない。

「まさか」

そう言いながらも、谷口も続く。

植え込みをまたぎ、低い柵を苦労して乗り越えて、ふたりは五号館の東側へ戻って行った。そこには確かに誰かが倒れていた。

「もしもし、大丈夫ですか？」

実は、駅まではどうにか辿りついた酔っ払いが適当な建物の陰で寝込んでいることは、この辺りでは、さほど珍しいことではない。

だが暖かい時期ならまだしも、今日のように冷える夜に放っておくのは危険だ。面倒なことになったと思いながら、佐々木は冬にしては軽装の人物に呼び掛ける。

身なりや辺りにいくつも落ちているゴミ袋のような物からみて、どうやら路上生活者らしい。

足が不自由な佐々木の代わりに、谷口が顔をしかめて屈《かが》みこんだ。

「ちょっとおじさん、こんな所で寝てちゃだめですよ！」

相手を揺さぶろうとして、肩に手をかけた谷口だったが、さっと顔色を変える。

「どうした」

疑問の形だったが、佐々木にも理由は分かっていた。谷口は脈をとるために首に手を伸ばしたが、すぐにひっこめる。

「駄目だ。死んでる」

佐々木は改めて、面倒なことになったと思った。警察を呼ばれて、事情を訊《き》かれて、今夜は潰《つぶ》れてしまうだろう。だが仕方がない。諦《あきら》めて電話をかけようとポケットに手を入れた佐々木の手を、谷口が押さえた。

「おい。これはチャンスだ」

谷口が何を言っているのか、咄嗟には分からなかった。

「何がだ」

「決まってるだろう。失敗しても誰も文句を言わない、絶好の実験材料だぞ」

佐々木はそのとき、心の底から谷口が恐ろしいと思った。咄嗟にこう考えるぐらい、ずっと実験の機会を窺っていたのだろう。

「待てよ、さすがにそれは……」

「大丈夫だ、誰も見ていない。お前はすぐに薬と注射器を取ってこい。俺はもう少し見えにくい場所にこいつを移す」

強く熱い口調に、思わず佐々木は頷いてしまった。

痛む足を引きずりながら来た道を戻り、守衛《しゅえい》に問われもしないのに忘れ物をしたと言い訳し、自分の科に戻る。保管しておいた薬を持って戻りながら、自分の歩みを、雲を踏むようにふわふわと頼りなく感じていた。

どうにも現実感がない。まだ悪夢の中を彷徨っているようだ。そうだ、全ては夢なのかもしれない。あの窓際《まどぎわ》の薄気味悪い影も、何もかも……。

佐々木が白い息を吐きながら戻ると、谷口が植え込みで待ち構えていた。

「本当にやるのか」

「当たり前だ」

息を飲む佐々木の手からひったくるようにして道具を奪い、谷口はすぐに仰向けの遺体の腕をまくり上げる。目を閉じて横たわる髭面《ひげづら》の男の顔は、蝋《ろう》のように白かった。

「おい、チューブはどうした」

佐々木が言われるままにポケットからチューブを出すと、谷口は素早くそれを遺体の腕に巻きつける。

「誰かが来たらどうするんだ？　俺達がこれを見つけたように……」

「医者が行き倒れを見つけて蘇生を試みてるんだ、不審《ふしん》に思う奴がいるか？」

こういう点でいやに冷静な谷口に、佐々木は呆れるしかなかった。谷口はこの寒い中でも感心する程の手際《てぎわ》の良さで注射器に薬を移し、改めて佐々木を見上げる。

「時間を計《はか》っておいてくれ」

針が、剥き出しの腕に突き刺さる。手元も良く見えない暗闇の中、谷口は実に上手く注射を終えた。

その後のことを、佐々木はどこか他人事のように眺めていた。

五分、十分。コートを着ていても、建物を吹き抜ける風の冷たさは身体の熱を奪って行く。

「失敗だろう」

願望を口にした佐々木に対して、谷口はまだ遺体を睨《にら》みつけている。

「マウスより相当でかいんだ。薬が回るにも時間がかかるだろう」

それからまた五分も経った頃だった。気のせいか、不自然に凝《こ》り固まって横たわっていた遺体が、どこか柔らかく地面に馴染《なじ》むように思えた。

息を飲むふたりの前で、驚くべき事態が起こりつつあった。

遺体の異常に白い顔が肌の色を少しずつ取り戻して行く。しなびて張り付いていた髭が心なしか弾力を帯びる。谷口が顔を寄せ、すぐにのけ反《ぞ》った。

「どうした」

「息が臭い！」

その答えに、佐々木と谷口は互いの蒼白な顔を凝視した。そして再び、遺体――だったものを見ようとしたその瞬間だった。

佐々木にとっては忘れようにも忘れられない、谷口にとっては未知の、この世の物とも思えない甲高い音が響き渡る。

単なる音ではない。

恐ろしい不快感と共に何かの意思を叩きつけるような、物凄い〝声〟を発しているのは、さっきまで完璧な死体だった男の喉である。

豪胆《ごうたん》な谷口もさすがに腰を抜かして座りこんでしまい、男から逃れようとみっともなくあとじさる。

男は目も口も思い切り開き、見えないはずの何かを見据えているように一点を凝視している。歯の抜けた口がぱくぱくと金魚のように開閉し、例の恐ろしい〝声〟の代わりに、突然意味のある言葉を吐き出した。

「わしを置いて行くな！　お願いだ、連れてってくれ！」

佐々木は棒立ちのまま、息をするのも忘れて男

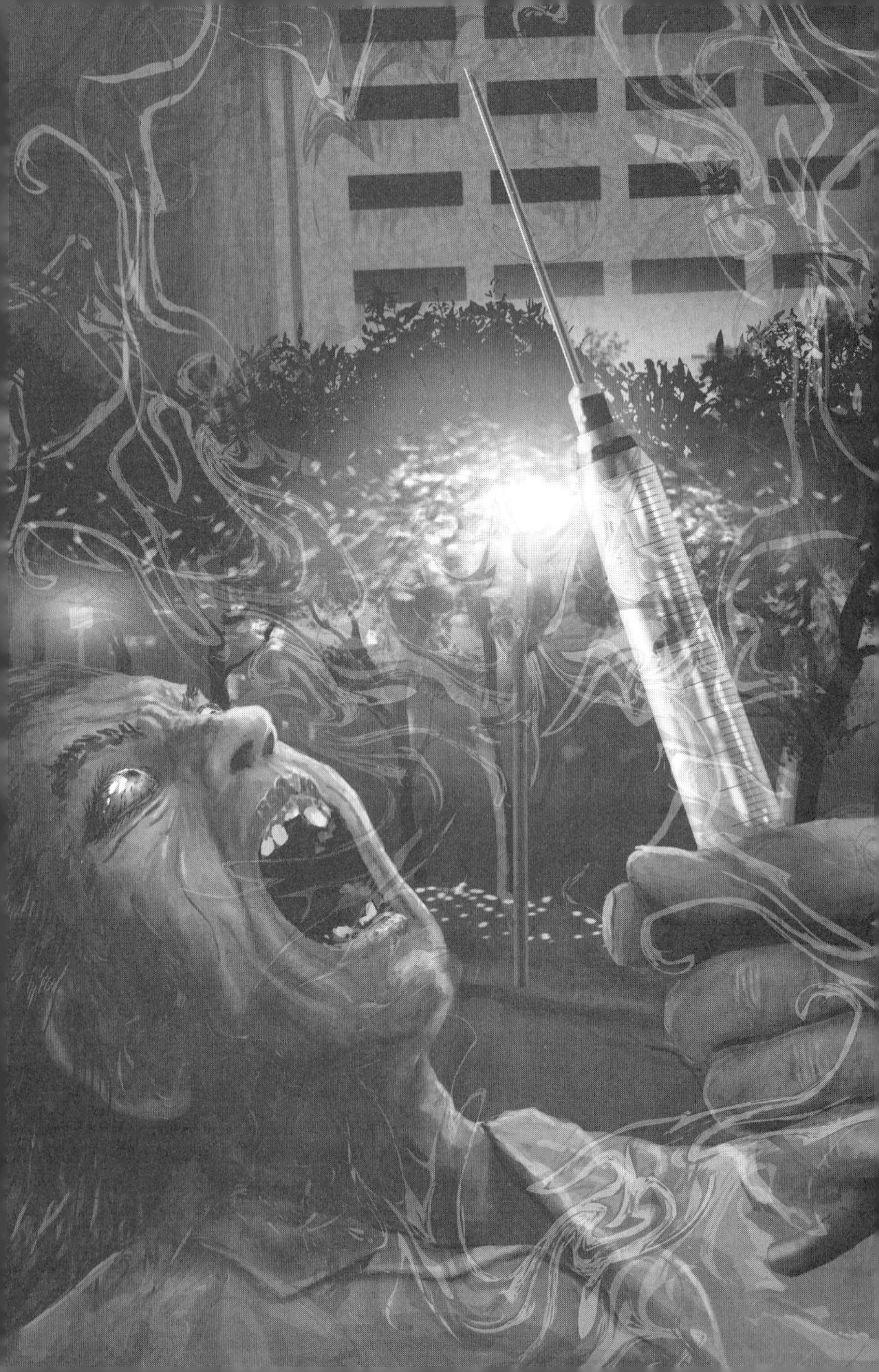

を見ていた。頭の中は真っ白で、何も考えられない。ただ何もできないままに、目の前の出来事を眺めるだけだった。

死体だった男は、目玉が飛び出すのではないかと思うほど目を見開いて、何もない中空を見つめていた。佐々木もつられてそちらを見るが、特に何も見当たらない。

何かを抱こうとするように動かした両手が空を切り、そのまま男はバランスを崩して佐々木にぶつかった。不意のことに身構える暇もなく、佐々木は無抵抗のまま突き飛ばされ、建物の壁に背中をぶつける。

男はそんな佐々木のことなどまるで目に入らない様子で、跳ねるように起き上がった。その目は相変わらず、何もない空間を凝視している。

「ああ、行っちまう！　いやだ、置いていかんでくれ！　くそったれ、このガキども、俺に何をしやがった‼」

男は叫びながら歩き出した。その先には腰の高さほどの植え込みがあるのだが、なんの構えもなく突っ込んでいく。枯れた枝が折れる音がして、男が植木の中に倒れる。

普通なら顔も手も傷だらけだろう。だが男はそのまま起き上がった。

「いやだ！　待ってくれ、連れて行ってくれ‼　死、い、い、い、い、んだ方がマシだ‼」

血を吐くような叫びとはこういうことか。

佐々木は妙に冷めた頭で、その声を聞いていた。死を前にして何かを見たのか、あるいは生前から何かを見ていたのかは分からないが、いずれにせよ尋ねても答えは返ってきそうもない。

そうしている間に男は植え込みを超えて走り去り、見えなくなった。

取り残された佐々木と谷口は、しばらく言葉を発することもできなかった。

実際、佐々木は荒い息を吐き続けていて、危うく過呼吸の発作を起こしそうになっていたぐらいだ。

谷口は冷たい地面に座りこんだまま茫然としていたが、やがて掠れた声を絞り出す。

「やったぞ……やっぱりあの薬は……蘇生薬だったんだ……！」

佐々木は口元を押さえて、背中を壁に押し付けた。そうしないとその場で倒れ込みそうだったからだ。

「おい、それどころじゃないだろう！　あれを……」

どうするんだ。その言葉は喉から出て来る前に消し飛んでしまった。仮に声に出したとしても、谷口の耳には届かなかっただろう。

彼らの鼓膜に届いたのは、闇をつんざくような金属の擦れる激しい音だったからだ。

ふたりはどちらからともなく、よろよろと歩きだす。

向かうのは駅だった。訊かずとも予想がつくことだったが、自分の目で確かめずにはいられない。

大学の北側には私鉄の線路と平行に道路が続く。道路の南側には固くシャッターを下ろした調剤薬局や介護用品の店が静かに並んでいた。

その先に駅の改札が見える。地上駅の改札は、外からでも電車の接近が見通せる作りだ。

辿りついたふたりがそこで見たのは、駅に到着することなく止まったままの電車だった。金属音はやはり、電車の急ブレーキの音だったのだ。電車の止まった理由、車体の下部にあるはずのもの。

佐々木は名状しがたい不快感と共に、安堵を覚えずにはいられなかった。

（良かった、助かった！）

漏《も》れだしそうになる声を、奥歯を噛みしめて堪《こら》えた。同意を得ようと隣の谷口を見ると、彼は目を大きく見開いたまま、電車を見つめ続けていた。

駅構内に、感情を抑えこんだような駅員の声が響く。

「お急ぎのところ誠に申し訳ありません。現在安全確認のため、ホーム手前で電車が停止しております。お客様には、ご迷惑をおかけいたしますが――」

ホームに取り残された乗客たちが、怯えた動物のような目をして中空《ちゅうくう》に視線を彷徨わせる。制服姿の駅員が猛然と彼らの前を走り抜け、ホームの端から線路に降りていった。

佐々木が大きく息を吐く。

「おい、行こう。電車は当分無理だろう、タクシーを使えよ。つかまらないようなら、俺の部屋に泊めてやってもいいが」

だが谷口は電車を凝視したまま、その場から動こうとしない。

「お前は見届けようと思わないのか？」

「何を」

谷口がようやく佐々木を振りかえった。

「一度死んで、蘇生した死体が電車に轢《ひ》かれて、また死んだらどうなるんだ？　そこでまた死ぬのか？　血は流れるのか？　体温は？　ああ、くそっ、脈ぐらい取っておくんだった！」

佐々木の喉に苦く酸味の強いものがこみ上げる。こいつの執着はいったいどこから来るのだろう。「あれを〝生きている〟と言えるのかどうかは分からないが。さすがに電車に轢かれて、まだ動けるとは思えない」

「だからそれを確かめるんだよ」

寒さも忘れ、ふたりは無言のまま、改札口から動くこともできずに立ち尽くしていた。どれだけ時間が経った頃か、駅員がまた走ってホームに戻ってきた。すぐに構内アナウンスが流れる。

「大変長らくお待たせしました、安全を確認しましたので電車がホームに入ります。お客様には今しばらく白線の内側で——」

ほとんど同時に、佐々木と谷口は互いを見た。

「どういうことだ？」

またしばらく経って、ついに電車は動き出し、車輪を鳴らしてホームに入って来た。

佐々木は身を乗り出して改札から中を覗き込む。谷口は駅の柵を掴みながら、線路沿いの傾斜へ踏み込んで身を乗り出した。

だがそこには街灯《がいとう》のわずかな光を受けたレールだけが、ただ冷たく輝きながら静かに横たわっているのだった。

翌日、佐々木は家を早く出て、駅近くのコンビニに入り、普段は買わない地方紙の朝刊を買った。地域の事件や事故などが、載《の》りやすいと思ったからだ。

しかしそこには求めていた情報はなかった。

一方で佐々木自身、その点に関しては「やっぱりか」と思ってもいた。昨夜、すぐに私鉄のホームページやその他の情報サイトで、電車が止まった理由について調べていたからだ。

発表によると、衝撃を感じた運転士が電車を緊急停止させたものの、線路上には特に何も見つからず——。レール上の石などを撥《は》ねたと思われるが、調査は翌日以降になるということだった。

いつもは通り過ぎるだけの駅舎の前で立ち止まる。改札機の脇には「お詫び」と書かれたメッセージボードが出ていて、昨夜のダイヤの乱れについて簡単に説明されていた。

そこから覗きこむと、ちょうど昨夜電車が止まっていた辺りの線路が見える。枕木《まくらぎ》も敷石《しきいし》も、その部分だけが大雨の後のように濡れていた。

まだ本格的な通勤の移動が始まる時間には早く、ホームで電車を待つ人も少ない。佐々木は何げない調子で、駅員に声をかけた。

「昨夜、電車が止まっていたようですが、何かあったんですか？」

「ええ、どうもイノシシにでもぶつかられたみたいでしてね。その後で山へ逃げちゃったのか、死骸なんかは見つからなかったんですがね」

駅員は、低い木が生《お》い茂っている、線路沿いの緩《ゆる》やかな斜面を指さした。そこも途中まで雨が降った後のように濡《ぬ》れていた。

「そうですか。じゃあ山の中で死んじゃったかもしれないですねえ」

佐々木は適当に相槌《あいづち》を打ち、その場を離れた。

おそらく血痕《けっこん》が残っていたのを、夜明けを待って洗い流したのだろう。

昨夜通るはずだった本来の道を逆に辿り、三号館を回って五号館へ向かう。

昨夜の守衛とは違う顔が挨拶してくる。

佐々木は少しほっとして、挨拶を返しながら通り過ぎた。

自分の席に座り、院内用のパソコンを立ち上げる。少し迷った後に、佐々木は谷口にスマートフォンでメールを送った。

「もし都合が良ければ、夜にでも時間を取ってくれないか」

デスクの引き出しに電源を切ったスマートフォンを放り込み、本格的に仕事にとりかかる。ミーティングに外来担当と、やることは山積みだった。

お陰で余計なことを考える暇もなく午前が過ぎ、遅い昼休憩をとる頃になってようやく自分の席に戻る。

メールを確認したところ、谷口からはすぐに返事があったようだ。遅くなっても構わないから自宅に来てくれるようにと送信する。

昼食後、佐々木は三号館へ向かった。ずっと気にかかっていたのだが、同じぐらいの強さで二度と近寄りたくない気持ちもあって、足を向けるのはあの事件以来初めてだ。

階段を上がり、二階の医療用品を扱う売店が見えたところで、一度立ち止まる。佐々木は深呼吸して、思い切って売店を覗き込んだ。

売店のレジ内では年配の婦人が一人で店番をしていた。向こうはこちらの顔を見て何か気付いたようで、無言のまま会釈《えしゃく》する。これが、先日谷口の言っていた、ご主人が〝謎の獣〟に襲われたという店員だろうか？

佐々木は足を引きずるようにして店内に入り、客がいないことを確かめると、自分の名札を示して名乗った。

「大変だったそうですねえ。お若いからすぐに足も治られるでしょうけど」

婦人が頷きながらそう言った。

「ありがとうございます。お騒がせしたようですみませんでした。ところで、ご主人がお怪我されたと伺ったんですが……」

わざと語尾を濁《にご》して反応を待つ。

「ああ、森さんね。もう辞められたんですよ。ちょっとね、ご主人の具合も悪いし、こちらの病院が怖いって……」

つまりこの人は、谷口の診た被害者とは無関係なのだ。あまり詳しい話は聞けそうもないが、もう少し粘ってみることにした。

「それは……でも、怖いというのも仕方ないかもしれませんね。あまりいい気持ちはしないでしょう、野犬の仕業だとしても」

そこで相手が、素早く辺りを窺う様な目をした。手を添えて口元を通路側から隠すようにして、ひそひそ声で話を続ける。

こういう退屈し切ったお喋り好きのご婦人は、うまく水を向けると、結構色々なことを教えてくれる。佐々木はこれまでの経験から、それをよく知っていた。

「そういえば先生は、よくそこの階段室にいらっしゃいましたよね？　森さんね、長くここに勤めてたんですけど、ほら、この前亡くなられた先生。あの先生に頼まれて、よく実験材料なんかも取り寄せてたんですよ。でも、本当はちょっと気味悪がってらしてね」

そこで婦人はさらに声をひそめる。

「あの先生のいらっしゃる部屋から、ときどき変な叫び声みたいな音がするって」

佐々木は突然頭を殴られたような気がした。

「だいたいそんな音がしたら、佐々木先生だってお気づきになりますよねえ」

その後、どうやってその場を離れたのか、佐々木はよく覚えていない。

辞めたという店員に詳しく話を聞きたいとも思ったが、聞くまでもないのだろう。自分より前にあの音、いやあの〝声〟を聞いた者がいたのだ。

自分は毎日あの階段室にいたわけでもないし、いた時間も短い。森という店員は何か西村教授に頼まれた品でも持っていったのだろう。そこであの音、いや〝声〟を聞いていたのだ。

今や佐々木は確信していた。あの〝声〟は、この世から去るべきときに飛び立てず、無理矢理引き止められた存在の叫び声なのだ。昨夜の男は何と言った？

『置いて行くな！　連れてってくれ！』

佐々木はその声を振りはらおうとして、強く頭を振った。

7

その日の日付も変わろうかという頃、ようやく谷口がやって来た。相変わらず忙しいと言うその顔は、酷く疲れて見えた。

「忙しいところをすまん。でもどうしても一度お前と、しっかり話をしておきたいと思ったんだ」

一人住まいのマンションで、家具も少ない部屋だ。佐々木は谷口にソファを勧め、自分はパソコンデスクの椅子に掛ける。足を怪我してからは、この椅子のほうが楽だった。

「昨夜のことか」

谷口はソファに身体を預けるようにして天井を見上げた。佐々木は谷口のどんな変化をも見逃すまいと、表情を窺いながら続ける。

「それもある。——それより先に聞いておきたいんだが、例のマウスはどうしてる？」

一見、谷口の様子は変わらなかった。だが短い間が、佐々木の予測を裏付けているような気がした。

「ああ、言ってなかったなあ。実はあの後すぐに死んだんだ。やっぱり長くはもたないみたいだな」

「嘘だな」

佐々木は遮るように言った。

「飼育ケースの中で大暴れして逃亡、ついでにお前の手首に噛みついていった。どうだ、そんなところじゃないのか」

谷口の視線がゆっくりと動いて、佐々木に向けられる。

「だとしたらどうなんだ」

ああ、やっぱりそうなのか。佐々木は膝《ひざ》に置いた両手を強く握りしめる。

「今後、あの薬を使うのはやめよう」

一呼吸を置いて、佐々木は続ける。

「昨夜、ぶつかって電車を止めたのは、俺達が蘇生したあの男なのは間違いないだろう。電車にぶつかってまだ逃げられるんだぞ。あの薬で蘇生したものは、不死とは言わないまでも、恐ろしく頑《がん》丈《じょう》になるんだと思う」

谷口は唇を引き結んだまま、一言も発しない。

「あるいは、正常な生き物なら動けないはずの負傷を、全く気にしない存在になるかだ。つまり理性とか、まともな判断力を失ってしまうんだと思う」

あの男が蘇生されるまでの間に何を見たのかはわからない。だが何か強い衝動に突き動かされていたのは間違いない。その結果、怯える余り暴走し、まともな判断力があれば突っ込むはずのない電車に飛び込んだ。

佐々木は実験に使ったマウスが、飼育ケースの壁にぶつかっていったのを覚えている。あのときはずいぶん元気だな、ぐらにいしか思っていなかった。

だが、もし何かに怯え、理性を失っていたのだとしたら――。マウスは昨夜の男と同じものを、見聞きしたのではないか？

そしてもう一つの事件――。

「俺が爆発に巻き込まれた日、あそこには西村教授が蘇生処理した子供がいたんだろう。その子供が逃げ出して、売店のおばさんのご主人を襲ったとしか思えない。お前だって現に――」

「俺はやめないぞ」

谷口は目をギラギラさせて、佐々木を睨みつけていた。その声には普段の快活な谷口からは想像もできない程の、暗く重い意思が滲んでいる。

「俺は絶対にやめない。お前が抜けるなら勝手にすればいい」

立ち上がった谷口は、いきなり佐々木のシャツの胸倉《むなぐら》を掴んだ。

「お前には分からないのか？　あの薬があれば、身体を損傷して、無残な姿で死んでいく患者を救えるんだぞ！」

「それは救いなんかじゃない！」

ようやく佐々木は、自分と谷口の根本的な考え方の違いを悟った。

佐々木にとって、錯乱し暴れ出す蘇生者は、正常なコントロールを失って増え続ける癌細胞をイメージさせるものだ。人間の身体にそれを施すことは、救いとは程遠い、禁忌《きんき》以外の何物でもなかった。

一時の喜びが失われたとき、絶望はより深くなる。誰がそれを救えるというのか。

谷口の息はまだ荒かったが、ようやく佐々木の喉元から手を離す。

「いいか良く聞け。俺はな、被害者の奥さんから話を聞いてるんだ」

手術の後、夫人は錯乱しており、ご主人の容態の説明をまともに聞くこともできなかったらしい。昼間に佐々木が聞いた通り、通りかかった処置室の前で奇妙な音を聞いたことがあるのだという。ご主人に迎えを頼んだのも、それが気味悪かったからだ。

そしてあの夜、ご主人と連れ立って歩き始めたときに再びあの恐ろしい音が聞こえ、小さな獣《けもの》が襲いかかって来た。そして、気がつけばどこかへと消えていた——それが事件の経緯だった。

「そのときは何のことかわからなかったが、昨夜ではっきりした。確かにあのいやな〝声〟は蘇生者のものだ。だが、それならずっと以前から〝声〟を聞いている人がいるはずだ。それなのに、被害がないのはなぜだ？」

谷口は噛んで含めるように続ける。

「何か方法があるんだよ。蘇生者の凶暴化を防ぐ方法が。西村教授はきっとそれを掴んでいたに違いないんだ。なあ、探そう。もう一度資料を洗い直すんだ。ここで全部手放したら、俺達が、今の立場を失うだけだぞ」

悔しいが、谷口の言うこともっともだった。

佐々木は迷いながらも、結局は谷口の提案を受け入れざるを得なかった。

「わかった。だが薬は今まで通り、俺が預かっておく。勝手に蘇生者を増やすのは絶対にやめてくれ」

「わかってる。大丈夫だ、もう一度きちんと調べれば、きっとヒントはある」

そう言って谷口は帰って行った。

佐々木は重苦しい空気と共に部屋に取り残された。遠くから電車が近付く音が聞こえて来る。その音は昨夜の叫びをいやでも思い起こさせた。

続けて谷口から聞いた話を思い出す。

なぜ「小さな獣」は、すぐにその場から離れたのか？　そいつは、他に狙うべき存在に気付いたのではないか。ちょうどあの場所の真上、五階の個室に……。

嫌な想像だった。

だが想像でしかない。それでも佐々木は息苦しさに耐えきれなくなり、せめて空気を入れ替えようと部屋中の窓を開け放つ。潮《しお》の香りを含んだ、凍てつくような夜気がどっと流れ込んで身震いするが、それが今の彼には心地《ここち》よかった。

少し冷静になった佐々木は、これからのことを考える。薬は念のために谷口がわからない場所に移しておくべきかもしれない。

小さなくしゃみが出て、佐々木は我に帰った。窓を閉めるとき、表通りを赤いランプが過《よぎ》ったように思ったが、すぐに建物の陰に隠れて見えなくなってしまった。

どことなく不吉なものを感じたが、佐々木は窓を閉め、カーテンを引いてそれを忘れることにした。


その夜、酷い悪夢が佐々木を襲った。

彼は薄暗い廊下を走っている。例の三号館の廊下のようだったが、よくわからない。どこまでも続く廊下は陰気で、まだ上手く走れない彼の足音だけが不規則に響く。いや、彼はなぜか片足で走っているのだ。

それに気付いた瞬間、足をどう使っていたのかわからなくなり、佐々木は転んだ。冷たい廊下で顔を打ち、目の前に火花が飛ぶ。

呻きながら手探りで怪我をした方の足を探ると、その指は虚しく空《くう》を切る。振り返るとあるべき脚がなかった。

彼の後方へ、廊下には赤い流れがある。その先に何かが落ちている。

目を凝らすと、それは人間の脚だった。

その上には小さな子供が――、蒼白な小さな顔に虚ろな眼窩《がんか》の子供が、床に転がっている佐々木の脚に覆いかぶさりながら、じっと佐々木を見上げていた。

――やめろ。それをどうするんだ。

そう叫ぼうとした佐々木の喉は、恐ろしい程強い力で締め上げられた。すえた臭いが鼻をつき、頭の真後ろから暗い声が響く。

『ワシをあるべきところへ戻せ！』

もがいても喉は一層締め上げられ、息もできない。ぎしぎしと頸椎《けいつい》が軋む。

——やめろ、やめてくれ！

そこで夢は途切れた。

佐々木の背中も額も汗でぐっしょり濡れている。起き上がろうとして、蹴り飛ばした毛布が足に絡《から》みついているのに気付いた。

「原因はこれか……情けない話だな」

佐々木は恐怖から解放された興奮の冷めやらぬまま、ひとりしばらく引きつったように笑い続けた。

それにも疲れた頃、目の端に滲んだ涙を拳《こぶし》で拭って時計を見る。まだ起きるには早い時間だったが、もう眠れそうもない。

のろのろと支度を済ませ、いつもより随分早めに家を出た。

西の空はまだ夜の名残を思わせる色合いだった。

早朝の空気は清々しく、悪夢の余韻も次第に薄れていく。佐々木はふと気分転換を思いつき、いつもと違う道を通ってみた。

ちょうど昨夜、その通りに面したマンションの入り口付近に数人が集まっているのが見えた。顔見知りの主婦の井戸端会議という風情だった。

何気なくその横を通り抜けた佐々木の耳が途切れ途切れの会話を拾う。

「本当に怖いわねえ。どうなっちゃってるのかしら」

「三坂病院の人らしいわよ。ちょうど主人が帰って来たんだけど、結構酷かったみたい」

思わず足を止めて振り向くと、主婦達はさっと身を翻《ひるがえ》し、急ぎそれぞれの家へと戻って行った。

なんとなく不穏《ふおん》な空気を感じたが、何度か角を折れて歩いているうちに病院に着いた。佐々木は三号館の時間外出入り口で、よく見かける守衛に明るく挨拶し、世間話を装って尋ねる。

「昨夜は何かあったんですか？　夜中に救急車が通ったみたいですけど、音がしなかったんで余程近くだったのかなと思って」

「ああ、そうなんですよ。実はねえ、また例の野犬が出たんですよ。しかも、今度の被害者はここの人でしてねえ。先生、途中で遇《あ》いませんでしたか？　マスコミが職員から何か訊き出そうと、そこらをずっとうろついてますよ」

今日に限って、偶々《たまたま》裏道を通って来たのが幸いしたらしい。今の佐々木は、もしもそんな連中から事件について知らされたら、平静でいられる自信がなかった。

佐々木は、被害者については確認しないまま、建物に入った。被害者は谷口だと確信していたのだ。


人目につかない物陰《ものかげ》を探して震える手で電話をかける。長いコールの間、口から飛び出してきそうな勢いで心臓が早鐘《はやがね》を打っていた。

ようやく電話が繋がり、谷口自身の声が応じた。

「谷口！　お前、無事だったのか？」

佐々木は安堵で膝を折りそうになる。谷口の声は固かったが、しっかりしていた。

「……ああ。今ちょっと手が離せない。後でメールする」

電話はそこで切れた。

良く考えてみれば、被害にあったのが谷口だとは誰も言っていないではないか。自分の早とちりを気恥ずかしく思う佐々木だったが、そこで気付いた。

谷口は「無事だったか」の問いに、当然のように「ああ」と答えたではないか。つまり彼自身が、自分が心配されるような何かに覚えがあったということだ。

メール着信の音が響き、佐々木の身体が震えた。

谷口からだった。

「なんだって……!」

思わず漏れた声がかなり大きかったのだろう、通りかかった事務服姿の職員が怪訝そうに振り返る。

だが佐々木にはそれを気にする余裕も無かった。

メールによると、昨夜ちょうど谷口が佐々木の家にいた時間に、近くで野生動物に襲われたらしい病院関係者がいた。被害者の名前は本田詩織《しおり》。佐々木が入院しているときに担当してくれていたナースの名前だった。

ぞわり……と背中を寒気が這い上がる。ぼんやりとした、疑念と呼べる程の形も無かったものが、奇怪な生き物の形を取って、佐々木の背後から覗きこんでいるような気がした。

――〝あれ〟――、いや〝あれら〟は、やはり無差別に人を襲っている訳ではないのではないか?

足元がおぼつかなくなり、佐々木は目に入った手近のベンチに座りこむ。

病理に近い売店の店番が奇妙な声を聞き、その身内が襲われた。

そしてあの影が見えた部屋にいたのは、西村教授の傍にいた佐々木自身と、佐々木の世話をしてくれていたナースの本田。実験に使ったマウスに噛みつかれたのは谷口だ。

昨夜の悪夢が蘇る。

『あるべきところへ戻せ』

不自然な形で現世に繋ぎとめられた彼らは、その原因を作った者に復讐しようとしているのではないか。

佐々木は身体が震えだすのを止められなかった。本当に狙われているのは、自分と谷口なのかもしれない。

また電話をかけたが、谷口が出ないまま留守番電話に繋がる。仕方なく、混乱する頭でどうにか返信メールを送る。谷口が今どこにいるのかだけでも知りたかった。

ややあって、谷口から返信が来る。すでに自分の科にいるので、昼休みに屋上で会おうと言ってきた。

その日、佐々木が外来の担当でないのは幸いだった。もし診察に当たっていたら、上の空でとんでもないことをしでかしたかもしれない。

足が治るまではと手術も外してもらっており、もっぱら、教授の手伝いのような雑事を多めに引き受けていた。だが、どんな論文も会議録も、全く頭に入って来なかった。

しかし、今日ばかりは佐々木だけではなく、皆が混乱していた。すでにナースが被害に遭ったことは知れ渡っており、患者の前ではさすがに平静を装っている者も、裏に回ればインターネットやワンセグのテレビでニュースを見ている。

病院全体が何か重苦しい物に覆われているようで、誰もが怯えた動物のような視線を、交わし合っていた。

昼になり、佐々木はなるべく目立たない場所にあるエレベーターを使って屋上へ向かった。

周囲を高い柵に覆われているものの、そこは誰でも出られるちょっとした庭園になっていた。綺麗に刈り込んだ灌木の間をコンクリートの歩道が緩やかに縫って続く。ところどころにベンチもしつらえてあり、日光浴にはもってこいの場所だった。

とはいえ今は冬でもあり、植え込みもほとんど葉を落としていていかにも寒々としていた。お世辞にも気分が明るくなる光景とは言い難い。

その為か、佐々木の他に人影はなかった。

南をみれば高速道路の向こうに、陽光を反射して銀色に光る海が見える。風は強く寒かったが、その光景を眺めるうちに少しずつ佐々木の心も落ち着いてきた。

そこに谷口が現れた。

「ここなら誰にも話を聞かれないだろうと思ってな」

すでにふたりでいるところを不審がられるかどうかより、話の内容を聞かれないことのほうが重要だった。

佐々木はポケットに手を入れたままでベンチに座り、谷口が隣に座るのを待ちかねたように尋ねる。

「彼女の具合はどうだ？」

谷口は淡々と――というよりもむしろ、淡泊過ぎる口調で語りだした。

「歩いていると何かがいきなり飛び付いてきて、驚いて転んだところを襲われたらしい。咄嗟に顔を庇ったんだろうな、右腕に食いつかれていた」

谷口は無表情の顔を正面に向けたまま、自分の右腕を身体の前で曲げて、前腕を左手の指先でなぞって見せる。

「この辺り。筋肉を食いちぎられていて、関節が外れかかっていた」

「なんだって……」

佐々木は絶句するしかなかった。だが谷口はお構いなしに続ける。

「救急のほうでも接合を試みたんだが、上手く行かなかったらしくてな。朝、俺が診たときには前腕が壊死《えし》しかかってたよ」

「……切断したのか」

それは疑問ではなく確認だ。だが谷口の答えは意外なものだった。

「いや。繋げた」

「まさか」

佐々木は谷口の横顔を凝視した。確かに彼の技量はなかなかのものだ。だが壊死しかかっている腕をつけることなど不可能である。

無言の疑問に答えるように、ゆっくりと谷口が振り向く。驚いたことに、その目には喜悦《きえつ》の色が浮かんでいた。

「聞いて驚くなよ。例の薬が驚くほど効果を発揮したんだ」

佐々木が弾かれたように立ちあがる。

「なんだと……！」

谷口は臆《おく》する様子も無く佐々木を見上げていた。

「あの薬を勝手に使うなと、昨夜そう約束したばかりじゃないか！　いや、どうやってお前が薬を……」


これは無駄な質問だった。量さえ問わなければ、いつでもその機会はあったのだ。

「事が事だけに、お前に相談する暇がなかったんだ。そう、俺が持っていたのは極めて少量だった。マウスと、その後の蘇生実験に使った量を考えて、生理食塩水で薄めたあの薬を湿布《しっぷ》として貼り付けてみたんだ。するとどうだ。彼女の壊死しかかっていた腕は、ちゃんと生き返って、元通りにくっついたんだ」

谷口は完全に勝利に酔っていた。

「お前だって彼女が腕を失うのは可哀そうだと思うだろう？　なんなら効果を見せてやるぞ。あの薬を上手く使えば、多くの不幸な患者を救うことができるんだ」

佐々木は声を出すことができなかった。

何を言葉にすべきか、混乱しきっていたのだ。

無言のままその場に立ち尽《つ》くしていたが、しばらくらくして大きく息を吐いた。

「……わかった。とりあえず、俺も見せてもらっていいか」

「もちろんだ。すぐに行こう」

谷口は立ち上がると、真正面から佐々木の両手を掴んだ。

「これはすごいことだぞ。俺達は多くの患者を絶望から救えるんだ！」

谷口の先導で外科病棟の個室に向かう。佐々木が角部屋から移った部屋だった。

ベッドの上には、ひどく青ざめた顔色の女が横たわっている。その顔は確かに見覚えがあった。

枕元には点滴のパックを吊るしたスタンドが置かれており、延びた管の先が左腕に繋がれていた。

点滴のせいか、本田詩織はよく眠っているようだ。

ふたりは揃ってベッドに近付く。

谷口が屈みこみ、女の右腕を持ち上げて身体の上に乗せる。厳重に包帯を巻かれた前腕は、肘辺《ひじ》りが不自然に窪んでいた。

包帯をほどく谷口の手元を、佐々木は名状しがたい不愉快さをもって眺めていた。

やがて包帯の下から傷を覆うガーゼが現れる。

一面が赤黒く染まり、鉄臭い匂いと薬品の匂いがむっと鼻をついた。谷口はそのガーゼを慎重にはがす。剥き出しになった傷口は、生々しい赤色に濡れていた。

「随分と酷い傷だな」

佐々木の声は掠れていた。

大きく抉《えぐ》れた筋肉の隙間には、剥き出しの骨が見えている。神経も血管も完全に切れているのは明らかだった。

それでも手首あたりから先は、みずみずしい肌の色を保っているのだ。確かに、とても壊死が進んでいるようには見えないが、それだけに一層薄気味悪く異様に思える。

「驚いたよ」

佐々木も認めざるを得なかった。身体に注入せず、このような形で効果があるなら、確かに画期《かっき》的《てき》な薬だ。

「当分は、あまりおおっぴらにやるわけにもいかないが、試してみる価値はあるだろう?」

谷口はそう言って、腕の傷を新しいガーゼで覆い始めた。

「そうだな、取り敢えずは壊死を遅らせる効果があるとでも説明して、誰か救急センターの奴を協力させてもいいかもしれない。交通事故の重傷患者なら、やらないよりもまし程度の方法でも、試すだけは可能だろう」

佐々木は返事をせずに、お喋りに耳を傾けていた。見るともなく見つめていたのは、本田詩織の規則正しく上下する胸元だ。

容態が安定しているのは喜ばしいことだが、こんな会話を耳元でかわしていて、もし夢うつつで聞いていたら、彼女はどう思うだろうか。そんなことを考えていたのだった。

そこで突然、谷口が言葉を切った。

佐々木は谷口の手元が止まっているのに気付いた。

「おい。どうしたんだ」

尋ねた佐々木だったが、続く言葉を呑みこんだ。ついさっきまで穏やかに眠っていた女が、目を大きく見開いて、天井の一点を凝視していたのだ。

「本田さん? ——大丈夫ですか?

佐々木が思わず声をかけた。

女は何も言葉を発しなかったが、佐々木と谷口が見守る前で、口をぱくぱくと開閉し始める。その喉からは彼女の声とは到底思えない、あの甲高くもおぞましい〝声〟が迸《ほとばし》り出た。

「なんだと……」

佐々木は弾かれたように立ちあがり、そのまま後ずさりした。谷口は包帯を握り締めたまま、茫然と女の顔を見つめている。

続けて本田詩織は、今度は自分の声で叫び声を上げげた。その余りに悲痛な声は、耳を通って脳を揺さぶるようだった。

「……いやあーーーー！　これ、なんなの⁉　なんでこんなものがついてるの‼」

女は叫びながら起き上がると、信じられない程激しく右腕を振り回した。包帯を巻き終えていなかった腕は赤く染まったガーゼを張りつけたまま、ベッドの枠に、壁に、激しく叩きつけられる。

「いや、いや、違う、こんなの私の手じゃない！　連れてかないで！　取って、早く！　ああああああ‼」

涙に濡れた顔を狂ったように振り、左手は助けを求めるようにシーツを掴んでいる。

その間にも右腕を振り回して続けていたが、よく見れば彼女の手首は奇妙な形に折れ曲がっていた。

まるで何か意思を持っているかのように指が蠢き、ナースにしては伸びすぎた爪が自らの傷口を深く抉ろうとする。まるで繋ぎ目を引きちぎって、腕を肘からむしり取ろうかとするかのようだ。

本田は腕を幾度もベッドの枠に叩きつけ、真っ白なシーツにはそのたびに新たな鮮血が飛び散る。

谷口と佐々木がようやく我に返った。弾かれたように立ち上がり、本田を抑えようとしたそのとき、骨が砕ける鈍い音が病室に響き渡った。


その後、佐々木はどうやってその場を離れたのかよく覚えていない。確か谷口が部屋から押し出し、人目につかないように、ここから離れろと言った。そして、そのまま谷口はナースステーションへ向かって走り去ったように思う。

夢の中の出来事のようにそれらを思い返しながら、佐々木は自分の身体が芯からじわじわと凍りつくように感じていた。

ポケットには小分けしたあの薬が入っている。

彼はにわかに、そうしていること自体がおぞましく思えてきた。すぐに家に戻り、薬を全部捨ててしまおうかと思い立つ。

だがまだどこかに、未知の存在を解明したいという、ほとんど本能のような、度《ど》し難《がた》い感情が残っていた。

（そうだ、下手《へた》に下水に流す訳にもいかないだろう。微生物にだってどんな影響が出るかわからないんだからな）

震えながらも自分に言い訳しつつ、病院内を無意味に歩き続けた。

（処分するとして、どうすればいい？　蓋を開けておけばいずれ蒸発するだろうが、空気中にだってカビや微生物はいるんだぞ）

燃やすか、コンクリートで固めてどこかに埋めるか。

（まるで犯罪者だな）

そう思った自分が可笑しくなった。法律を犯してはいないのかもしれないが、倫理的にはすでに許されざる領域に踏み込んでいるではないか。

だがその自覚によって開き直り、佐々木の心は図太く落ち着いてきた。

自分の科に戻った佐々木を、意外な出来事が待っていた。

「あ、佐々木先生。一体どこ行ってたんですか！」

若い医師がほっとしたような顔を見せる。

「お客様が、さっきからずっとお待ちになってるんです」

「お客？　誰だろう」

「ほら、あの西村教授の奥さんですよ。佐々木先生に挨拶したいってみえたんです」

一度落ちついたはずの心はまた乱れた。

反射的に、佐々木はなぜか逃げ出したくなったのだ。西村教授の名前は今の佐々木にはあまりに恐ろしかった。

だがどうにか踏みとどまり、教えられた応接室へ向かう。

中で待っていたのは、小柄で上品な印象の老婦人だった。西村夫人は佐々木の姿を見るなり立ち上がり、深々と頭を下げる。

「佐々木先生には主人が大変お世話になりましたのに、ご挨拶が遅くなりまして申し訳ありません」

夫人は以前に訪問した谷口から、佐々木が教授と最後に会い、救命を試みたことを聞いたらしい。

「いえ、こちらこそ。この度はお悔やみ申し上げます。私の力が足りず、お役に立てませんでした。申し訳ありません」

「とんでもありません。先生のお怪我は、もうよろしいんですか？」

谷口が言っていた通り、深窓《しんそう》の令嬢がそのまま年を重ねたような風情《ふぜい》の夫人は、西村教授の仕事には詳しくない様子だった。でなければわざわざ今日のような事件のあった日を選んで、病院に顔を出したりはしなかっただろう。

夫人は時折、白いハンカチで目元を押さえながら、葬儀までのことや、その他諸々のことを語った。

警察が家にやってきて、夫人にあれこれ尋ねていったこと。損傷の激しい夫の遺体の確認はとても自分ではできず、近しい親戚《しんせき》に頼んだこと。夫婦の間に生まれた子供は、若くして亡くなっていることなど。

そんなことをポツリポツリとひとしきり語った後、夫人は思い出したようにお喋りを謝罪し、少女のようにはにかみながら脇に置いていた風呂敷《ふろしき》包みをテーブルに置いた。

「先生と谷口先生はご友人でいらっしゃるんですね。いえ、谷口先生には、お預かりしていた資料をぜんぶお持ち頂いたつもりだったんですけれど、先日主人の机を整理していましたら、これを見つけまして。もしかして、これもお返しするものではなかったかと……」

風呂敷包みから出てきたのは、封筒《ふうとう》に入った書類の束《たば》だった。その筆跡は一見して、谷口が持ち出した資料と似ていた。

佐々木は喉まで出かかった驚嘆《きょうたん》の声を呑みこみ、平静を装ってページをめくる。

「そうですね、僕にはよくわかりませんが、谷口に聞いておきましょう。谷口がここに来られたら良かったのですが、今日は随分と忙しいと聞きました。ひとまずは僕がお預かりしておいて宜しいですか」

夫人は何度も頭を下げ、帰って行った。

その小さく頼りなげな背中に、佐々木は胸を突かれた。突然伴侶をひとりにしてしまうことを、西村教授は悔やんだりしなかったのだろうか。あるいは、ひょっとするとそれが切欠なのだろうか。

興味。好奇心。虚栄心。それらが一切なかったといえば嘘になるだろう。だが子供を亡くした夫妻には、純粋に死にたくない、死なせたくないという気持ちが芽生えても不思議ではないように思える。

そんなことを考えて歩いているうちに、ふと気がつけば彼は五号館の二階にいた。目の前の案内板には、前方を差す矢印の下に「一号館」「三号館」と書かれている。

「そうだ、あの部屋だ」

三号館の三階は封鎖されているが、まだ事件当時のまま、改装の手もつけられていないはずだ。あそこには何か手掛かりがあるかもしれない。

けれど佐々木にはまだ、ひとりであそこへ立ち寄る気力はなかった。

耳にはあの嫌な音が、どこか遠く恐ろしい場所へ引き込もうとするような〝声〟がこびりついている。昨夜の夢が蘇り、佐々木の背中にも額《ひたい》にも、また冷たい汗がじっとりと滲み出していた。

だが、ようやく自分のデスクに戻った佐々木は、またも来客を告げられる。

「今日はどうしたんだ？　千客万来《せんきゃくばんらい》だなあ」

下手な冗談は空虚《くうきょ》に響く。取り次《つ》いでくれた研修医は、小声で相手が県警の刑事だと告げた。

「またか。あっちも仕事なんだろうけど、嫌になるなあ」

「出張でいらっしゃらないと言って、断りましょうか？」

心底気の毒そうな口調に、佐々木は苦笑いで応えた。

「いや、じゃあいつ戻ってくるのかと聞かれるだろうし、会うまで何度でも来るだろう。行って来るよ」

佐々木はまた応接室に戻ることになる。

「おや、随分とお怪我も良くなられたようですな」

思った通り、入院中に押しかけて来た刑事だった。

「まだ少し痛みますがね。ゆっくり養生する時間が足りなかったのかもしれませんね」

もちろん、これは嫌みだ。気付いているのかいないのか、刑事はうんうんと頷いて、持って来た鞄を膝に置いた。

「今日はどのようなお話でしょうか。できたら手短にお願いしたいのですが」

あくまでも平静を装い、佐々木はゆっくりとソファに腰を下ろす。

――大丈夫だ。刑事達はあの薬のことなど知らないはずだ。

彼らが追っているのは、西村教授に関する、彼ら、、、、、の想像が及ぶ範囲での疑惑であり、行方不明の子供の遺体が妙な薬で蘇生したなどとは、夢にも思っているはずがない。

「いや、実はですね。押収した資料の中にこんなものがありましてね」

刑事が卓上に置いた物を見て、佐々木は危うく飛び上がりそうになった。それは透明な袋に入った注射器の残骸だった。針は折れ、筒もひび割れていて、中身は空である。

「それが何か?」

何とか声を震わせずに尋ねることができたと、佐々木は安堵する。

だが相手は刑事だ。何かこちらが見せた反応に見て見ぬふりをしているのではないかと、疑念は残る。

「これは亡くなられた西村先生のすぐ傍に落ちていましてね。指紋《しもん》を採取しましたら、先生ご自身のものではないものが出て来たんですよ。それで一応、佐々木先生の指紋も頂いて確認させてもらいたいんですが、宜しいですか?」

――指紋。佐々木はそれを失念していた。

これは任意の事情聴取だ。佐々木は法律については詳しくなかったが、断ることもできるはずだと思った。確か強制するには令状がいるのではなかったか？

病院の法務担当者を呼んで同席して貰っても良かったが、それで相手が態度を硬化させる可能性もある。ならば下手に反発するよりも、さっさと協力したほうがいいだろう。

佐々木は自分自身に、落ち着けと言い聞かせる。よく考えてみれば、最初の事情聴取では混乱していたのだと言い逃れはできる。もともと薬について聞かれてもそれで逃げ切るつもりだったのだ。

何よりも、佐々木はかなり疲れていた。長い時間、この連中と顔を突き合わせていたら、そのうち余計なことを口走りそうだ。

「もちろん構いませんよ。恥ずかしながらかなり混乱しておりましたので、あのときのことはよく覚えていないんです。でも状況的に、触ったとしたら私でしょうしね」

「ご協力感謝します」

佐々木は言われるがままに、両手の指をシートにくっつける。大丈夫だ。薬の中身が何であろうと、爆発のあの日、自分は何も知らなかったのだから。

診療科に戻った佐々木は、よほど酷い顔をしていたのだろう。皆が今日のところは早く帰れと勧めてくれた。確かに残っていても、大した仕事は出来そうもない。

「すみません。お言葉に甘えて、今日は失礼します」

佐々木は警察と話した内容を報告書にまとめた上で、着替えを済ませ、まだ明るいうちに病院を出た。

明るい時間の駅を見るのは、一体何年振りだろう。電車が到着すると、どっと人々が降りて来る。それと入れ違いに、この駅から乗り込む人が改札を通りホームへ向かう。

佐々木は人の流れを見つめているうちに、果たしてこの中のどれぐらいの人間が、自分の死について深く考えたことがあるのだろうかと思った。

死は、いつでも傍にある。

佐々木自身ずっとそう思っていたが、いざ冷たいその指が自分の首筋に触れようとすると、こんなにも動揺し、混乱する。

死にたくない。生きていたい。それは生物の本能だ。それは間違いない。

だが「死んでいない」状態は、果たして生きているのと同じことなのだろうか?

佐々木は首を振ると、再び歩き出す。

駅前ではカメラを構えた男を、マイクを握った女が引っ張り回していた。まだマスコミが粘っているらしい。

佐々木はすぐに横道に入り、あとは真っすぐ家を目指す。


その夜、谷口がまた佐々木の自宅を訪ねてきた。昼間の屋上とは打って変わって憔悴《しょうすい》しきった様子に、谷口自身が敗北を悟ったのだとわかる。

「あの後、結局どうしたんだ」

佐々木は熱いコーヒーを勧めながら谷口の様子を窺う。

「錯乱した結果、腕を損傷。それ以外に説明のしようがない」

術後は麻酔が効いて静かに眠っているという。もちろん、本田詩織の右腕は永遠に失われたわけだ。

——彼女の望み通りに。

「それにしても、だ。そもそもなぜ彼女が襲われたんだろうな」

谷口が眉間を揉む。

「この前、蘇生した男が俺たちを狙うのはまだわかる。だが他の被害者はどんな関係があるんだ?」

佐々木はここでようやく、谷口に伝え損ねていたことを思い出した。

「すまん、実は……」

本田詩織が西村教授と以前から知り合いだったこと。病理の研修医から取り上げた薬は、本田が預かっていたこと。

谷口は話を聞くうちに険しい顔になる。

「つまり、本田さんはあの薬を触った可能性があるんだな」

「それはわからないが……仮にそれが原因だとしても、最初の被害者、ええと……売店の森さんには関係ないだろう」

佐々木の言葉に対し、今度は谷口が居心地悪そうに座りなおす。

「実は森さんが錯乱していたんで、話半分に聞いていたんだが……しきりと『先生の代わりに襲われた』みたいなことを繰り返していたんだ」

佐々木は唾を飲み込んだ。

「西村教授の代わりということか」

「そのときは思いつかなかったが……今になって考えてみると、年恰好や体格なんかは似ていたかもしれない」

もし教授が、森夫人に何か薬を作るために必要なものを取り寄せるよう頼んでいたら? ナースの本田が先に薬に触れていたら?

「自分たちにはわからない、例えば臭いのようなものがあるんだろうか」

「強引だが、話のつじつまは合うような気もするな」

ふたりは黙りこんだ。だが当人たちに確認して回ることもできないのだ。いくら考えても本当のところはわからないだろう。

　そこで佐々木はふと、今日の昼間に西村夫人から受け取った資料のことを思い出した。

「時間があったので、先に読ませてもらったんだが、少し気になることが書いてある。ほら、ここだ」

　佐々木が指さした辺りを、谷口が目で追った。最初のファイルとは別の資料を書き写したのか、補足のようなメモ書きである。

「つまり時間が経つ程、蘇生は失敗しやすくなる……ということか」

　谷口の目に生気が蘇って来た。

「ああ。腐敗は論外にしても、神経細胞が駄目にならないうちに、処置を始める必要があるようだ。本田さんの腕がああなったのも、神経が切れていたからかもしれんな」

「なるほどな……」

　佐々木は書類に視線を落とす谷口をしばらく見守り、それから言った。

「なあ。もう一度最初からやり直してみないか」

　谷口が、どこか上の空のようにも見える顔を上げた。

「最初は例の薬を捨ててしまえば全部終わると思ったんだが。少なくとも一人は、俺達に責任があるだろう」

　その時間が残されているかどうかはわからない。だが、夜毎《よごと》徘徊《はいかい》する哀れな蘇生者達を、このままにして置くわけにも行くまい。

「西村教授が残した物を、もう一度全部洗い直してみよう」

「……それしかやれることはないだろうな」

「よし。ではまず、辿れる限りで最初の場所……病理診断科の処置室から始めよう」

　互いの予定を確認し、探索は三日後の土曜と決まった。

その日までの時間はあっという間に過ぎていった。佐々木もさすがにいつまでも雑用係でいるわけにもいかず、サポートの形で手術にも復帰することになった。

佐々木の所属する消化器外科の教授は、腹腔鏡《ふくくうきょう》の手術を得意としていた。その手技《しゅぎ》を直接見ることは貴重な機会だったし、助手として手術に立ち会うことを誰もが希望した。佐々木ももちろんそのひとりだ。

だが異常な経験の連続が、思った以上に佐々木の心身にダメージを与えていた。

白い顔を見せて横たわる患者は、錯乱する寸前の本田詩織を思い起こさせた。流れ出る血を見れば、窓になすりつけられた赤黒い汚れを思い出してしまう。その度に指は震え、意識が遠のきそうになる。

「佐々木君！」

立っているだけでやっとの佐々木は助手として満足に働けるはずもなく、幾度か注意を受けた。

手術後、教授は佐々木を自分の部屋に呼びつけ、厳しい口調で叱責した。

「君は当分の間、手術に復帰しなくていい。なにか他のことに気を取られているんじゃないかね？　本業を疎《おろそ》かにするようでは、ここには置いておけんよ」

佐々木は青ざめ、深く深く頭を下げる。

——やらかした！

デスクに戻ると、同僚や先輩達が遠巻きに自分を窺っているのを痛い程に感じる。部屋にいることすら辛いのが本音《ほんね》だったが、せめてやりかけた仕事だけでもしっかりこなさねばならない。

碌《ろく》な後ろ盾《だて》もない佐々木が病院に残っていられ

るのは、全て教授のお陰だ。余計なところに首を突っ込んで怪我をして周りに迷惑をかけている自分を、面と向かって叱ってくれるだけまだ人情味《にんじょうみ》のある教授なのだ。

ここで見離されたら、医師としての未来が閉ざされてしまうだろう。それは佐々木にとって耐えがたいことだった。


結局佐々木は深夜まで雑用をこなし、ようやく自宅に戻った。思えば長い一日だった。

帰路、見えない影が後をついて来るようで恐ろしかったが、見慣れた部屋に戻って電気をつけると安堵した。逆にそんな風にびくびくしていることが、腹立たしくなってきた。

部屋の隅に置いた西村教授の資料も急に忌々《いまいま》しく思えて来る。いっそこのファイルと薬を、纏《まと》めて大学の上層部へでもぶつけてみようか？

——いや、駄目だ。

佐々木は自分の考えを即座に否定する。

まだ路上生活者の蘇生を試みる前なら、それも可能だったかもしれない。だが佐々木と谷口は、嬉々《きき》として自分達の退路を断ってしまったのだ。

今更本当のことを申し出ても、体面を重んじる大学が彼らを許すはずがない。大学から追い出されるだけならまだしも、西村教授のやったことまで、全て彼らの責任になってしまう恐れすらあるのだ。

佐々木はコートを脱いで放りだし、疲れ切った体をソファに横たえた。エアコンの暖気が強張った体を少しずつほぐしていく。

——そもそも西村教授は、どこであの資料を手に入れたのだろう。

筆跡は西村教授のもので間違いない。全体的にほぼ同じ調子の走り書きだった。だが少しずつ書きためた実験記録なら、日によって文字の勢いにばらつきが出るほうが自然に思える。

そして実験に使われる薬剤や道具の名称に、余りに古めかしいものが見受けられた。現在では使われておらず、現役《げんえき》の医師である佐々木が、調べなければわからないような単語も混じっているのだ。

そこで佐々木は、あの資料は誰かが昔行った実験記録で、西村教授はそれを丸ごと書き写したのだろうと考えていた。

――それにしてもだ。いったい誰が、どんな目的を持って死体を蘇生しようなどと考え付いたのだろう……。

終電も終わった線路からゴトゴトと単調な音が響いてくる。保守点検の車両が通るのだろう。

その音を子守唄に、顔も名前も知らない異国の誰かを思いながら、佐々木は疲れに引きずられるような重苦しい眠りに落ち込んで行った。

8

約束の土曜日。午前の仕事を終えた佐々木は、気分がすぐれないと理由をつけて半休を願い出た。

あながち嘘ではなかったし、誰が見ても酷い顔色をしている佐々木を、同僚達も気遣《きづか》ってくれた。

先日の教授の叱責が影響しているのだろうと思っている者もいただろう。少しばかり良心は痛んだが、今日ばかりは仕方がない。

谷口と五号館の一階、放射線科の待合で合流し、一緒に三号館へ向かう。

並んで歩きながら佐々木が尋ねると、谷口は低い声で、本田詩織の切断した腕の、その後のことを語った。

念のために保存液に付けて厳重に保管してあるが、保存液の効果だけとも思えない程に、気味が悪い程の生々しさを感じさせるのだという。腕だけが単体で生きている。そんな感じだそうだ。

「これは、あくまでも俺の感じたことだが――、どうやら蘇生者の異常な行動は、脳や神経に問題が起きるせいだけではないような気がするんだ。でなければ本田さんの腕が生き続けていることに説明がつかない」

「まあ確かにそうかもしれんな」

腕を外してくれと叫んだ声が耳に蘇り、佐々木の陰鬱な気分は一層酷いものになった。

「で、そっちはどうなんだ。警察のほうはその後、何か言ってきたか？」

重苦しい空気を振り払おうというのか、谷口は話題を変えた。

「いや。また忘れた頃に呼び出しがあるんじゃないか」

佐々木が溜め息をつく。正直それはもう勘弁して貰いたかった。

「俺が出せるものは全部出したからなあ。後は大学に何とかしてもらうしかないだろう。普通に考えて、西村教授のことを俺がよく知るはずもないんだから」

「それもまあそうだな」

ここのところ佐々木と谷口は、顔を合わせては西村教授の残した謎についてばかり考えていたので忘れていたが、本来ならば他所の科の教授の研究内容などわかるはずもない。

警察だってそれは納得するだろうし、何よりこの点については病院が保証してくれるはずだ。

ふたりは人目につかないように三号館の医療用売店裏の階段は避け、一度上の階を経由して、別の階段から三階に降りた後、廊下伝いに病理の処置室を目指す。

佐々木自身、あの事件以来病理まで来るのは初めてだ。あの爆発がもう遠い過去のことのように思える。

見覚えのある廊下に立つ。

昼だというのにあのときと同じように、いやそれ以上に薄暗い廊下の先に、『立ち入り禁止』のプレートが下がった工事用のバリケードが幾つも並んでいた。バリケードといっても大げさなものではなく、スチールのパイプを樹脂《じゅし》製のスタンドが支えている、簡易的なタイプだ。

佐々木は隙間をすり抜ける際に、満足に動いてくれない足を引っ掛けて、危《あや》うく転びかける。谷口が腕を掴んで助けてくれたお陰で、どうにかバリケードを避けて進むことができた。

いまさら嘆いても仕方がないことだが、忙しさにかまけてリハビリを疎《おろそ》かにしたことを、心底後悔する。

処置室の前に着くと、中を覗き込んだ谷口がさも感心したように呟いた。

「少しの間にまあ、随分と寂《さび》れるものだな」

その口ぶりは緊張感を全く感じさせず、どこかのんびりと聞こえる。

確かにひしゃげた天井も壁も煤《すす》で汚れたまま、床にはうっすらと埃《ほこり》が積もっていた。電気も止められたままで、換気もできていないのだろう。

窓のない室内はじめじめしていて、埃やカビの臭いが籠《こも》っていた。もちろん明かりはなく、廊下の両端の窓から入る弱い外光によって、物の形がどうにか見分けられる程度だ。

佐々木は診察に使うペンライトのスイッチを入れた。ＬＥＤの強い光に区切られた小さな丸い空間に、くっきりとした陰影を描いて廃墟が浮かび上がる。

病理の準備室は簡単に片づけられただけの無残な状態で放置されていた。佐々木は耳を澄ましてしばらく辺りを窺っていたが、やがて意を決して足を踏み入れる。

あのとき体当たりしたドアは片付けられたらしく見当たらない。ただ壊れた蝶番が枠にぶら下がり、そこにかつてドアがあったことを物語っていた。

「教授を見つけたのはたぶん、この辺りだ」

佐々木がペンライトの光を床をなぞるように移動させる。

床に流れていた大量の血は、全て拭き取られていた。その代わりに警察官が引いたらしい落書きのような白線が、消えずに床に残っていて、教授の最期の姿をとどめている。

ふたりはどちらからともなく、わずかの間、瞑《めい》目《もく》した。

続いて無駄だろうと思いながら、準備室内を丹念にライトで照らして行く。壁には大小様々な無数の傷が、室内から廊下の方向に向かって刻まれていた。

その元を辿ると、壁を走る配管が歪み、外れた金具が壁にぶら下がっている。爆発の起きたガス管はこれなのだろう。見回せば、スチールの組み立て棚が、ここから近い物ほど酷く歪んでいた。

なるほど、これほどの威力《いりょく》なら、佐々木が吹き飛ばされたのも不思議ではない。

それから棚を調べたが、並んでいたはずの物は何も残っていなかった。恐らくは病理診断科で引き取り、ほとんどは捨てられただろう。デスクも、そこにあったはずの院内用パソコンも、全て片付けられていた。

（空振りか……）

お互いの顔にそう書いてあった。

それでも一応、奥の処置室へ入る。そこは準備室に比べれば、比較的片付いていていた。

元々余り余計なものはなかったのだろう、手術台も、その上の無影灯も、埃と煤で薄汚れてはいたが、ほぼそのままに残っていた。

佐々木は身震いした。空調の音も途絶えた静かな処置室は、まさに死の支配する空間だった。

この手術台に上がったのは全て、物言わぬ死体だ。何らかの無念を抱えたまま魂は旅立ち、それを解き明かしてもらうために、残した身体をこの台に委《ゆだ》ねる。

西村教授はここで何を思ったのだろう。

谷口とも違う強い意志が彼を突き動かし、あの薬を作り上げたのは間違いない。教授はモノ言わぬ死体に、一体何を語らせようとしたのだろうか。

「佐々木」

思考は谷口の、ごくか細い呼びかけで断ち切られた。

「なんだ？」

声をかけたきり何も言わない谷口を訝しく思いながら、佐々木は顔をふり向ける。

足元を照らすライトの微かな間接光に浮かぶ谷口の顔は色を失い、目を見開いたままで、佐々木の頭越しに天井を見つめていた。

そしてあの〝音〟――！

心臓を凍らせるような、脊髄を締め上げるような、奇怪な音。何か激しい感情を訴える〝声〟が佐々木の頭上から響いてきたのだ。

総毛《そうけ》立つ、というのはこういう状態か。佐々木の頭の隅をどうでもいいことが過っていった。

振り向くまでもなく、谷口の視線が何を意味しているのかがわかる。

佐々木は無言のままに、谷口にぶつかるように足を踏み出す。思わず手放してしまったペンライトが落ちて、床の上で跳ねた。

その気まぐれに移動する明かりが照らしたのは、手術台の上の無影灯から、こちらを見つめている小さな白い顔だ。

「逃げろ！」

佐々木は叫んで両手を突き出した。谷口を押しやろうとしたのだが、いうことを聞かない足がもつれてあやうく転びかける。その腕を谷口がつかんで無理やり引き立たせた。

ふたりはそのままもつれあうようにして処置室を飛び出した。

ああ、だが確実に〝声〟は近付いて来る。

あるいはそれは余りの恐怖ゆえの幻聴だったかもしれない。だがそいつから逃れたいという気持ちは間違いなく本物だ。だからふたりは、無我夢中で走るしかないのだ。

こちらよりはずっと明るく見える廊下が目に入る。準備室の出口が四角く口を開けていた。そこへ向かって飛び出したふたりは勢い余って廊下の壁にぶつかり、向きを変えると階段を求めて駆け出した。

一番近いのは、佐々木がいつも休息していたあの階段室だ。

「頑張れ！」

谷口が必死に、佐々木の腕を引く。

だが治り切っていない佐々木の足は踏み出した際の衝撃に激しく痛み、力が入らない。よろめいた拍子《ひょうし》に倒れていたバリケードのスタンドに足をひっかけ、佐々木は激しい物音を立てて転倒した。

どうやら額を打ったようだ。痛みを感じる余裕もないが、赤い物が流れて視界を遮る。遅れてやって来た痛みに顔を歪め、それでも必死で這《は》いずるように前に出る。

佐々木はそのとき、谷口の絶望の声を聞いた。

「ああ……あああ！」

思わず振り返ると、あの日ふたりで蘇生させた路上生活者の男が、廊下を近付いて来るではないか。

だがその姿は、彼らの記憶とはかなり違っていた。

哀れな男は凍死体としてきれいに死んでいたのに、今や動く轢死体《れきしたい》となっていたのだ。着古していた服はズタズタに破れ、肩からぶら下がってかろうじて残っている有様だった。

剥き出しになった裸の胴体は左の腹が大きく抉れ、千切れた内臓がはみ出ている。それは乾いて身体にまとわりついているが、それでもなお、てらてらとした赤い肉の色を保っているのだった。

かろうじて右側の皮で繋がっている腹を守るかのように、左手はズボンのベルト部分をしっかりと握りしめていた。その腕にも臓物が絡み、歩くたびにぴらぴらと揺れている。

男は身体を左側に傾けたまま、右手を前に差し伸べてよたよたと歩く。その姿は到底〝まともな生物〟とは見えなかった。

だが佐々木は目をそむけることもなく、男を見つめていた。余りに異形すぎて、現実感すらなくなっていたのだ。

「置いて行かんでくれえ……」

開いた口から洩れるのは哀願のような、呪詛《じゅそ》のような声。

その声がようやく佐々木を現実に引き戻した。

力が抜けた訳ではない。見るまでもなく、激痛が最悪の事態を告げていた。佐々木の足には幼い子供がしがみ付き、ズボンごとふくらはぎに歯を立てていたのだ。

無我夢中のままに伸ばした手が、冷たいものに触れる。ひっくり返ったスタンドから外れた、バリケードのパイプだった。佐々木はそれを握りしめると力一杯振り上げ、足にしがみ付くものに叩きつける。一緒に自分の足も叩いていたが、気にもとめなかった。

二度三度と殴りつけるうちに、喰らいつく歯の力が緩む。こそげとるようにパイプを打ちつけて相手を振りはらい、気力を振り絞って階段室を目指す。

あと少しだ。あそこまで行けば、防火扉《ぼうかとびら》が時間を稼いでくれる。普段なら数歩だと思っていた距離が、果てしなく遠い。

突然、佐々木の目に映る階段室が、斜《なな》めに歪んだ。

実際は佐々木のほうが倒れたのだった。蘇生した男が、佐々木の首筋《くびすじ》を捉《とら》えて持ち上げ、床にたたきつけていた。

この前の悪夢そのままに、佐々木はもがく。そしてどこかでこれも悪夢の続きに違いないと思っていた。

激痛と共に生温かいものが首筋を伝い、白衣の胸を濡らす。その感覚もまるで現実のこととは思えなかった。

「この、離せ！　離せ!!」

谷口もパイプを拾い上げ、を思い切り振り回す。まず、佐々木にのしかかっていた男を引きはがそうと横ざまに振り抜き、わずかに身を引いたところを、すかさず頭から殴りつける。

相手が怒りの唸り声を上げて座りこむ隙に、佐々木の身体を引っ張り、階段室に放り込むと、防火扉に体当たりして閉じた。

谷口は防火扉が開くのを少しでも遅らせようと、

取っ手と階段の手すりをネクタイで縛りつける。何か重い物がぶつかる音がするが、すぐに破ることはできないようだ。

「おい、大丈夫か！」

振り返ると、佐々木は無抵抗のまま半ば階段を滑り落ちる途中で、腕を手摺にひっかけてどうにか止まっていた。

「佐々木、返事をしろ！」

声をかけながら顔を近づけた谷口は、言葉を失った。佐々木の首筋から噴き出した血が音を立てて降り注ぎ、階段を、そして壁を赤く染めていた。

「おい、佐々木！　しっかりしろ！」

上着を脱いで止血しようとするが、谷口の理性はもう手遅れだと告げていた。すでに佐々木の目は霞《かすみ》がかかったように虚ろだった。

谷口はしばし呆然とその場に座り込んでいた。

「おい、俺は一体どうすりゃいいんだよ……」

髪を掻き乱し、呻き声を上げる。防火扉はまだ、何かがぶつかる音を響かせていた。

しばらくそのまま動くこともできなかった谷口だったが、やがてのろのろと顔を上げた。

「ああ……俺もここまでかな」

さっきまでのパニックが嘘のように、その表情は妙な落ち着きを取り戻している。

「生き残っても、病院にもまともな説明なんかできそうもないしなあ」

谷口は顔を伏せて俯いた。その肩がわずかに震えている。——笑っているのだ。

異常な体験が彼の精神の均衡を崩した瞬間だった。

「なあ佐々木。どうせなら俺も、皆に何が起こったのかを知りたいよ。でも、死んだ自分に薬を注射することはできないからな」

谷口はそういいながら、自分の上着のポケットを探り、注射器を取りだした。別のポケットから小瓶を取り出すと、注射器に薬を取る。

今の彼を動かすのは、ただ〝知りたい〟という強い欲求だけだった。

「教授の残した資料には確か、遺体が新しいほどまともな蘇生が期待できるって書いてあったよな。佐々木、お前なら何が見えたのか、教えてくれるだろう？」

佐々木は答えなかった。すでに血の噴出は止まりつつあり、全身は力なく階段に横たわっている。

佐々木の腕をまくり上げる谷口は気付かなかったが、痙攣するように佐々木の唇が震えていた。まるでそれは谷口の行動に抗議しているようだったが、目はただ虚ろに開かれ、すでに声が出せる状態ではなかった。

注射を終え、谷口はやはり無言《むごん》のまま、そこに座りこんでいた。時計の針の進みは遅く、永遠に思えるほどの時間が経過する。

突然、血に濡れた佐々木の爪先《つまさき》がびくりと震えた。谷口は夢を見るような表情でそれを見つめる。

「目が覚めたか、佐々木」

手摺の柵にかかったままの腕が揺れた。

続いて筋を千切られた傷口を開いて見せるように、不自然に首を傾けたまま、上半身がゆるゆると起き上がる。

それとほぼ同時に、傷口を晒《さら》したままの喉から、あの甲高い奇妙な音、何かを訴える〝声〟が迸り出たのだ。

……キィイイ……。

佐々木は、いや佐々木だった遺体は、柵を握り締めて身体を起こす。その目は、この世のものを何も留《と》めておらず、しかしながら、中空の一点を見据えていた。

「ああ……なんてことをしてくれたんだ！」

それが蘇生後の第一声だった。

「何が見えるんだ」

尋ねる谷口の声は、自分でも驚くほどにいつも通りだった。だが佐々木はそれに答えない。

「やめろ、やめてくれ！　どうしてこんな酷い目に遭わせるんだ！」

佐々木は悲鳴のような声を上げ、腕を振り上げた。

狭い階段で手加減もなく振り下ろされた腕は、谷口の顔を強《したた》かに打つ。反射的に身体を離そうとして立ち上がりかけた谷口の脛《すね》を、暴れる佐々木の足が、思い切り蹴り飛ばした。

「うわ……っ！」

殴る腕も、蹴り飛ばす足も、およそ人間の力とは思えない。

いや人間は通常、力をセーブしているのだ。危機に際して全力を出すのがいわゆる火事場の馬鹿力となる。今の佐々木はそれと似た、理性の制御を失った状態だ。

谷口はバランスを失い、階段を転げ落ちそうになる。無我夢中で手摺を掴み、どうにか数段を滑り落ちたところで止まった。

筋を傷めたのか、肩から腕に掛けて激痛が走る。だがそれを気にしている暇はなかった。谷口の首を、佐々木が手を伸ばして締め上げた。

「どうして、こんなことをしたんだ！」

傷口から息が漏れるのか、聞き取りにくい声だった。だが唇の動きから、何を言いたいのかはわかった。

その顔はすでに、谷口の知る佐々木ではなかった。

やや細身で、誰に対しても穏やかな口調で語りかける、どちらかといえば大人しい男の顔は、おびただしい血に濡れた憤怒の形相となって、非常口を示す緑色の明かりに照らされている。

佐々木は谷口の首を掴んだまま、どこかぎこちなく立ち上がった。谷口の爪先が、階段から離れる。

「な、なにが、見えた？　お前は、何を見たんだ？」

苦しい息の中、谷口が問う。

突然、佐々木がバランスを崩す。足に力を入れた拍子に自分の血に滑ったのだ。佐々木は谷口の首を捉えたまま、仰向けに倒れた。ガラスの割れる音、人間が二人ぶつかる重い音が、階段室に響く。

そして静寂《せいじゃく》が訪れた。

折り重なって倒れたふたりは、ピクリとも動かない。

谷口は頭を手摺の柵と柵の間に挟まれたまま、奇妙な角度で曲がった首と、それに繋がる身体を長く階段に伸ばしていた。

佐々木は階段の最上段に仰向けの上半身を乗せて転がったままで、目を見開いている。その額も、首から胸も、足も、ほとんど全身が鮮紅色に染まっていた。

それから数分後のこと。不意に佐々木の身体がびくりと震えた。その拍子に数段を滑り落ち、支えを失った谷口の身体もまた、ずるりと滑った。

佐々木の喉から、ひゅうひゅうと微かな音が漏れ出した。頭の上に投げ出されていた右手が、震えながらわずかに上がり、指が何かを求めてぴくぴくと動く。

それらは余りにも小さな動きで、余りにもわずかな時間のことだった。けれど佐々木は明確な意思を持って、指を動かしたのだ。

(扉を、開くんだ……扉は、どこだ……)

佐々木の黒目が、動かない顔を動かそうとするかのように頭のほうに寄せられた。目と指は、同じものを求めていた。右手がわずかに持ち上がる。

それにつれて身体全体が斜めに捻《ひね》り上げられ、真上を向いていた頭も転がるようにして向きを変えた。

佐々木の左の側頭部には、厚みのあるガラス片が刺さっていた。谷口がこの階段室に引っ張り込んだときに、ポケットのガラス瓶が落ちて割れ、そこに倒れ込んだものらしい。

ガラス片には血ではない、赤い線の引かれたラベルが残っている。佐々木と谷口が最初にマウスに注射し、失敗作ではないかと思われていたほうの薬だった。

今、佐々木はようやくその存在意義を知った。

遺体の身体に入った蘇生薬を中和して無効化、そして蘇生者を再び眠らせる。それが西村教授が最後に固執《こしつ》した薬の、真の役割だったのだ。

蘇生実験が上手くいかなかった結果、ヒトではないものになってしまった蘇生者を解放する。西村教授の実験は、その後始末の見事さゆえに誰にも知られないまま続けられていたのだ。

あの不幸なガス爆発が本当に事故なのか、あるいは実験台となった遺体が暴れた結果なのかはわからない。だが教授は最期まで、失敗した実験にけりをつけようとしていたのだろう。

佐々木の両目から涙があふれ出した。

――ああ、そうとわかっていれば。

今もずっと呪いの言葉を吐き、扉を叩いているあの哀れな同胞たちを救えたものを。彼らは探しているのだ。自分たちをこんな目に遭わせた者を。自分たちの身体に残る薬と、同じ臭いを手掛かりとして。

恐ろしく、暗く、寒く、孤独な、永遠に続く闇の中で、彼らは泣いている。佐々木もつい先刻まで泣いていた。

彼は偶然にもあの場所から解放された。自分は狂うこともできないまま存在し続けるあの場所から、死によって解放される。一度は彼を見失った死神だが、ちゃんと戻ってきてくれたのだ。

彼の頬を伝うのは、今や喜びの涙である。佐々木の目には、もう現実の何物も映っていなかった。

ただ彼は願う。

この世を旅立ちつつある中で、ひたすら願う。

――誰かあの扉を開けてくれ。そして、行く当ても戻る場所もない蘇生者達を、あの悲しい境遇から救い出してやってくれ――。

佐々木の手はついに力を失い、音も無く床に落ちていった。その顔は涙と血に汚れていたが、まるで眠るように穏やかであった。

この死者が最期に見たものが何であったのか、誰かがいずれ解き明かすだろうか。それともあの薬に関わった過去の人々と同じように間違いを犯し、新たな悲劇を生みだすのだろうか。

佐々木の伸ばした指の先で、扉は徐々に軋み始めていた。

「完」

死者の呼び声

《二木 靖》（にき・やすし）

一九六五年、岐阜県生まれ。絵は独学で描き続け、二〇〇〇年ころにヤフー・オークションで似顔絵描などをしてネットで活動。ウエルカムボードなどを描きながら日々修行中。二〇一三年よりクトゥルー・ミュトス・ファイルズ（弊社刊）の挿絵を担当。本作が漫画デビュー作。

《菱井 真奈》（ひしい・まな）

一九八五年、大阪府生まれ。二〇〇六年文化学院創造表現科中退。その後八年間リラクゼーションサロンで勤務する傍らライターとして活躍。クトゥルーと官能を愛する。本作がデビュー作。

《プロローグ》
Herbert West - Reanimator
アメリカのアーカムというところにハーバート・ウエストという医者がいました
彼のライフワークは「死体蘇生」でした
彼は死体蘇生実験がしたくてしたくて……
とうとう助手と一緒に墓場から死体を盗んでしまいました
さあ実験だ
死体は怖ろしい叫び声をあげました
びっくりしたウエストは逃げ出してしまいました

院長先生はウエストの研究に猛反対してました
でも　ある日死んでしまいました
ウ〜〜ン
葬儀が行われた翌日の深夜　ウエストは蘇生実験を行いました
蘇った院長先生は町に飛び出してたくさんの人を襲って食べてしまいました
ギャーッ
ギャー
新鮮さがたりないのだ
試合中に死んだボクサーにも薬を試しました生き返ったボクサーは子供を殺してしまいました
ARRRGHHHHiii!!
どの蘇生者もみんな魂が戻ってなかったのです

ウエストは
考えました
もっと新鮮な
死体でないと
ダメだ
新鮮な死体を求める
あまり　ウエストは
とうとう人を
殺してしまいます
バタ
バタ
殺人を犯した
ウエストは理性を
なくしてゆきました
第一次世界大戦
一九一四年
第一次世界大戦が
始まると
ウエストは喜んで
戦場に行きました
たくさんの新鮮
な死体があった
からです
ギャーッ
ドカーン
ドーン
ドーン

たくさんの死体に囲まれて大好きな実験を続けるうちに死体をつなぎ合わせて新しい実験もはじめました
ボクはエリックよろしくね!!
弟子もできました
でもエリック少佐は撃墜されて死んでしまいました

首がちぎれて死んでしまったエリック少佐にも蘇生薬を試しました
するとちぎれた首が叫んだではありませんか！
飛び出せロナルドたのむから飛び出してくれ!!
ドガン
その時　爆弾が爆発しました
生き残ったのはウエストと助手だけでした
終戦後　ウエストは……
いつも何かに怯えていました
誰かがぼくを見てる
ある日エリック少佐から小包が届きました
怖くなって小包を燃やしてしまいました
ゴーッ
ゴーッ
その時壁が崩れて真っ黒な大きな穴が！
ガラガラ
ガラ

穴から
エリック少佐が
現れました
エリック少佐の
頭は人形でした
エリック少佐と一緒に
魑魅魍魎《ちみもうりょう》が現れ……
あっという間にウエストを八つ裂きにしてしまいました
肝
心
胃
肺
幽門
小腸
膀胱
直腸
少佐たちは
ウエストの死体を
どこかに持ち去り
あとには何も残っ
ていませんでした
壁も元通りでした
蘇生薬がどこへ行ってしまったの
かも　誰にもわかりませんでした

それから百年後……
私の名前は西野春斗
大学病院で医師として
働いている
二〇一三年の夏
私は事故に遇い
数日間生死の境を
さ迷った
目覚めた時、私は
「死んだ肉体の
再生方法を研究し
なければならない」
という考えで
いっぱいだった
私は自分が調合した
蘇生液を試すため
密かに人体実験をす
るようになった
しかし
思うような結果は
得られなかった
何かが足りなかった

ある日 〝宇緒土氏《うおど》の使者〟と名乗る者が現れた 彼は 私が人体実験をしていることを知っていた
使者が差しだしたメッセージには「秘密を守るかわりに協力を求めている」と書かれていた
こ これは
そこには西野を含む四人の科学者が開発中の蘇生液とハーバート・ウエストという人物が百年前に調合したという蘇生液の不完全な解析データが記されていた
そこには私の蘇生液に足りなかったものがあった これさえあれば私の研究は完成するに違いない
私はメッセージに記された住所へと向かった

これがハーバート・ウエストの蘇生薬だ
二〇一六年二月
日本
君たちを招いたのは他でもないこの薬の成分の解析と再調合をしてもらいたいのだ
この薬があれば息子を蘇らせることができる
この男は世界でも有数の資産家宇緒土《うおど》氏である

彼には千寿留《ちずる》という一人息子がいた
しかし息子は二年前 交通事故を起こし死亡
宇緒土《うおど》は息子の死を受け入れることができなかった
宇緒土《うおど》は遺体を冷凍保存し世界中の医師 科学者 魔術師を訪ね 死体を蘇生できる方法を探した
そしてある研究施設から死体蘇生者ハーバートウエストの半ば焼失したノートと蘇生薬を発見した
だが彼の持つ研究所では蘇生薬を解析することができなかった

そこは宇緒土の私設研究所だった
そして、私以外の三人の学者たちがすでに集まっていた
私が発見したウエストの蘇生液と君たちがそれぞれに開発した蘇生液とは80％以上同じものであることがわかっている
不思議なことだが理由などどうでもよい
君たちが協力すればこの蘇生液の再調合が可能になるに違いない

いただいたデータを見たときは目を疑いましたこれも運命なのかもしれません
あれこそ私が作りたいと考えていた蘇生薬そのものです
ここなら人目を気にせずに好き放題研究ができるぜひ協力させてください
西野先生はどうなのかね?
新鮮な死体は手に入りますか?
任せておきたまえ
こうして我々四人の研究が始まった

1

「それでは、これから研究所内を案内しよう。彼に付いて行きたまえ」

そう言うと、宇緒土《うおど》はくるりと俺たちに背を向け、部屋を出ていった。

部屋に入ったときには全く気づかなかった、異様に姿勢がいい初老の男が部屋の片隅に立っていた。執事の梶原《かじわら》と名乗るこの男に率《ひき》いられて、俺たちはこの施設の説明を受けた。

「この施設は、表向きは別荘ということになっていますが、それはカムフラージュで、極秘に研究を行うために造られました」

なるほど。来客があっても怪しまれないように、あえて玄関や応接間は豪奢《ごうしゃ》な内装にしているのか。

この研究施設は、都心から車で二時間半ほどかかる過疎《かそ》地域にある。

周囲に民家がない、海に近接した断崖絶壁《だんがいぜっぺき》に建設したのも人目を忍ぶためだろう。

「一階は応接間の他に、皆様がお住まいになる個室、キッチン、食堂、浴室、など生活に必要なお部屋をご用意しております」

これからここでの共同生活が始まる。

一流ホテル顔負けの贅沢《ぜいたく》な個室に、俺たちへの厚遇《こうぐう》ぶりが表れていた。

「地下が研究室でございます。最新の設備を揃《そろ》えております」

執事は壁を軽く叩きながら、

「ちなみに防音、防臭対策は完璧です」

四人の科学者はその意味を分かりながらも、口を閉ざしていた。

「隣りの部屋が研究材料庫でございます」

執事が重厚な扉を開けると、鳥肌が立つような冷気が流れてくる。

材料が傷《いた》まないように冷蔵室になっているのだ。室内は薄暗く、二十畳ほどのスペースには棺桶《かんおけ》が所狭しと並んでいる。

「宇緒土グループの傘下の葬儀屋から横流しさせた実験材料でございます。ご自由にお使いくださいませ」

すごい。この大量の死体が使い放題だとは。個人では、マウスや兎、羊、犬、猿など動物を使うのがせいぜいだった。どれほど人間の死体を渇望《かつぼう》していただろう。

大富豪の邪《よこしま》さに感謝だ。

「地下室の突き当たりになります、こちらが焼却炉《しょうきゃくろ》でございます」

まったく用意がいい。要は実験後に出る〝廃材処理〟のための設備ということだ。

執事は使用方法や注意点を説明し、最後に淡々と重要事項を伝える。

「くれぐれも燃え残りのなきようお願い致します」

研究所内を見学し終わると、俺たち科学者は、宇緒土から晩餐《ばんさん》に招かれ食堂へと移動した。

科学者たちはまだお互いに様子をうかがっているようで、誰一人口を開こうとせず、陰気に料理を咀嚼《そしゃく》していた。

「この研究所を見学して、いかがだったかね？」

俺に、宇緒土が話しかける。

「望んでいた設備がすべて揃《そろ》えられていて、素晴らしい環境です」

「それならよかった。不足しているものがあれば言ってくれ。どんなものでも用意しよう」

さらりと言うが、彼は本当にこの世にある大概のものは、金と権力で入手することができるのだろう。

「私は千寿留《ちずる》が死んだとは思っていない。あの子は十九歳で命が一時停止しているだけだ」

唯一にして最も大切にしていたものだけが、手をすり抜けていまだ戻ってこない。

宇緒土の中では冷凍された息子は生きているのだ。

「止まった時間をもう一度動かしてやるのが親の責任というものだろう。あらゆる犠牲を払ってもだ」

その瞳には、他人を破滅させてでも我が子を蘇生させようという執念《しゅうねん》が宿っていた。

陰鬱《いんうつ》な食事の後、科学者たちは研究室に集まった。これから研究を始めるわけだが、どこか皆、警戒し合っていて会話がない。

当たり前か――。

世間《せけん》に極秘で行っていた研究を暴《あば》かれて集められたのだから、うかうかと話などして、自分の手の内を見せたくはない。

「それにしても驚きました」

この場での年長者、四十代半ばくらいの生真面目《きまじめ》そうな男が切り出す。

「ここにいる全員の開発していたモノの八〇％以上もが、百年も昔の科学者が開発した薬品の成分と一致していたとは」

全く恐ろしいほどの偶然だ。

ましてや、表立っては誰一人発表したことがない、四人の科学者が研究していたモノの成分と調合方法が酷似《こくじ》しているなんて。

「肝心なのは、残り二〇％の成分ですよ」

マッド・サイエンティストな雰囲気の、眉毛のない七三分けの男が応《こた》えた。

「我々四人が開発したモノと、ウエストの蘇生液を比較すれば、残り二〇％の成分を解明するのも時間の問題でしょう」

「つまり、完成のためのパーツが、ここに揃ったということですね」

一見営業マンでもしていそうな、眼鏡《めがね》の男が言う。

話ができすぎていやしないか――。

まるで超常的な何者かに操られているような不気味さを覚えた。まさか――。俺はある予感に見舞われた。

「この研究を始めたきっかけですが」

皆が俺の方を注目する。

「事故で数日間生死の境をさまよい目覚めた時、私は、死者を蘇らせる方法を研究しなければ、という強い欲望に駆られました」

科学者たちが一斉に動揺した。

「それは、いつ頃の話ですか？」

眼鏡がおずおずと訊く。

「二〇一三年の夏です」

「自分も同じでした」

眼鏡の発言に他の二人の化学者が衝撃を受ける。俺だけが心の中で「やはり」と呟《つぶや》いていた。

「大病《たいびょう》を患《わずら》い、昏睡《こんすい》から目が覚めた後から、死体蘇生の研究への熱意が湧《わ》いてきたのです」

さらに、四十路《よそじ》男と、マッドサイエンティストもまったく同時期に、死の際《きわ》から生還《せいかん》したことにより研究への欲求が目覚めたという。

それまでは一切興味がなかったにもかかわらずだ。

「面白いじゃないですか！」

マッド・サイエンティストが、興奮に体をわななかせた。

「全員が同時期に死の淵《ふち》に立たされ、それが引き金となって死体蘇生に目覚めるなんて。目に見えない神秘的な力が働いているとしか思えません」

「運命によって私たちは引き寄せられたのですね！」

眼鏡も熱っぽく同意する。

この不可思議極まる蘇生研究に目覚めた誘因の一致により、今までお互いに警戒し合っていた四人が一気に打ち解けた雰囲気となった。

「とりあえず自己紹介でも始めますか。私は田子《たご》研究所所長の田子勝利《かつとし》です」

四十路男が名を名乗る。

個人で研究所を運営しているということは、隠秘《いんぴ》な実験もやりやすいに違いない。

「宗教法人真愛《しんあい》教の研究員、磯草真也《いそくさしんや》です」

マッド・サイエンティストは新興宗教に勤務しているのか。

「もっとも信心などありませんがね。胡散《うさん》臭い健康食品を高値《たかね》で信者に売りつけて、その金で好きな研究をしているといったところです」

ククク、と意味深に笑った。

第一印象から好きになれなかったが、やっぱりこいつは苦手だ。

「自分は片野空男《かたのそらお》。東凶《とうきょう》大学の生物学博士です。実家の離れを研究室に改造して、夜な夜な研究に邁進《まいしん》していました」

眼鏡は両親と同居しながら研究をしているそうだ。

高学歴で好青年の自慢の息子が、こんな奇妙な研究をしているとは、親が哀れなものだ。

最後は俺の番。

「マサチューセッツ州のミスカトニック大学病院で勤務医をしている、西野春斗《にしのはると》です。現在は休職中です。よろしくお願いします」

これで全員の自己紹介が終わった。

「提案があります」

磯草が声を上げた。

「研究を始めるにあたり、リーダーを決めた方が良いと思うのですが、私にさせて頂けませんかね？　本業の研究所では五十人の部下を持つ身ですので」

図々《ずうずう》しい奴だ。

どうせ自分が好きなように実験したいだけだろう。こんな虚栄心《きょえいしん》が強い、狂気じみた奴の下で働くなんて嫌なこった。

「私にやらせて下さい」

俺はまっすぐに挙手《きょしゅ》していた。

磯草は俺の対抗意識に感づいたようで、

「おやおや、やんちゃなボクには重責すぎて務まりませんよ」

口元を歪《ゆが》めながら馬鹿にしやがる。

「私はあなたより年上だと思いますよ」

「そんなわけないでしょう。何歳なんですか？」

「三八歳です」

「ええっ」

磯草だけではなく皆が驚いた。

「これは失礼。二〇代かと思いました。私より三つ年上だったんですね」

俺は童顔で不良じみた雰囲気のせいか、いつも実年齢より十《とお》は若く見られる。

だからといって、侮《あなど》られるわけにはいかない。

「あなたより私の方が研究実績があると思いますよ」

「何を根拠に言っているんでしょう？」

俺は彼をまっすぐに見つめた。

「動物実験では、蘇生に成功していました」

皆が狼狽《ろうばい》の色を見せた。

「かなり特殊な手順によってですが……」

「特殊な手順というと？」

田子が冷静な声で質問した。

「全身に投与しても効果が得られなかったので、身体の一部だけなら、何か反応があるのではないかと思ったのがきっかけでした」

俺はそのときの状況を頭に浮かべ、一瞬、言葉を切った。名状《めいじょう》しがたい――としかいいようのないあの状況を……。

頭を振り、俺は続けた。

「生後半年の兎《ラビット》を使用しました。まず薬物を投与し絶命させます。そして、脚《あし》と頸部《けいぶ》を切断し、それぞれのパーツと胴体に蘇生液を注入しました」

科学者たちは俺を、畏怖《いふ》の眼差《まなざ》しで見ている。

「四十分が経過したところで、切断面から〝みみず〟のような物体が大量に生えてきたのです」

「動物の死体からみみずだって？　そんな現象、聞いたことがない」

磯草が嘲笑の混じった意見を口にした。

「みみず……というより、触手《しょくしゅ》と言った方が正しいかもしれない。切断面から触手が発生したのです」

疑いを抱く磯草に、俺はデジタルカメラを取り出して、実験時の画像を見せた。

そこにはたしかに、四本の脚と首の切り口、胴体の切断部からグロテスクな触手を生やした兎が鮮明に写っていたのだった。他の二人も次々に画像を覗きこみ、絶句して俺の顔を見つめ、また画像を覗きこんだ。当然の反応だ。俺だってこの目で見なければ信じられないような現象だ。

「胴体とパーツの触手は絡み合い、元の肉体の状態に回復する兆候《ちょうこう》を見せました。切断部はほとんど痕《あと》が残らないほど消失し、脚には若干《じゃっかん》の痙攣《けいれん》まで見られました」

三人は固唾《かたず》を飲んで聞き入っていた。

「その後、兎はどの程度まで蘇生したんですか？」

田子が前のめりになって質問する。

「そこで終わりでした。触手の接続直後は呼吸、心音ともに確認できましたが、十分ほど経つとまた死の世界へと戻っていきました」

「なるほど……。完全なる蘇生の成功とまではいかなかったというわけだね」

磯草がかろうじて意地悪《いじわる》そうな言い方をした。その通りだから仕方がない。俺は頷いた。

「そうです。しかし、私はそれだけではなく、もう一つ重要な条件を発見しました。それは――死後間もない状態で注入しないと、効果が得られないということです」

「大変、質問しづらいのですが……」

「片野さん、何でも聞いてください」

「人間の死体で、同様の実験をしたことはあるのでしょうか？」

俺たちの間に張りつめた空気が流れた。

当然だが、実験のことは論文にもしていなければ、誰にも打ち明けたこともない。

しかし、ここにいる科学者は同じ穴のムジナだ。

やっと研究成果を発表できる場を得たことに、俺は喜びを感じていた。

「——あります」

朝、大学へ向かう途中、アーカムの道端で行き倒れになって死んでいたホームレスらしき男だった。前の晩に息絶えたようで、死後数時間は経過している様子だった。死後硬直も始まっている。

周囲には人がおらず、俺は天からの恵《めぐ》みとばかりに車に積み込んだ。

「しかし死亡から時間が経っていたため、やはり結果は失敗に終わりました」

兎と同じように肉体を切断して蘇生液を投与したものの、まったく変化は表れなかった。

車に乗せて大学に到着し、普段は人の来ない倉庫に一旦死体を隠す。夜になって、死体を切断して蘇生液を注入したときには、すでに死んでから丸一日近く経っていたに違いない。

「もしも新鮮な死体であれば、成功していた可能性は高いでしょう。幸いこの研究所には、良質な実験材料が豊富に揃っています。私をリーダーにしてくれたら、次は必ずや成功するでしょう」

「しかし、宇緒土氏の息子は新鮮どころか、既に死後、二年が経過している。いくら新鮮な死体で蘇生が成功したとしても、氏の依頼は達成できないんじゃないかね」

磯草の突っ込みは執拗《しつよう》だったが、俺は切り捨てた。

「磯草さん、死体を蘇生するなんていう研究が、そんな一朝一夕《いっちょういっせき》にできるはずがないじゃないですか？　あなたはそれでも科学者ですか？　まずはどんな条件だろうと、確実に蘇生できる蘇生液を開発するのが先です。そのあと、なぜ新鮮な状態でないといけないのか、それを研究するのが科学者たるアプローチじゃないでしょうか?」

「素晴らしい! その発想力があれば、人体蘇生が成功する日も近いでしょう」

片野が、手がちぎれんばかりに盛大な拍手を送ってくれた。

「それに、先ほど宇緒土氏から渡された資料によると、ご子息の千寿留さんは、死後すぐに冷凍保存されたとある。状態が悪いと決めつけるのは早計だと思います」

ありがたいことに、田子までが援護射撃を放ってくれた。

「西野先生はそこいらの軟弱な科学者と格が違いますね!」

片野の目つきはすでに、狂信的な信者のそれと化していた。

「ありがとうございます。そういうことで、磯草さんも私がリーダーで異存はありませんかね?」

磯草は悔しそうに顔を歪めて、

「ああ。西野さんがリーダーでいいでしょう」

こちらを爛々《らんらん》とした眼で睨《にら》み、

「今のところはね」

と、言い足した。

気の毒だが、こちらの方が実績があるのだから仕方あるまい。

こうして、俺はウエスト蘇生液研究チームのリーダーとなった。

研究においてもっとも重要なのは、その計画である。

第一ステップは、当然のことだが、各々《おのおの》が作った蘇生液とウエストの蘇生液との比較分析だ。

実験室の片隅の小さなゲージの中で、一匹のマウスが狂ったように走り回り、ゲージにぶつかっていた。

俺たちが呼び集められる前に、宇緒土がウエストの蘇生液の半分を注入して、元気に蘇ったマウスだ。

「まずは、宇緒土氏がこれまで行ったウエストの蘇生液の成分分析データと、あのマウスの血液分析データを、各自が作った蘇生液とそれぞれ比べ、蘇生液を改良してみてください」

ウエストの蘇生液は限りがある。安易に手を加えるわけにはいかない。

各自で分析作業を行い一週間が経過した。

「それでは一人づつ報告をお願いします」

結果が出た。各自、ウエストの蘇生液と自分たちが作り出した蘇生液との共通点と相違《そうい》点について、かなり具体的なデータを弾き出していた。そして、当初は全員がほぼ八〇%の一致の確率だったが、マウスの血液を培養してさらに詳しく分析したところ、田子が九三%、片野が九一%、俺八七%、磯草が八九%まで一致した蘇生液の生成に成功した。しかし、その差を埋める成分が何かまでは、現段階では誰も突き止めることができないでいた。

「とりあえず、この蘇生液を使って、一時的にせよ死体を蘇生できるのか実験してみましょう」

まずは、一番完成形に近い田子の蘇生液から実験に使用することにした。

「片野さん、実験材料を持ってきてくれますか？」

「はい！」

「あっ、一人じゃ無理ですよね」

無数に並べられた重そうな棺桶を思い出した。

「磯草さんも一緒に行ってくれませんかね？」

磯草は一瞬、反抗的な顔をしたが、

「行きましょう」

ぶっきらぼうに片野に言い、研究材料庫へと歩いて行った。

二人が台車に棺桶を乗せて戻ってきて、死体を実験台の上に乗せた。

三〇代の男性の死体である。性能がいい冷蔵室で冷やされていたため、鮮度が良く、肌がつややかに輝いていた。幸先《さいさき》がよさそうだ。

腕に注射を刺《さ》し、田子の蘇生液を注入する。

「四〇分経過しました」

「何も起こらないですね。失敗だ」

次は肉付きの良い六十代の女性。二番目にパーセンテージが高かった片野の液を投与する。

「生命反応なし」

「今回も駄目ですね。完成度は高まりましたが、わずかな時間も蘇生しませんね」

片野が残念そうに呟《つぶや》いた。

「やはり、部位別の蘇生実験を行いましょう」

蘇生液は俺が作ったものを使用。死体は八〇代くらいの女性だった。死体を部位ごとに切り分けるように、片野に指示を出す。

「とうとうあの触手を、肉眼で見ることが出来るかもしれないのですね」

片野がメスを取り出し、まずは腕の肉を切断し、のこぎりで骨を断つ。

俺は切り口の瑞々《みずみず》しさに満足していた。

心臓が止まっているので、血液は生魚《なまざかな》をさばいた程度しか出ない。

「だといいのですが――。新鮮な人間の死体を使用しての実験ですから、結果がどのようになるのか私も楽しみです。パーツを切り離したら、すぐに蘇生液を注入して下さい」

次は両脚を腿《もも》の付け根から。

「動物実験は成功したものの、量を増やして人間の部位に注入しても、全く蘇生しなかった。だが、今回は死体の保存状態が良い。うまくいくかもしれない」

それを聞いて片野がはしゃぐ。

「きっとうまくいきますよ」

両手両足が離れて、最後に安らかに眠る首も切り離す。

胴体はたるんだ肉の塊になった。

俺は蘇生液を、バラバラにした四肢と首、それと胴体に注入した。

「二十分経過。まだ何も変化が起きませんね」

「いや、切断面をよく見て下さい」

断面が沸騰《ふっとう》しかけのお湯のように、小さな泡を立てている。

「これは、予測していた現象《げんしょう》の前兆ですか？」

「そうです。とうとう成功するかもしれません」

さらに十分後。すべての断面に急な変化が見られた。

ミンチ肉をひねり出したように、切断面から赤黒い触手が一斉に生《は》えてきたのだ。

「おおお、胴と四肢の触手が絡み合っている」

「これから肉体の再生が始まります」

田子と磯草も固唾をのんで、その様子を観察する。

「切断した肉体にも、蘇生液によって生命が宿るということか」

磯草が呆然とつぶやいた。

「これが成功すれば、アレを誕生させる第一歩だ」

「アレとは何です？」

〝アレ〟と口にしたのは俺だった。

田子に訊かれるまで、自分で何かを言っている自覚がなかった。そして、問われても、〝アレ〟が何のことか全く分からなかった。無意識に口から出た――としか言いようがなかった。

自分は何をやりたいんだ？

人体の蘇生が目的だったはずだ。〝アレ〟とはなんだ？

ああそうだ、この実験は――

「西野先生、危ない！」

突然、首の触手が猛スピードで伸び、俺の頸部を締め上げた。触手の強烈な生臭さが鼻を突くが、息を完全に止められて、それも分からなくなる。

「やめろ！」

片野が死体の首筋に劇薬を注射した。触手の力が抜ける。俺は空気を求めてむせ返った。

触手は一気に干からびて枯れ草のようになり、俺の首に絡みついたまま果てた。

すでに、死体の触手すべてが息絶えている。

しかし俺は、実験材料に殺されかけたというのに、やけに気分が高揚《こうよう》し、笑いがこみ上げてきた。

「アハハハハハハ。ああ、危なかったなあ。でも大丈夫だ。実験は成功へと近づいているぞ。アハハハハハ」

笑いすぎて咳《せ》き込む。

気がつくと、俺に釣られてか、他の三人も高笑いを立てていた。自分が、同僚が、死にかけたというのに笑いが止まらない。

笑いがやっと止まったと気づいたとき、俺たち四人は満足げに死に絶えた触手を見下ろしていた。すでに科学者同士のライバル意識は消え、一つの目的を持つ者同士の連帯感が生まれていた。

その目的は、頭の中で靄《もや》がかかったようだったが、宇緒士の息子の蘇生でないことだけは、はっきりしていた。

片野が、大きなポリ袋を持ってきて死体のパーツを一片も残さずそこに入れ、焼却炉に捨てに行く。

「もっと新鮮な死体が必要だ」

俺は確信とともに宣言した。

2

研究を始めてから一カ月が経過し、俺たちの蘇生液は着実に完成に近づいていた。

俺が絞殺されかけた老婦人のケースでは、触手が生えた直後に凶暴化し、人為《じんい》的に生命活動を停止せざるを得なかった。そのため、生存時間を正確に検証することが出来ずに終わってしまった。反省を踏まえて、それからは安全策を取っている。

棺《ひつぎ》ほどの大きさの、強化ガラス製の実験ケースを特注した。その中に元の人の形にパーツを並べて最後に鍵をかける。科学者たちは少し離れた場所から観察するのだ。

その後一週間で実験を行った死体の内、三〇％に触手が発生したが、いずれも結合までには至らなかった。また、発生した触手の半数が、科学者たちに攻撃性を示した。

その翌一週間は、蘇生液の解析作業に明け暮れた。科学者たちは、ウエストと自分たちの蘇生液の成分の差異を徹底《てってい》的に調べた。

そして、とうとう九五%まで成分を近づけることに成功したのだ。

もう一つ重要な発見があった。死体が新鮮であるほど、生きている時間が長くなることが判明したのだ。

やはりそうなると、次のステップは、文字通り死んだ直後の死体で実験することだった。しかし、そんな死体に対面できるチャンスは、三通りしかない。病床にある肉親の死、交通事故などに居合わせる、そして――殺人。

選択できるのは三番目の方法だけだ。

宇緒土に生け捕りにした実験材料を依頼すると、二つ返事で了解された。

その後、九五%の蘇生液と、鮮度の良い死体を使用するようになってから、切断した肉体が触手で絡み合うケースが増えていたが、結合までには至らなかった。

それが大きな課題であった。


恋人の七瀬緑から電話がかかってきたのは、研究所に来てからもうすぐ一カ月が経とうという時であった。

「春斗ってば、ミスカトニック大学から三年ぶりに戻ってきて、やっと遠距離恋愛が終わると思ったら、ずっと研究所に住み込みなんだもん」

電話口で寂しがる彼女の声を聞いても、何の気持ちも湧かなかった。

「悪かったよ。でも、今とても大切な時期で研究所から抜けられないんだ」

返事だけは、以前と同じように滑《なめ》らかに口から吐きだせた。

「まだ、ミスカトニック大学にいた頃と同じテーマの研究をしているの？」

「そうなんだ。今度はさらに良い環境を用意してもらってね。もうすぐ完成するから、そしたらまた会おう」

「私がいくつになったか覚えてる？」

緑の年？　何歳だっけ。

「春斗を待ち続けて三十一歳だよ。三年前にしてくれたプロポーズは無効なのかな？」

愛嬌《あいきょう》のある口調だが、こういう時の緑は完全に怒っている。そういう記憶だけは、かろうじて残っていた。

そしてやっと思い出した。事故に遭う何日か前に彼女に結婚を申し込んだのだ。

「事故のショックで忘れちゃった？」

少し意地悪く笑う緑。

「そんなことはない。研究が終わったら、色々ちゃんとするさ」

とりあえず、聞こえの良いことを言うだけ言っておく。

「本当かな？　まあいいんだけどね。春斗にとって研究が一番の生き甲斐《がい》だってことは理解してる」

声音《こわね》がワントーン落ち、

「でも心配だな。事故に遭った後からなんか変だったから」

「そうかな？」

当時、自分では変化が分からなかったが、

「疲れてる？」「カウンセラーの紹介をしようか？」などと、周囲から何かと気を遣われるようになっていた。

「今の研究に夢中になりすぎているのかもしれない。終わったら元に戻るはずさ」

俺は当時からの言い訳を口にした。こういうと、心配していたほとんどの者が、納得してそっとしておいてくれた。

「だといいけど」

残念ながら、緑は納得していないようだった。

「ところで、また助手として、そちらに行ったらだめかな？」

緑は、元々は俺が研究員として勤めていた、日本の大学の薬学部の院生だった。類まれな優秀さゆえに、院生としては異例の採用をされ、難病の薬の研究をしていた俺の研究室の助手を務めるようになった。

七歳年下の彼女は無邪気とも言えるほど正義感が強く、しばしば周りから失笑されることもあったが、心根《こころね》に芯《しん》が通った優しい女性だった。

当時は妹の話をしたことはなかったが、俺の特効薬開発への熱意にはなにか感じる所があったらしい。大学の経営難のため、俺の研究が打ち切りの危機にさらされた時のことだ。俺は抗議活動をしようと研究員に呼びかけたが、保身のため誰も動こうとはしなかった。しかし、緑だけは違った。俺が知らないうちに学長室に単身乗り込んで研究の継続を訴えたのだ。それが功を成したのかどうかは分からないが、学内の研究が次々と打ち切りになる中、俺の研究は続行を許された。

俺は彼女の勇気に感服《かんぷく》し、そのことを伝えると真っすぐな瞳で言った。

「西野先生の薬は多くの人の命を救います。その開発が阻《はば》まれるのを黙って見ているのは、患者さんの命を見殺しにすることと同じです」

それからだ。

俺は妹が死んでから初めて他人に心を開き、彼女と交際を始め、婚約にまで至ったのだった。

「ちょうど研究所の派遣社員の期限が切れたの。せっかく日本に戻ってきたんだから、せめて助手として春斗の役に立ちたい」

この研究に助手などつけられるわけがない。だが――、俺は、気がつくと全く逆の返事をしていた。

「それは願ってもない話だ。だが、今携わっている研究は、君が想像もつかないほど苛酷《かこく》で、しかも絶対に外部に漏らすことができない代物《しろもの》だ。一度来たら、簡単に帰ることはできないぞ」

俺の脅すような口調に緑は驚いたようで、しばらく沈黙した。

「そんな言い方するなんて、やっぱり春斗は別人になっちゃったみたいだね……。でも、行くよ。どんな春斗でも、その研究がどんな内容でも、私は春斗のそばにいたいもん」

それを聞いた時、

「絶対に来てはいけない！」

と心の奥深くが叫んだ。

しかし、口が何者かに操作されているように、勝手に言葉を紡ぐ。

「緑がそんな風に言ってくれて、とても嬉しいよ」

そう口にしたときには、「来てはいけない」と思った気持などチリのように吹き飛んでいた。


元々俺の助手だということで信用されて、宇緒土からも許可が下り、緑が研究所で働くことが決定した。

「春斗、久しぶり！」

玄関を開けると、小柄な緑が嬉しそうに立っていた。

俺の顔を見上げながら、

「なんだか感じが変わったね。少し痩せた？」

「そうかな。忙しくてカップ麺ばかり食べているからかも。ちゃんと食事をしていない」

緑が大きなトランクとボストンバッグを下げてきていた。俺は緑のために用意された個室に案内した。

どの部屋も同じ作りで、寝室にはふかふかのダブルベッド。続き間には、応接セットのような椅子とテーブルに、片隅には簡単なキッチンまで付いている。完全にシティホテルのスイートルームだ。

「わあ、凄い！　豪華な部屋だね！」

「研究の内容を詳しく説明するからそこに座ってくれ」

そう言って俺は、指差した椅子の正面に座った。緑も俺の張り詰めた雰囲気に呑まれ、神妙《しんみょう》に腰を下ろす。

「俺が依頼された研究の内容は、〝死体蘇生〟なんだ」

「死体……蘇生……!?」

俄《にわ》かには理解できなかったらしく、緑はそう言ったきり、ポカンと口を開けた。

俺は、ここに訪れた初日に宇緒土から聞かされた同じ話を、緑にもした。

百年前に死体蘇生の研究をし、どうやら蘇生液の生成に成功したらしいハーバート・ウエストという科学者の話。二年前に死んだ息子を蘇らせたいと願う宇緒土のこと。俺が、ミスカトニック大学ですでに死体蘇生の研究をしていたという話だけは隠して――。

後半の話になると、緑は涙ぐみながら聞いていた。

「さっき死体蘇生なんて言葉を聞かされたときは、春斗が騙されているのかと思ったけど、そうじゃなかったんだね。そのウエストって人の開発した薬品が本物なのかはまだ信じられないけれど、息子さんを生き返らせたいって思うお父さんの依頼を受けたのは春斗らしいもん。春斗はなんにも変わっていなかったんだね」

とりあえず疑問は残しつつ、緑は納得したようだった。

そして、その疑問も、その日のうちに解消した。

夕方、いよいよ研究室に緑を連れていった。

三人の科学者たちが黙々と作業をしている。作業台のあちこちに散らばる人体のパーツ、むせかえる血の臭い。

緑は一歩踏み入れただけで、真っ青になり、その場に立ち尽くした。

「こっちにおいで、皆に紹介するから」

三人には前もって緑のことを話してあり、皆、手を止めて緑を見ている。

緑は気丈にも足を踏み出した。これまでも俺の助手で人体の解剖に立ち会ったことはある。それとはかなり様子は異なるが、死体を見るだけで逃げ出すような女ではない。

「先日皆さんにお話しした、私の助手の七瀬緑さんです」

「どうぞよろしくお願いします」

緑は震える声で頭を下げた。

「西野先生が信頼している方なら、優秀なんでしょうね」

最近はめっきり口数が減った片野だが、久しぶりにお追従《ついしょう》を口にした。

「いえ、そんな。何かお手伝いできることがあればおっしゃって下さい」

片野は少し考え、

「ないですね」

やはり、出会ったときの片野とは別人になりつつある。

「いや、そんなことはない。きっと役に立ってくださいますよ」

そう言ったのは田子だった。

以前の〝気真面目〟といった印象は、今や全くない。最近はその表情に人間らしい感情を見つけることすら困難だった。目だけがいつも冷たく、妖しく光っていた。

その隣で磯草が、薄笑いを浮かべて緑を見ていた。頭のてっぺんから足のつま先まで舐めるように――。

その意味を、俺もわかっていた。

「まあ、まだ、すぐに役には立たないかもしれませんが……、いずれは……」

俺は自分の言葉に大きく動揺しながら、まるで機械仕掛けのように口元を緩め、皆と同様に笑みを浮かべていた。そして、以前と同じようにその動揺はすぐに消え、心の中で呟いた。

「そうだ、きっと役に立つとも。君の身体の隅々まで――」

緑は皆に受け入れられたと判断し、安堵《あんど》の表情を浮かべた。


「緑、こっちにおいで」

俺は、部屋の片隅のマウスのゲージの前に、緑を連れていった。

「このマウスはね、一度は死んでしまったんだ」

緑は一瞬、怪訝《けげん》そうな表情を浮かべ、すぐにその意味を理解して俺を見上げた。その表情は完全に研究者としての輝きを帯びていた。

「もしかして、これがハーバート・ウエストの蘇生液で蘇ったマウス!?」

俺はゆっくりと、無言でうなずく。

「なんて素晴らしい！　この研究が実を結べば、身体の一部を失ってしまった人に希望を与えることができるわ！　原因不明の難病の解明にも役立つはずよ。春斗、本当に色々と疑ってごめんなさい」

とりあえず、様々な問題は解決した。

しかし、死体の調達方法だけは教えるわけにはいかなかった。それは到底、緑が受け入れられるとは思えない方法だったからだ。


緑が来て数日が過ぎた。最初は死体から生えてくる触手に怯えていた緑も、だんだんと慣れ、今や役に立つ助手として張り切っていた。

深夜、二時。

そろそろ待ち望んでいた品が到着する時間だった。俺は二階の自室から窓の外を眺める。白いワゴンが研究所の門の前で停車したのが見えたので、出迎えに階下へ降りた。

「お待ちしていました」

車から降りる運転手に向かって声をかける。

「これはどうも。わざわざお出迎え頂きありがとうございます」

運転手は好青年で、笑うと歯並びの良い口元がのぞいた。

「こちらが本日の材料です」

後部座席のドアを開けると転がされた若い女が一人。

目と口をガムテープで塞《ふさ》がれ、手足はロープで拘束されている。

「出会いカフェで売春相手を探しては、その日その日を食いつないでいる二十歳《はたち》の女です」

運転手は爽やかに女の生《お》い立《た》ちを説明する。

「両親は幼少期に事故で亡くなったそうで施設育ち。人とのコミュニケーションが苦手で友人もいないそうです」

「それは私たちにとって感動の身の上話ですね」

「そうでしょう。都合が良すぎて涙が出ましたよ。思わずホテルで電気ショックを与えてしまいました」

運転手がスタンガンをポケットから取り出した。これで気絶させ身柄を確保したのだ。

「実験材料にするには天涯《てんがい》孤独が絶対条件ですから」

運転手と共に研究材料を運ぶ。

門から玄関までの距離は結構長く、草一本ない茫漠《ぼうばく》とした庭を黙々と歩く。

「おっと」

運転手がつまずき体勢が崩れた。

「ンンンー！」

その拍子に研究材料は目を覚まして声をあげる。体を激しくよじらせたため俺たちの手から地面に落ちた。逃げようと必死でもがくが、縛られているので芋虫《いもむし》のように這うことしかできない。

二人で担ぎ直すのも面倒になり、俺は女の足首を持って引きずりながら研究所へと連れていく。運転手が走り寄り、片方の足首を持つ。

玄関を開けると緑が立っていた。

「なんで、ここにいるんだ？」

「あ、あの、ドアを閉める音がして廊下に出たら、春斗がこんな遅くに出て行くから……。どうしたのかなと思って」

震える視線が実験材料に釘付けになっている。緑の声を聞いて実験材料が助けを求めるように呻《うめ》きだす。

運転手が申し訳なさそうな顔を作り、事情を説明する。

「深夜に急にお訪ねして申し訳ない！　女性が道路でケガをして倒れていたところを救出して運んできたんです」

俺は話を合わせるように、

「そうなんだ。彼はこの近くに住んでいて、この研究所に医者がいるのを知っていて、連絡してきたんだよ」

「そう、だったの。けど、どうして体を縛っているの？」

「彼女は少し精神が錯乱《さくらん》していましてね。運転中に危ないので、止むを得ず拘束《こうそく》させて貰ったんです」

「そうですか。まるで拉致《らち》したみたいだから、何があったのかと思いました」

とはいうものの不信感は全く拭《ぬぐ》われていない様子だ。

「緑、もう遅い。部屋に戻りなさい」

俺の強い口調に押されて、緑はしぶしぶと踵《きびす》を返した。

緑が廊下に消えるのを見届けて、俺はもう一度、運転手と一緒に女を抱えあげた。


研究室の扉を開くと同時に異臭が鼻を突く。血と吐瀉物《としゃぶつ》と腐肉《ふにく》が混在した臭気。

「相変わらず混沌《こんとん》とした所ですね」

運転手が呆《あき》れたように声を上げた。

夜食のサンドイッチを摂っていた片野、磯草、田子が一斉に動きを止めて彼の方を振り返る。

「科学者は片付けが苦手ですから」

磯草が淡々と言うと、運転手が快活に笑う。

室内の片隅に積み上げられた人体を切断した各パーツ。床全体は血や体液で粘着質に汚れている。

俺と運転手は引きずってきた女を、体液で粘《ねば》ついた研究室の床に置いた。

「では実験材料の運搬《うんぱん》は完了です。宇緒土様にご報告しておきますね」

「お疲れ様でした。おかげでさらに研究が進展しますよ。近々また材料が必要になるのですがお願いできませんか？」

「闇金の人脈ができたので、首が回らなくなった債権者《さいけんしゃ》を何人か確保できますよ。家族から絶縁されているケースが多いため足も付きません」

「捜索願いが出ると厄介ですよね」

運転手は、好青年な見た目からは想像もできないが、人攫《ひとさら》いのスペシャリストだ。大富豪から死体蘇生の実験体を確保する任務を課せられている。

すでに何人か捕らえてきたが、実験材料にされた人々が行方不明になったという報道は、まだ一度も出ていない。

「あなたは消えても支障がない人材を見極める天才ですね」

人攫いはまんざらでもなさそうに、

「いえいえ、それだけが能ですから。けど、あまり使いすぎないで下さいね。これ以上確保のペースを上げるのは難しいので」

「わかっています。大切に使わせて頂きますよ」

運転手は次の任務へ向かうためワゴンに乗り込み、引き返していった。

俺は実験材料の元にしゃがみ込む。

ゆっくりと目に貼られたガムテープを剥がす。涙を流しすぎて白目が充血していた。けっこう綺麗な女だが、瞳を覗《のぞ》き込んでも全くロマンチックな気分にはならない。

当たり前か――。

完全に実験動物を見ているような感覚だから。

実験材料は自分の運命を受け入れているようだ。散々喚いてなんとか助かろうとしていたが、俺と目が合うと諦めに転じたようだった。近頃緑から爬《は》虫《ちゅう》類みたいな目になったと言われたので、そのおかげかもしれない。

実験材料は全身が震え、口元のテープをはがされても声にならない声が喉から漏れ出るばかりだった。

俺が肩に手を差し入れて実験材料を持ち上げようとすると、

「リーダー、手伝いましょう」

片野が足の方を持つ。

「ありがとう。いつも気がききますね」

まるで健全な上司と部下の会話だ。

実験台の上に材料を乗せ、胸の前の手首の拘束を一度取り、頭の上で結び直す。

ガラ空きになった胴体。片野が上半身の服をハサミで真っ二つに切った。

最後にブラジャーの中心を切ると若くみずみずしい乳房が露出する。しかしそれには全く興味を示さず心電図の電極を淡々と貼り付けながら皆に向かって話しをする。

「やはり新鮮な材料は蘇生結果が良いです。鮮度が悪くて腐敗が少しの間でも進行してしまうと、触手が発生しなくなりますから」

田子が、淡々とした口調で感想を漏らした。

「たしかに。触手が発生した実験材料の数が、葬儀屋の材料だと六三体中、一八体であるのに対し、新鮮な材料は七体中、六体もの高確率で発生しています」

彼が言うように高い確率ではあるが、まだ満足できる結果ではない。

「しかし、触手は絡み合うものの、結合には至らず蘇生には程遠いです。成分が九五％合致した蘇生液を使用しても、結果は同じでした。しかし今回は若くて新鮮な肉体なので、期待できそうですね」

実験台の上の材料は、これから自分の身に起こる、悍ましい仕打ちを想像したためか失神した。

「それにしても、宇緒土氏の依頼を受けなかったら、現在の成果を得るのも難しかったでしょう」

「あんな大富豪になるには悪どいこともたくさんやってきたんでしょう。人身売買の闇ルートを当たり前に持っているんですからね」

磯草が材料を品定めするような目で見る。

「その闇ルートが人類の発展に役立つんですから、何が善で悪か決めることはできません」

「人類の発展……西野先生、今さらそんな綺麗事、我々の間で言わなくてもいいですよ」

磯草は笑いながら言った。両目を爛々と輝かせながら――。

「それでは始めましょう」

呼びかけると、今まで黙って専門書を読んでいた田子が立ち上がった。手元にはすでに注射器が用意されていた。

科学者四人が無表情に実験材料の姿を覗き込む。

俺たちの気配で目覚め、実験材料は失禁した。チェック柄のミニスカートにシミが広がる。

材料から笑いとも叫びともつかない声が、口から漏れ出る。

手首を縛っていたものが解かれ、最後の生きるチャンスとばかりに腕を振り回すが、押さえつけられてしまう。

注射針が腕に刺さり、薬液が流れ込んでいく。

締め付けるような痛みに実験材料の表情が歪んだ。まずは薬で死に至らせる。

心電図が完全に静止の状態になると、即座に体の切断に取り掛かり、切断したそばからパーツに蘇生液を注入する。

実験台の上に設置した棺形《ひつぎがた》の強化ガラスケースは、パーツが並べやすいように上蓋《うわぶた》が開く作りになっている。それぞれのパーツを元の身体の位置になるよう並べ、最後に蓋を閉めてしっかりと鍵をかけた。

三〇分後。触手が発生して絡み合い四肢と頸部が繋がれる。

「とうとう結合しました！」

見る間に傷が塞がっていく。

「しかも、切断部の継《つ》ぎ目が、ほとんど見えないほど回復していますね」

片野が目を細めながら同意した。

五〇分後。なんと心電図に波が出てきた。

「初めて心臓が蘇りました」

画面を何度も確認する田子。

さらに手足が小刻みに動き出し、科学者たちは歓喜に包まれた。

「運動機能まで回復するとは」

その時、実験材料が勢いよく跳ね起きて、強化ガラスの上蓋に頭をしたたかぶつけた。反動で後ろに倒れて口をあんぐりと開けたかと思うと、精神を切り裂くような悲痛な叫び声をあげた。

科学者たちが耐えかねて、耳を塞ぎながら床にうずくまる。

体が痺れて身動きがとれなくなるほどの魔術的な叫びだ。叫びは段々と小さく、か細くなり、心電図の波が直線になると同時に沈黙した。

「生存時間一八分」

片野がストップウォッチを止める。

俺たちは大きな成果がいくつも得られたことに静かに興奮していた。

血液を採取し成分を解析するが、蘇生液は検出されなかった。

「どの実験材料のケースも、投与したはずの蘇生液の成分が消えたように検出されないのはなぜなのでしょう？」

片野が疑問を口にする。

俺は頭《かぶり》を振りながら、

「分かりません。しかし蘇生に成功した材料から、血中で変性した蘇生液を検出することができれば、研究は大いに進展するでしょう」

俺たちはそれを次の研究課題にすることで合意した。

担架に断末魔の叫びをあげた死体を乗せ、四人で却炉に向かった。死体を炎の中に放りこんでしばらく様子を見つめていた。

使用済み実験材料の全身に火が回り、手足が足掻《あが》くように背中が起き上がる。まるで、灼熱《しゃくねつ》の炎の中で、蘇生が成功しているかのように見えた。

3

地下室から上がると、もう午前四時近くになっていた。静まり返った研究所内にチャイムが鳴り響く。

こんな時間に誰なんだ？

インターフォンのカメラで確認すると、門の前に明らかに堅気の人間ではないダークスーツの男二人が立っていた。

「用件はなんでしょう？」

不審に思いながらも対応する。

「夜分《やぶん》に申し訳ない。宇緒土様の遣《つか》いの者です。用というのは、率直《そっちょく》に申し上げると、早急に実験材料に使って頂きたい動物をお持ちしました」

「生きた状態ですか？」

最も重要な鮮度を確認する。

「はい。実に活《い》きがいいです」

俺は彼らを研究室に招き入れた。

ダークスーツの二人はアメフト選手並みにガタイがいいが、彼らが運んでいる動物はさらに大きかった。

二メートル以上はあるだろう。青いビニールシートで全身を包まれたその上から、縄で全身を巻いて起き上がれないよう縛り上げている。

「これは立派な動物ですねえ」

片野が感嘆の声を上げる。ここまで大きな実験材料を入手できることは滅多にない。

「ええ。ご遠慮なくお使い下さい」

物言いは礼儀正しいが、その目には残酷な光が宿っていた。

「他の材料にはできないような、思い切った実験をして頂いても結構です」

「この動物は、もしかすると何か不届きを働いたのですか？」

磯草が何かに勘付いた。

「ええ、ちょっと金銭絡みの不始末を」

「そうですか。金銭を欲しがるなんて動物にしては賢すぎますね」

「その賢さが仇《あだ》になったのですがね」

なるほど。宇緒土氏が牛耳《ぎゅうじ》る裏の世界の住人が私欲に走ったのだろう。

どうせ制裁を与えるなら、実験材料に利用すれば一石二鳥というわけだ。

「見届けてもよろしいでしょうか。この動物の実験結果を」

俺はダークスーツ二人が同席することを許可した。

縄を解いてブルーシートを開くと、全裸の巨漢が入っていた。

どうやらダークスーツの身内らしく、いかつく凄《すご》みのある顔つきだが、薬を盛られたのか今はよく眠っていて安らかな寝息を立てている。

希少《きしょう》な大型動物、しかも獲《と》れたての新鮮なものである。通常の実験で消費してしまうのは惜しい。

俺の中で一つの考えがひらめいた。

「それでは死の薬を注入しましょう」

「田子さん待って下さい」

注射器を構えた田子を制止した。

「生命活動がある状態で行いましょう」

「なるほど」

科学者たちは言わんとすることを、すぐに理解したようだ。

「心臓が鼓動している状態で蘇生液を投与すれば、血液から蘇生液の成分を検出できるかもしれません」

四人で顔を見合わせて一斉に頷いた。

「それでは、生きたまま身体をパーツごとに切断して蘇生液を注入することにします」

「素晴らしいアイデアだ。見ごたえがあるというものです！」

ダークスーツが喜色満面《きしょくまんめん》で声を上げた。

実験動物の寝息が止まる。

「んん、なんだ、ここは？」

すでに実験台の上で、拘束具をつけられているので身動きは取れない。目を開いて怯えたように辺りを見回している。

一斉に実験動物に向けて全員の視線が注がれた。

今まで敗北知らずであっただろうこの巨大な男は、無慈悲《むじひ》な捕食者たちに取り囲まれていた。

「右手第一指から切断します」

メスが親指の付け根に軽やかに刺さる。

咆哮《ほうこう》が響き渡った。

麻酔はかけていない。実験結果に影響が出てはいけないからだ。大変な声量で猿轡《さるぐつわ》を噛ませているのに全然効果がない。こういう時に研究室の防音壁は役に立つ。

死体と違い、生命活動がある体は指一本でも切断しようものなら血液が大量に出る。止血帯《しけつたい》で出血を止めながら作業を続けた。

手の全ての指の切断が終わる。

続いて手首、肘から下、上腕を切断。

パーツに蘇生液を注入しては、人の形になるよう強化ガラスの実験ケースの中に置く。

腕っ節が良かったようで、腱《けん》がすごく硬い。切断しづらくて手こずっていると、高圧電流が走ったように痙攣《けいれん》して気絶した。

ブラックスーツがやってきて、顔を殴って目覚めさせる。歯が数本、小さな音を立てて床に飛んだ。

こちらとしては、実験材料は静かな方がやりやすいのだが、彼らはそれでは気が済まないようだ。結果が出ればどちらでも構わないのだが――。

脚も腕と同じく、指から丁寧に落として足首、膝下、腿の付け根へと切断を進める。

最後に頭と胴体だけになった体にも蘇生液を注射する。四人でそれを持ち上げてすでに切断した四肢が配置された強化ガラスケースの中心に置く。

この材料の不運は異常なまでの心身の強さだ。普通の人間ならとっくにショック死しているところをまだ意識があり、いつ終わるとも知れない生き地獄を味わっている。

「もう一つ、バラしてないところがありますよ」

ブラックスーツが股間を指す。

「そうでした。陰茎《いんけい》を忘れていましたね」

「お願いします」

ガラスケースの上から手を差し入れて、すっかり萎《しな》びたそれをそっと持ち上げる。

もはや抵抗の気力を失っていた頭と胴体だけの材料が、取り乱して止めてくれと全力で懇願《こんがん》する。

ブラックスーツが無情に体を押さえつける。柔らかいパテにナイフを入れるくらい抵抗なく、メスはそれを切断した。俺はそれに蘇生液を注入すると、そっと元の場所に置き直し、ガラスケースの上蓋を閉めた。皆が変化を見守るまでもなく、すぐに切断面は触手が出る前段階の、血がふつふつと沸くような泡が出てきていた。

突然、胴体側の切断面から触手が生える。

先ほどの若い女の、押し出したミンチ肉のような細いものと違い、この大男の生命力を表すようにソーセージに似た太い触手が出てきている。ピンク色で粘ついた光沢を放つ触手は切り離されたパーツの切断面を掘るように侵入する。体は胴体に近いところから再生して徐々に末端側にも細い触手が出てくる。

最後は指が繋がれ、全身の再生が終了した。

「生命がある胴体から、積極的に他のパーツへの再生アプローチがあるとは」

科学者たちで接合部を確かめると、薄い継《つ》ぎ跡《あと》がある以外は完全に傷が塞がっていた。股間のそれも、だ。

しかし結果的に残念だったのは十分後に、実験材料の心肺機能が停止してしまったことである。

当人はそれを待ち望んでいただろうが。

ブラックスーツは俺に礼を言い、絶命した姿を写真に収めて意気揚々《いきようよう》と帰って行った。宇緒土に任務が終わったことを報告するのだろう。

「死体をもう一度蘇生させてみますか？」

それは画期的な提案だった。この死体は、まだ一度も死んでから蘇ってはいない。身体を切り刻まれ、復元し、その後、死んだのだ。

期待していた血液の成分結果だが、蘇生液に関するものは何も検出されることはなかった。これまでと同じく、あとかたもなく消えてしまったのだ。要はいつも扱っている実験材料と、条件は同じということである。

「よし、やってみよう」

強化ガラスケースから巨体を出して再度パーツを切断し、またケースの中へと配置し直した。

しかし、一時間待っても触手の一本でさえ生まれることはなかった。

「無反応ですね」

すでに朝七時。そろそろ切り上げないと、また緑が来る危険がある。

変化が起こる気配が微塵《みじん》も感じられないので、俺たちは一旦解散することにした。

処分するにしても、あまりにも大きな肉体なので、小さく切断してからでないと焼却は難しいだろう。

徹夜と連続の実験で、全員が極度の疲労に陥っていたので、片付けを後にして先に休むことにした。

実験台のガラスケースの中に、苦悶に満ちた廃材を残したまま。

5

自室に戻る前に緑の部屋に寄った。昨晩、緑が納得していないことがわかっていたからだ。

部屋をノックしても返事がなかったが、ドアノブを回すと鍵はかかっていなかった。中に入ると、緑が机に向かって茫然《ぼうぜん》と座っていた。

「もしかして寝なかったのか？　あの女性は手当てをして、家まで送ったから大丈夫だ」

頭を深く垂らしていて、こちらを向こうともしない。

「あなたたちは、狂っている」

「どうしたというんだ？」

「人を殺したのは何人目？」

嘲《あざけ》り笑うように問いかける。

「部屋に一度は戻ったものの、どうしても気になって実験室を覗いてしまったの。驚いたわ。さっきまで生きていた女性が、あなたたちに取り囲まれて実験の道具にされているんだもの」

隠すべき秘密が恋人に知られてしまったことの動揺と、目の前の緑の四肢を早く切断して、触手が蠢《うごめ》くところを見たいという、相反《そうはん》する思いが俺の中で渦巻いた。

「昔の春斗はどうしてしまったの？」

顔を上げて怖れに満ちた蒼白《そうはく》な表情で俺を見る。

「まゆちゃんのために薬を開発しようとしていたじゃない」

心臓が大きく鳴る。急に妹の名前が出てきて、渦巻いていた片方の思いが静まる。

「あの子の幼い死を無駄にしたくないから、自分の生活をないがしろにしてまで長年研究を続けていたのに、なぜ殺人を犯してまで死者を蘇らせたいの？」

分からない。死の淵から目覚めたら、抑えがたい蘇生研究への欲望があった。そのためにはどんな手段も問わないというほどの――。

「優しいあなたがしたいことだから人のためになる研究だと信じていたのに」

突如、自分の中に閉じ込めていたまゆの記憶が蘇ってきた。

棺桶の中のまゆは、カツラをかぶっていた。

吹き出物を隠すために濃い化粧を施《ほどこ》されていて、俺が知っているまゆよりもずっと大人びて見えた。

「お兄ちゃん、目に泡が入る！」

「うるさいなあ、そのくらい我慢しろよ」

俺はまゆの頭にシャワーをかけて、シャンプーを洗い流した。

父母は帰宅が遅い大学の研究職で、俺たち兄妹はいつも一緒にお風呂に入っていた。

「まゆ、これどうしたんだよ？」

背中に紫色の痣《あざ》ができていた。

「え？　本当だ。気づかなかった」

「どこかにぶつけたのか、あ、まさかいじめられてるのか？」

「そんなことないよ！」

まゆが気づいたように言う。

「お父さんとお母さんが知ったら、そう勘違いして心配するかもしれない。絶対内緒にしておいてね」

「そうだな。どうせ痣なんかすぐ消えるしな」

しかし、まゆの身体の色々なところに痣はでき続け、ある朝、身体のだるさを訴えて学校を休んだ。

熱は四十度まで上がった。

「まゆが生きられるのは、あと半年から一年だそうだ」

父からそう聞いた時、異次元に飲みこまれたような感覚に襲われた。

俺はその時十歳で、まゆは七歳。

死というものは年老いてから訪れるのが当たり前だと思っていた。

「医者に、なんでこんなになるまで放っておいたのかと叱られたよ」

まゆの全身には無数の痣ができていた。

だが両親に見られないように服でうまく隠していたのだ。

「私たちが早く見つけてあげられなかったせいよ」

母が泣き崩れた。

父と母のせいじゃない。

俺のせいだ。

そして、宣告よりも早く三カ月後に容体《ようだい》が急変し、まゆは短い生涯《しょうがい》を終えた。

俺は誰にもこの話をすることはなかった。

どこに行っても俺は人に心を閉ざすようになっていた。

勉強に逃げて、逃げ続けて、いつの間にか医学部を目指せるほど偏差値は上がり、俺は妹を死に至らしめた病気を治す特効薬を開発することを、人生の目標とするようになった。


緑の声が聞こえて我に返った。

「それが残虐な殺人の上に成り立っていただなんて」

「蘇生で多くの人が助かることを思えば、実験で犠牲になる人の数なんて、大したことじゃないだろう」

こんな言い訳が緑に通じるとは思っていなかったが、それしか浮かばなかった。

緑がまるで見知らぬ人を見るような表情をし、

「やっぱり、春斗じゃない」

緑がふらつきながら立ち上がった。上着を着ると部屋を出て行く。

「どこに行くんだ？」

「あなたたちには裁きと頭の治療が必要よ」

外に出て警察に通報する気だ。

そうはさせない。この実験を中止させるわけにはいかないのだ。彼女が玄関に向かって逃げようとしたところに、向かいから人が歩いてくるのが見えた。

「おい、緑を止めてくれ！」

科学者の誰かだと思ったがどうにも様子がおかしい。

人間とは思えないほど筋肉が隆起《りゅうき》した、体長二メートル以上はある化け物。顔面そのものが巨大な口となっていて、隙間なく並んだ牙は鋭く光沢を放っている。背中からは触手らしきものが何本も生えていて、その先端には鉤爪《かぎづめ》が付いていていた。

悲鳴をあげる暇もなかった。

触手が緑の身体に絡みついて持ち上げると、軽々と天井へ投げつけた。固くて重い物が砕けるいやな音が鳴り、床に落下する。緑は手足を一瞬痙攣させて、動かなくなった。

こちらへ化け物が猛然《もうぜん》と襲い来る。

赤々とした口内が俺の頭を食いちぎろうとしたその瞬間、発砲音が響き渡り動きが停止した。

化け物の眉間《みけん》には赤黒い穴が開き後ろへ倒れた。後ろを振り返ると拳銃を持った磯草が立っている。

化け物は絶命していた。

「用を思い出し、実験室へ戻るとガラスケースが破壊されていました」

無表情で磯草が告げる。

「そして実験材料が消えていました」

「つまりこの化け物は――」

無反応と思われた巨大な実験材料が変化した姿なのか。

緑の状態を確認すると、すでにこと切れていた。首は後ろに捻《ね》じ曲がり、割れた頭蓋骨の中から、崩れた脳が剥《む》き出しになっていた。

足下《あしもと》に広がる血溜《ちだ》まりの中に、茫然と立ち尽くすしかなかった。

磯草は緑には関心はなく、目を血走らせながら化け物の身体を調べ、

「実に興味深い。早急《そうきゅう》に解剖せねば」

他の科学者も呼ぶのか、個室の方へと早足に歩いて行った。

俺が緑の身体を抱き上げると、柔らかな脳が零《こぼ》れ落ちた。彼女の部屋へと運んでベッドに寝かせる。

窓から射し込む月明かりが、頭を半分失った顔を蒼白く照らしている。

緑が死んだ。

俺はここしばらく、心の奥底に封印されていた悲しみがこみ上げてきた。しかしそれを阻むように快楽

的な心情が溢《あふ》れ出してくる。

「また、新鮮な死体が手に入った」

勝手に頬が緩んで笑みがこぼれてしまう。

自分でも、どちらの感情が本物の自分のものなのか、分からない。

俺はこんな人間じゃなかったはずだ。

妹のまゆが病気で死んだ時は心の傷がいつまでも消えることがなかったじゃないか。

俺はどこに心を置いてきてしまったのだろう。

「それはクトゥルーの思念《しねん》を受けたためだ」

後ろを振り返ると、見たこともない軍服姿の大男が立っていた。

「なんだ君は、どこから入ったんだ!?」

「空間の狭間《はざま》から」

気が触《ふ》れた人間が現れた。しかしその男の姿は現実離れしていて、謎の言葉に妙に納得してしまう。無表情な顔立ちは、輝かしいばかりに完璧に整っていた。

しかし、何かがおかしい。

唇を動かさずに喋っている?

「二〇一三年。君たち四人の科学者は、クトゥルー思念の影響で生死の境を彷徨《さまよ》い、人体蘇生への貪欲な探究心を植え付けられた」

「それは、全員が同時期に瀕死《ひんし》に陥った時のことでしょうか？」

「そう。君たちは海底に封印されたやつに操られているのだ。復活した魂を憑依《ひょうい》させる肉体を造らせるために」

よく見ると、軍人が持っている黒い箱の中から声が聞こえる。

「――私の師匠も同じように利用された」

「師匠とは一体……」

窓からの月光が彼の瞳を照らした時、ある事実に気付いた。

その眼球は本物ではなく色ガラスで、しかも顔が蝋《ろう》人形でできていたのだ。

「まるで夢を見ているようだ……」

俺は幻想と現実が入り混じるような心地を覚えた。

「夢と思うなら思えばいい。これを死んだ女にくれてやろう」

軍人の手の中にあるガラス製の筒。中には液体が入っている。

「百年前から伝わる製法で造られた、命が蘇る薬液だ」

「まさか、ハーバート・ウエストの!?」

百年前というと、ウエストが第一次大戦の戦場で大量の死体を実験に使用して、研究活動に邁進《まいしん》していた頃だ。

「違う。私が造った蘇生液だ。まだ、蘇生後の生存時間については、かなりばらつきがある。ウエストの蘇生液との大きな違いは、一〇〇%の確率で魂が宿った身体が蘇ることだ」

この男も人体蘇生を研究しているのか。魂が宿った……というのは、どういう意味なのだろう？

俺の考えを見透かしたように男は続けた。

「昨晩、君たちは二体の死体の蘇生に成功した。だが、どちらの身体にも魂は宿っていなかった。それはある意味当然のことだ。君たちに思念を送った奴は、魂の復活など望んでいないのだから。同じクトゥルーの思念を受けたウエストの蘇生液も、魂の復活までは叶わなかった」

「この、あなたの蘇生液を緑に飲ませれば、今までどおりの緑が蘇るということですか？」

「そうだ。ただし、交換条件がある。君がこの薬を飲むことだ」

小瓶に入った真っ青な薬液を取り出した。

「それを飲むとどのようになるのですか？」

「悪いようにはしない。ただ、元の君に戻るだけだ」

「人体蘇生に取り憑《つ》かれる前の私に？」

「そうだ。飲むのか？　飲まないのか？」

一瞬心がざわついたが、

「飲みましょう」

「それじゃあ、決まりだな」

俺は青い薬を受け取り一気に飲み干す。吐き出しそうなほどの苦みが口に広がった。

「ううっ頭がっ」

頭の中で何百個もの鐘が鳴り響いているような感覚に見舞われその場に倒れた。

「それでいい。女に蘇生液を投与してやる」

軍人が棺桶の中の緑に注射をしている。

「それでは。私はこれで去る」

薄れゆく意識の中で軍人が最後につぶやくのが聞こえた。

「クトゥルーの復活は阻止された。君たちの犠牲のおかげでな」

6

「春斗、起きて、春斗」

目を開けると緑が俺の顔を覗き込んでいた。とても鮮明な夢を見たせいか、頭に靄がかかっているようだ。俺はどのくらい気を失っていたんだ？

意識がはっきりしてくると、緑が起き上がっていることに驚愕した。信じられなくて実体を確認するように体を触ってしまう。割れた頭も、捻じれた首も、綺麗に元に戻っていた。

「何？　くすぐったいんだけど」

「本当に、蘇生したのか！」

俺は緑を思いきり抱きしめた。

「ちょっと、強すぎて苦しい。蘇生って何のことなの？」

昨夜からの事を覚えていないようだ。

奇妙な軍人は夢ではなかった。本当に緑に蘇生を施してくれたのだ。

「起きたら春斗が横で寝ていたから驚いたわ。昨日の記憶がまったくないのよね」

「いや、思い出さなくていい」

一刻も早くこの惨憺《さんたん》たる場所から立ち去りたいという衝動に駆られた。

緑と共に外の世界へ出て普通の生活に戻るのだ。

「研究所を出よう」

「え？　急にどうしたの？」

事情は話せない。緑の手を引いて玄関に向かっている途中で磯草と片野に出くわした。

「奇遇ですね。これからお迎えに上がろうと思っていたんです」

俺の顔をまじまじと見ながら磯草が声をかける。

彼らの目は異様に輝きを放っていて、それは狂気を感じさせた。

「申し訳ないが、私は研究を降りることにした。すぐに退所させて頂く」

前に進もうとすると二人が行く手を阻む。

「それは残念です。しかし最後にもう一度だけ、研究室にお越しいただけませんか？」

「お時間は取らせませんから。是非《ぜひ》お見せしたいものがあるのです」

明らかに怪しさを感じるが、断ると危害を加えられそうな極度に殺気立った雰囲気が発散されていた。

「それでは少しの時間だけ伺います。緑、外で待っててくれ」

「いや。私も一緒に行く」

「駄目だ、決して付いてくるな」

緑が俺の横をすり抜け、研究室がある地下につながる階段へ向かう。

「今日で最後なんでしょ？　見せたいものがあると皆さんがおっしゃるのなら私も一緒に見届けたいわ」

彼女も異様な気配を察してはいるはずだが、俺を一人で行かせないよう自ら先に進んで行った。

まず死体保管庫の前で足を止める。

「研究室に行く前に材料を持ってきます」

俺たちは中に入る。久しぶりにこの場所に立ち入ったような気持だった。

実験材料を長く保存するための冷気が身体の芯まで冷やす。

棺桶がずらりと並んでいてそれだけでも気分が悪い。磯草と片野は平然と死体を物色していた。

俺はこんな奴らと、何も思わずにこれまで一緒に研究していたのか。その事実すら受け入れ難《がた》い気持ちだった。しかしよく見ると、蓋が開いた空の棺桶が部屋の隅に数多く並べられていて、昨日より死体の数が激減していた。わずか一日でこんなに使用したというのか。

「ずいぶんと死体が減っているようですが」

俺が問いかけると、

「ウエストの蘇生液と一〇〇%同じものが完成したのです」

磯草が無感情に言う。

まさか、完成しただと？

「あの化け物の血液から、足りなかった最後の成分を発見したのです」

「それにより完全な蘇生液の調合を成し遂げたのです」

片野と磯草が二人で棺桶を持ち上げ台車に乗せた。

蘇生液完成という悲願が叶ったというのに、俺は露《つゆ》ほども達成感や喜びを感じなかった。おぞましい事態が起こっていることが直感的に分かり、恐怖した。

磯草と片野は、死体蘇生に取り憑かれているという異常さはさておき、明らかに様子がおかしかった。死体の扱いが雑で、まるで何かに急《せ》かされているようだ。

俺と緑は棺桶を運ぶ彼らに付いて研究室へ向かった。

腕時計見ると夜の九時を差していた。終日気を失っていたということか。

磯草が研究室のドアを開け、片野が続く。先に入ろうする緑の手を引き、俺の後ろに回らせる。一歩足を踏み入れ目に入った光景に、俺は胃の中のものを吐きそうになりながら、失神した緑を抱き支えた。

床の上には生首が数十個も並んでいた。ありえないことに、聞いたこともない不思議な言葉を口を揃《そろ》えて唱えていたのだ。

《ふんぐるい　むぐるうなふ　るるいえ　うが＝なぐる　ふたぐん　ふんぐるい　むぐるうなふ　くとぅるう　るるいえ　うが＝なぐる　ふたぐん》

田子が切り落とした首に注射をする。生首が激しく振動したかと思うと実験台から飛び出して、床の生首の群に加わりあの呪文を一緒に唱え出す。

「この大量の生首はどうしたんだ。それに」

天井に届くほどの巨大な肉の塊を見上げて戦慄した。

「この化け物は？」

蛸《たこ》と竜を混ぜ合わせたかのような形状をした気味の悪い肉の塊《かたまり》だった。

頭部には人間の顔が無数に埋め込まれ、口らしき部分には艶《つや》のある触手が数えきれないほど伸びている。

その触手の中には人体がぶら下がっている部分もあった。

磯草が巨大な肉の塊を崇《あが》めるような瞳で見つめながら、

「こちらは神の魂の受容体《じゅようたい》です」

これが軍人が話していた、復活した魂を憑依させる肉体なのか。なんて悍《おぞ》ましい姿だろう。

「ふんぐるい　むぐるうなふ」

片野が呪文を唱えながら死体の脚をカボチャでも切るような乱雑さで切り落とす。

磯草がそれに蘇生液を投与して肉の塊の前に置くと、風のような速さで触手が伸びてからめ取り、強力な圧力で締めつけて粉砕《ふんさい》する。肉が裂けて血が滴《したた》る脚をすすりこむように飲みこみ身体へ取り込んだ。

「るるいえ　うが＝なぐる　ふたぐん」

また、田子が傷のない死体に蘇生液を投与して肉の塊に与えたところ、今度は砕くことなく丸呑みした。

腕が激しく波打ったかと思うと手先に死体が現れて一本の指となった。

ずっと震えていた緑がとうとう気絶する。俺も醜悪さに倒れてしまいそうだ。

俺たちが一つの共同体となって目指していたのは、人体蘇生ではなくこの肉の塊を造ることだったと、今理解できた。

「もうやめましょう、私たちは利用されているだけなのです」

俺の声などまるで届かず、科学者たちは一心不乱《いっしんふらん》に作業を続けている。

突然、背中に焼け火箸《ひばし》を突き刺したような強烈な痛みが走りその場に崩れ落ちる。

倒れながらふり返ると、磯草が俺を見下ろしている。片手には拳銃を持っていた。

「死体が足りません。あなたも神の一部にお成りなさい」

片野と田子が来て俺を運ぶ。

あの肉塊の元へ。

「や、め、ろ」

肉塊の足元に横たえられた。

倒れている緑が視界に入り、彼女だけには手を出さないでくれ、と科学者に頼もうとしたがすでに声が出ない。

俺は身動きも出来ず、粘《ねば》ついた触手に捉えられて体内へと飲み込まれていった。

ゼリー状の生温かいものが全身を包む。

俺自身の意識がゼリーに溶けて薄れていく。

細胞の一つ一つから化け物の意識が染み渡り、支配されていくようだ。

急に視界が開けた。高いところから研究室を見下ろしている。ここはどこだ。

「顔が出現しましたね」

「うまく取り込まれたようで、なによりです」

俺は、あの化け物の一部になっているのか。

身も心も苦痛に支配されている。俺は生きたままこの異形者に取り込まれてしまった。

いっそ磯草の銃撃で死んでいたらどれほど楽であっただろう。何も感じないように、安らかに眠りたい。

ふいに異臭がした。

緑が横たわっているのが見えた。己の感覚を疑ったが、異臭はどうやら彼女から立ち昇ってきているようだった。よく見ると、腕と足が赤と黄色の入り混じった不気味な色彩を帯びている。

まるで、身体に腐敗が起こっているかのようじゃないか。

蘇生に失敗したということなのか？

緑が目を覚まして俺と目が合い、驚愕した。

「春斗なの？　なぜそんな姿に⁉」

俺の信じがたいほど醜悪なありさまに取り乱す。

緑の目玉は黄色く濁り、そこから体液が頬に流れ出ていた。起き上がった拍子に腕の肉がずるりと抜け、白い骨が露出する。

緑が自分の身体の変化に気付き半狂乱に陥る。

「私の身体が腐敗している⁉　どうして？」

田子と片野が緑が目覚めたことに気付いて駆け寄り、取り押さえた。

「離して！　何をしようと言うの？」

緑を助けなくては。化け物に食わせる気だ。しかしこの身でどうやって。

必死で意識を集中して化け物の肉体を操作しようとしたが、俺の力では触手一本動かすことはできないようだ。

「さあ、新しい材料です」

化け物の足元に、緑の小さな体が放り投げられた。

ところが、緑を捕食する代わりに、触手が田子と片野に巻きついた。

「ひいいっ。やめて下さい！　材料はこの女です！」

片野は手足を触手に巻き取られて千切れんばかりに引き延ばされる。関節が脱臼し、この世のものとは思えない叫びを上げるが、触手は力を弱めることはない。

「ひぎいいいいいいいいいいいいい！」

腱が伸びきり、ついに肉に裂け目が入った。生きながらにして四肢を千切られる地獄の苦しみを味わいながら、胴体だけのだるまと化した。

「う、ご、ごごご、ごご」

拘束された田子の口の中には触手が侵入していた。食道を通って胃に到達し、触手は大きく円を描くように腹の中をかき回した。田子の口から血が大量に噴出する。触手が臓物を、綿菓子を作るように絡め取っているのだ。

触手は口の方へゆっくりと帰る。腹の中の臓物を根こそぎ引きずり出しながら。

最後に艶のある膀胱《ぼうこう》が出て、田子は空っぽの亡骸《なきがら》になった。

化け物は、二人の科学者の無残に散った肉片を飲み込んだ。

昨日まで共に研究していた仲間が残虐な殺され方をしたというのに、俺の意識はお腹が満たされたような満足感を覚えていた。俺にも彼らの栄養分が回ってきたということか。

「嘘だ。肉体を創造した私たちに手をかけるなんて……！」

磯草は足腰が立たなくなってへたり込んでいる。散々人を殺してきたのに自分たちが同じような凄惨な仕打ちを受けるなんて想像もしなかったようだ。それは俺も同じであるが。

「神がそんな理不尽《りふじん》なことをなさるわけがない」

彼は電流が走ったように何かに気付いて立ち上がり、俺の顔を見上げる。

「殺したのはお前の意思か？」

違う。伝えたいが言葉が出ない。

磯草は自分の中に湧いた疑念をすっかり信じきっていた。

「神の肉体に不穏分子《ふおんぶんし》を捧げてしまったとは、とんだ失態でした」

震えを必死で抑えながら銃口をこちらに向ける。

危険に晒されながら、俺は安堵していた。

化け物の一部でありながら自らの感覚が残っているという苦痛。

そこから解放される喜びを、銃口の暗い穴の中に感じ入った。早く一撃で死に至る急所を撃ってくれ、と願う。

しかし事態が急変し、磯草は引き金を引くことが出来なくなった。

彼の後ろに逃れようのない魔手が迫り、神の内部へと連れ去ろうとしていたからだ。

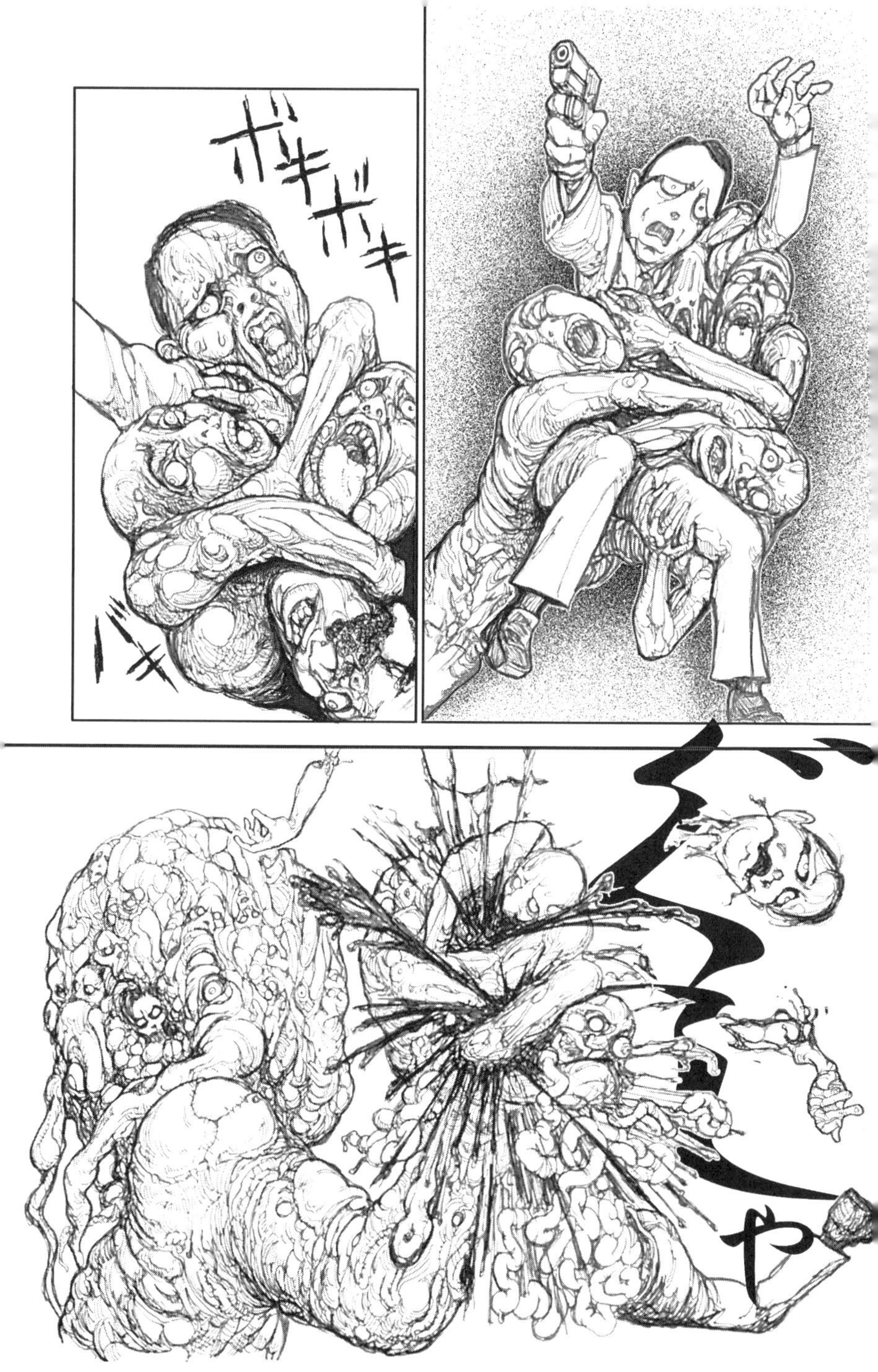
ボキボキ
バキ

ふんぐるい

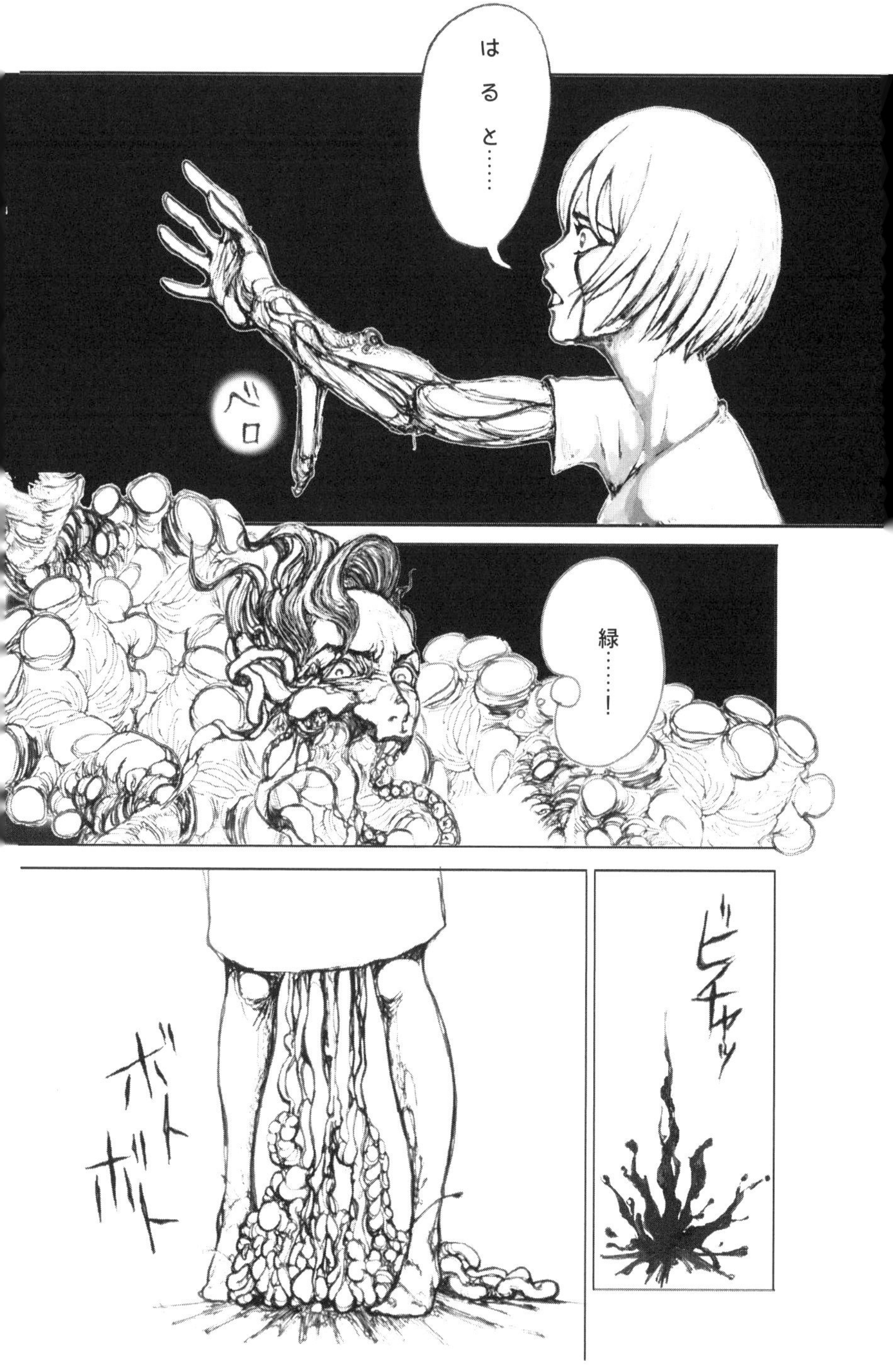
はると……
ベロ
緑……!
ビチャッ
ボト
ボト

!!
ドロ
溶けてる？
もしかして私の血液がかかったせい？

ビチャ
ドロ
ドロッ

やっぱり私の身体が武器になるんだわ
春斗……
今助けてあげるから

ドクッ

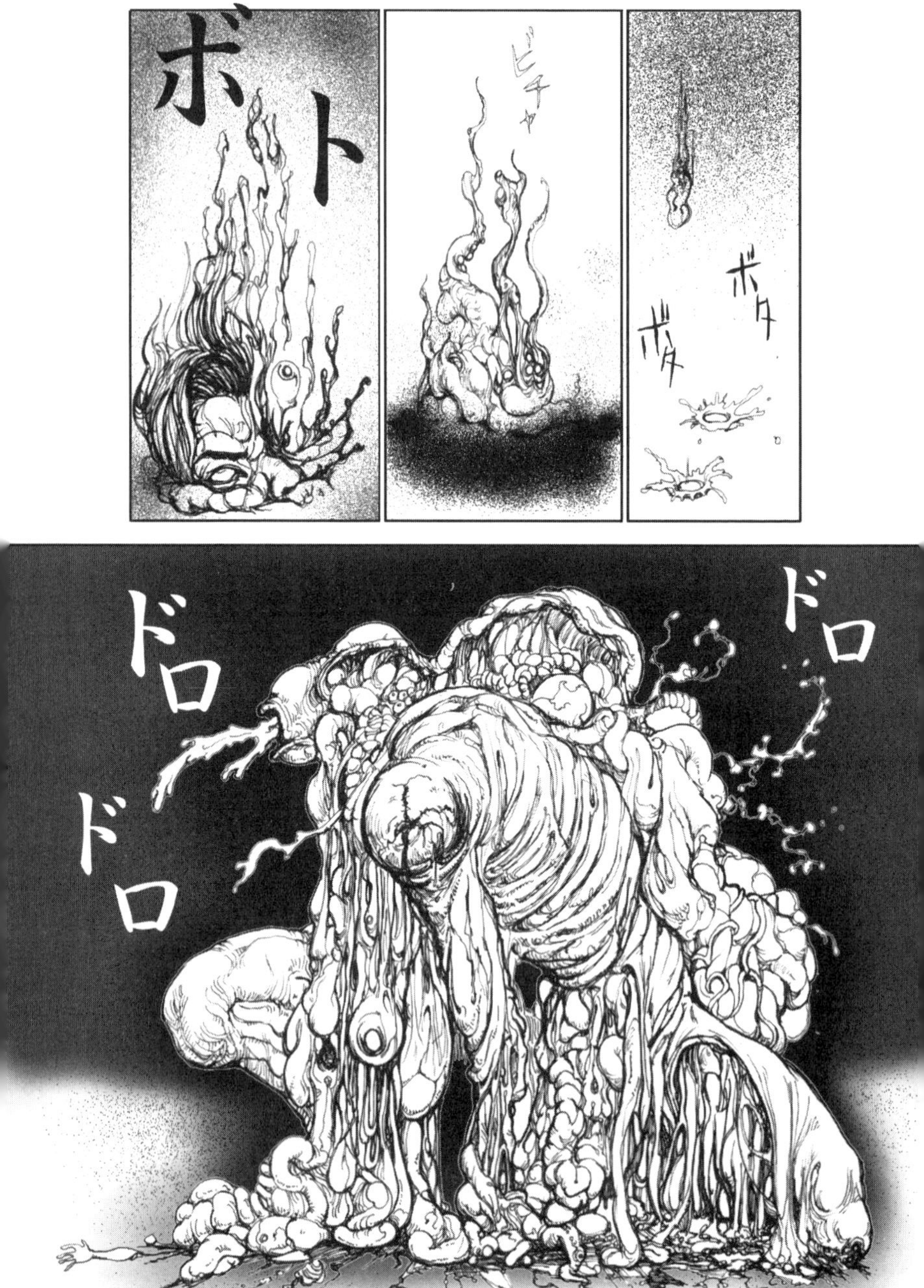
ボタ
ボタ
ピチャ
ボト
ドロ
ドロドロ

《エピローグ》

二〇四六年。

霜が美しい男の顔を覆っていた。三十二年間冷凍保存された肉体は若々しい状態を保たれている。

カプセルの中の我が子を、宇緒土は見つめていた。車椅子に腰かけた体は極限までやせ細り、土気色をしていたが、眼光の輝きは失われてはいなかった。

顔が見えるようあつらえられたカプセルの窓を、小枝のように痩せ細った指先でそっと撫でる。

彼の息子は十九歳で時を止めていたが、宇緒土は平均寿命を大きく上回る年齢に達し、間もなく最期の時を迎えようとしていた。

宇緒土はすぐ背後に邪悪な気配を感じたが、振り向くこともせず鷹揚《おうよう》に微笑んで、

「なんだ、死神か？」

気配の主は、大柄な軍服姿の男で手に黒い箱を持っていた。

「似たようなものだ」

男の顔は蝋人形でできていた。美しさを湛えた容貌は微動だにせず、黒い箱の中から声が発せられていた。

「大富豪である君が、莫大な財産と権力を駆使しても、手に入らなかった唯一の品を贈りたい」

宇緒士は低く笑う。

「底意地が悪いな。息子が若くして死んだ時には現れず、こんな老いぼれの死に際に現れるとは」

軍服姿の男が何を持ってきたのか、直感的に分かっていた。

男が大富豪の前へ音も立てずに移動する。

ガラスの筒に入った液体を差し出し、

「プレゼントは一人分だけある。君が使うもよし、息子に使うもよし。どちらでも好きにするがいい」

宇緒士は液体には見向きもせず、箱に向かって言い放つ。

「いらんよ」

沈黙が起こる。軍服の男にとって予想外のことだったらしい。

「なぜだ？」

苛立った声が箱から出た。

「この生涯で恨みは星の数ほど買ってきた。悲惨な死に方をしても因果応報だと覚悟している」

言葉を切り、長い間を置く。

ひどく息切れをしている。

病状は深刻で少しの会話でさえも消耗する状態だった。

「そんな私が市井の善良な人間のように、病気で天寿をまっとうできるのだ。その上さらなる命を求めるのは贅沢だと思わんか？」

何も言わない箱に向かって語りかける。

「お前の正体は分かっているぞ。蘇生液を追求する過程で存在を知った」

蘇生した者であり、その命ある限り死者を蘇生し続ける数奇な運命に見舞われた軍人。

「お前に会ったら、聞いてみたいと思っていたことがある」

「なんだ？」

宇緒土が箱に優しく手を乗せた。

「死から蘇るのは幸せな事だったか？」

沈黙が流れる。

蝋細工の顔の、なめらかで色ガラスの瞳からは何の感情も読み取る事ができない。

「私に幸福という概念はない」

箱は言葉を続ける。

「ただ役割を果たすのみだ」

ノックの音が響いた。

「旦那様」

ドアが開き、執事が恭《うやうや》しく入室する。かなり高齢のようだがその背筋はしっかりと伸びていた。

「ご準備が整いました。あとは旦那様に電源を落として頂きますと、冷凍機能は完全に停止いたします」

軍服の男は消えていた。

「ああ。行こうか」

床に液体が入ったガラスの筒が落ちている。

執事が車椅子を押すと、それは車輪に轢かれ軽い音を立てて粉砕した。

執事が慌てて、

「お怪我はありませんか？　申し訳ございません、瓶が落ちていることに気付かずに」

「なあに、構わんよ」

液体は床の染みと化していた。

「もう終わったことだ」

二人が退室すると、壁の隅に漆黒の穴が音も立てずに空いた。

砕け散ったガラスと液体は、一欠片も残らずその穴に吸い込まれて消えていった。

冷凍保存カプセルの電源ランプが消える。

若者の顔を覆っていた霜が、ゆっくりと溶け出した。

死体蘇生者ハーバート・ウエスト

《H・P・ラヴクラフト》
一八九〇年―一九三七年。アメリカ合衆国ロードアイランド州プロヴィデンスに生まれる。「宇宙的恐怖（コズミック・ホラー）」と呼ばれるSF的なホラー小説の創始者であり、彼が創りだした「邪神―Cthulhu」から「クトゥルー神話」と言われる世界が生まれた。死後、友人であったオーガスト・ダーレスはその作品群を体系化し、自ら創設した「アーカムハウス」という出版社よりラヴクラフトの作品を単行本として出版した。

《増田 まもる》（ますだ・まもる）
一九四九年宮城県生まれ。英米文学翻訳家。一九七五年より翻訳を始め、SFを中心に幻想文学から科学書まで手掛けるジャンルは幅広い。主な訳書は『夢幻会社』『千年紀の民』J・G・バラード、『パラダイス・モーテル』エリック・マコーマック、『古きものたちの墓 クトゥルフ神話への招待』コリン・ウィルソン他など。

第一章　暗闇より

大学でも、その後の人生でも、わたしの友人であったハーバート・ウエストについては、非常な恐怖を抱かずに語ることができない。この恐怖は、彼の最近の失踪《しっそう》のぞっとするようなありさまのせいなどではなく、彼のライフワークの性質そのものから生じるもので、十七年以上もまえ、わたしたちがアーカムのミスカトニック大学医学部の三年生だったときに、はじめてその先鋭的な形をとるようになったものである。つきあっているうちに、彼の実験のすばらしさと悪魔性にすっかり心を奪われたわたしは、もっとも親密な友となった。いまや彼がいなくなって呪縛がとけたので、実際の恐怖はさらに大きい。記憶と可能性は現実よりはるかにおぞましいからである。

わたしたちが知りあうきっかけとなった最初の恐ろしい出来事は、わたしがかつて経験したなかでもっとも大きな衝撃であり、それをいまいちど語るのも、ほんとうはまったく気がすすまない。すでに述べたように、それが起きたのはわたしたちが医学部の学生だったときで、ウエストはすでに、死の本質や人為《じんい》的な死の克服の可能性に関する途方もない理論で、学内ではすっかり有名になっていた。彼の考えは、教授陣や同輩の学生たちに嘲笑《ちょうしょう》されていたが、生命の本質的に機械的な性質にもとづき、自然の過程が停止したあと、計算された化学作用によって、人間の臓器の機能を作動させる手段に関係していた。さまざまな蘇生薬液を使った実験で、おびただしい数のウサギやモルモット、猫、犬、猿を殺したり手当したりしつづけたために、とうとう彼は学内一の厄介者になってしまった。いくたびかは、死んだと思われる動物に生命の徴候《ちょうこう》を実際に得て、その多くはじつに顕著《けんちょ》なものだったが、まもなく彼は、このプロセスの完成には、ほんとうに可能ならば、生涯にわたる研究がどうしても必要であることを悟った。そのうえ、同一の薬液は異なる生物種には決しておなじように作用しないので、より専門的な進歩をおしすすめるには、人間の死体が必要であることが明らかになった。彼が大学当局と衝突するようになったのはこのときからで、こともあろうに医学部の学部長にしてアーカムに古くから住んでいるものならだれでも、病人のために尽くしてきた業績をよく知っている、学識と博愛をかねそなえたアラン・ホールシー博士その人から、今後の実験を禁じられてしまったのである。

わたしはつねにウエストの研究には非常に寛大で、わたしたちはたびたび彼の理論について話し合ったが、内包された広がりと予想される結論はほとんど無限だった。すべての生命は化学的かつ物理的な過程であって、いわゆる「魂」は神話であるというヘッケルに賛成して、わたしの友人は死者の人為的な蘇生は組織の状態のみにかかっており、実際の腐敗《ふはい》が起こっていないかぎり、臓器がすべてそろった死体に適切な処置を講じれば、生命として知られる特有の状態をふたたび開始させることができると信じていた。短時間の死でも起こりうる繊細な脳細胞のわずかな劣化によって、精神活動や知的活動がそこなわれるかもしれないことは、ウエストも完全に理解していた。実際の死が到来しないうちに生命力を回復させる薬液をみつけることが彼の当初の希望だったが、いくら動物実験をつづけても失敗をくりかえすばかりだったので、自然の生命活動と人為的な生命活動とは互換性がないことがわかった。そこで彼は死体に最高の新鮮さを求め、絶命後ただちに薬液を血管に注入するようになった。教授たちがうかつにも懐疑《かいぎ》的になってしまったのは、この状況のせいである。いずれの実験でも、動物がほんとうは死んでいないのではないかと考えたからだ。教授たちはこの件をじっくりと理性的に吟味しようとはしなかった。

ウエストがなんらかの方法で新鮮な人間の死体を手に入れて、もはや公然とはおこなうことのできない実験をひそかにつづける決意をわたしに打ち明けたのは、教授陣が実験を禁じてからまもなくのことだった。大学では、解剖用の死体を自分たちで調達する必要はなかった。死体置場《モルグ》に適当な死体がないときはいつも、地元のふたりの黒人がなんとかしてくれて、詮索されることはめったになかったからだ。いざ自分たちで死体を調達しなければならなくなったとき、その方法や手段についての彼の提案は、聞くだに身の毛もよだつほど恐ろしいものだった。その当時のウエストは小柄でやせており、繊細な顔に眼鏡をかけ、黄色の髪に淡いブルーの瞳、そして柔和な声の若者で、そんな彼がクライストチャーチ共同墓地と無縁墓地の優劣について力説するのを聞いているのは、なんとも不気味なものだった。実際にはクライストチャーチの墓地の死体はすべて防腐処置がほどこされており、もちろんそれはウエストの研究には致命的だったので、わたしたちは最終的に無縁墓地に決めた。

もうこのころには、わたしは活動的で熱心な助手となっており、死体の入手先の手配ばかりか、わたしたちの忌まわしい作業にふさわしい場所の手配まで、ウエストのすべての判断に助言と協力を惜しまなかった。メドウヒルの彼方のチャップマン農場の廃屋《はいおく》を思いついたのもわたしであり、わたしたちはその廃屋の一階に手術室と実験室を設け、真夜中の作業を隠すためそれぞれに黒いカーテンをとりつけた。そこはいかなる道路からも遠く離れ、ほかのどの家からも見えることはなかったが、たまたま夜中にうろつく人間に気づかれて、奇妙な明かりのうわさがひろがると、わたしたちの企てはたちまち破綻してしまうので、どうしても用心は必要だった。もし万一見つかった場合は、すべて化学実験室であると主張しようということで意見が一致した。わたしたちはこの邪悪な科学のたまり場に、ボストンで購入したり大学からこっそり拝借したりした機材を――専門家の目でなければわからないように注意深く偽装して少しずつ運び込み、地下室に多くの死体を埋めなければならないので、踏鋤《ふみすき》と鶴嘴《つるはし》も用意した。大学では焼却炉を使っていたが、その装置はわたしたちの無許可の実験室には高すぎて手が出なかった。死体はつねに厄介者だった――ウエストが下宿の部屋でちょっとした秘密の実験を行ったときのちっぽけなモルモットの死体でさえも。

実験材料には特殊な性質が必要だったので、わたしたちは食屍鬼《グール》のように地元の死亡欄を追いかけた。わたしたちが求めていたのは死後すぐに埋葬された防腐処理のほどこされていない死体で、できれば奇形性の病気にかかっていない、確実にすべての臓器がそろっているものだった。事故の犠牲者がもっとも望ましかった。大学のためであるふりをして、疑惑《ぎわく》を招かない範囲でできるかぎり頻繁に、わたしたちは死体置場や病院当局に問い合わせたが、何週間もふさわしい死体の話は聞こえてこなかった。あらゆる場合において大学が優先権をもっていることがわかったので、わずかな夏期講座しか開かれない夏のあいだ、アーカムにとどまる必要があるかもしれないと覚悟した。けれども結果的に、わたしたちは幸運に恵まれた。なぜならある日、無縁墓地でほとんど理想的な死体の話を耳にしたからである。それは屈強《くっきょう》な若い作業員で、つい昨日の朝、サムナー池で溺死《できし》したのだが、遅延《ちえん》も防腐処置もなく、町の経費で埋葬《まいそう》されたという。その日の午後、わたしたちはその新しい墓をみつけだし、真夜中をすぎたらすぐ作業にとりかかろうと決めた。

わたしたちが深更《しんこう》の暗闇でおこなったのは胸が悪くなるような作業だったが、そのときには、その後の経験でもたらされたような墓地に対する特別な恐怖は感じなかった。わたしたちは踏鋤《ふみすき》と遮光できるカンテラをもっていった。当時すでに懐中電灯は製造されていたが、今日のタングステン電球ほど満足のいくものではなかったのだ。墓掘り作業は時間がかかって薄汚く――もしわたしたちが科学者ではなく芸術家だったら、陰惨な詩をものしたかもしれないが――踏鋤が板にあたったときはうれしかった。松材の棺が完全に姿をあらわすと、ウエストは墓穴に這いおりて蓋をはずし、その中身をひきずりだして穴にもたれさせた。わたしは手をさしのべてそれを墓穴からひきずりだし、それから墓をもとどおりにするために、ふたりして汗を流した。はじめての墓荒らしで、とりわけ最初の戦利品の硬直したからだやうつろな顔つきのせいで、わたしたちはかなり神経をたかぶらせていたが、墓荒しの痕跡《こんせき》をどうにかすべて拭い去ることができた。最後のひとすくいの土を踏みかためると、わたしたちは標本をキャンバスの袋に入れてメドウヒルの彼方のチャップマン農場の廃屋にむかった。

古い家屋の即席の解剖台《かいぼう》に横たわり、強力なアセチレンランプの光を浴びた標本は、それほど恐ろしくなかった。健康な庶民の典型ともいうべき、頑健《がんけん》でみるからに平凡な若者は――大柄で、灰色の目で、茶色の髪で――心理学的繊細さのかけらもない健康な動物で、ひょっとしたら、もっとも単純にして健全な生命過程のもちぬしだったのかもしれない。いまは、目を閉じているので、死んでいるというより眠っているかのようだったが、わたしの友人の熟練した検査によって、その点に関して疑う余地はなくなった。わたしたちはついに、ウエストがつねに求めていたものを手に入れたのだ――人間に用いるために、きわめて綿密な計算と理論にしたがって用意された薬液をいつでも注入することのできる、理想的な本物の人間の死体である。わたしたちの緊張はどんどん高まっていった。完全な成功をおさめる可能性はほとんどないとわかっていたし、部分的な蘇生がもたらすグロテスクな結果の可能性にはなはだしい恐怖を抱かずにはいられなかった。とりわけわたしたちが懸念《けねん》していたのは、生き物の心と衝動にかかわることで、死後の空白期間に、より繊細な脳細胞のいくらかが劣化しているかもしれないからである。わたし自身は、伝統的な人間の「魂」について奇妙な考えを抱いており、死から蘇ったものが語ってくれるかもしれない秘密に畏敬の念を抱いていた。このもの静かな若者が誰も近づけない領域でなにを目にしたのか、もし完全に蘇生したらなにを語ってくれるだろうかと期待していた。しかしウエストの物質主義をほぼ共有していたので、こうした疑問も圧倒的なものではなかった。ウエストはわたしより冷静で、大量の液体を死体の腕の血管に注入すると、ただちにしっかりと包帯を巻いた。

結果を待つのはぞっとするような体験だったが、ウエストは決してひるまなかった。ときおり標本に聴診器をあてては、否定的な結果を少しも動じずに受けとめた。わずかな生命の徴候もないまま四十五分あまりすぎると、彼はがっかりしたように薬液が適切ではなかったと発言したが、この機会を最大限に利用して、この恐ろしい戦利品を処分する前に、処方を変えてもういちど試してみようと決断した。わたしたちはその日の午後すでに地下室に墓穴を掘ってあったので、夜明けまでには埋めてしまわなければならなかった――廃屋には施錠《せじょう》してあったが、食屍鬼めいた行為がみつかる危険はごくわずかでも避けたかったからである。それに翌日の夜ではいくらなんでも新鮮な死体とはいえないだろう。したがってわたしたちは唯一のアセチレンランプを隣接する部屋にもっていき、解剖台上のものいわぬ客は暗闇に放置して、新たな薬液の調合に全精力を傾け、ウエストに監督されながら、ほとんど異常ともいうべき慎重さで重さや体積をはかった。

あの恐ろしい出来事は突然で、まったく予想外だった。わたしは試験管から試験管へと液体を注いでおり、ウエストはガスのない建物でブンゼンバーナーの代わりに使っているアルコールブローランプを相手に作業をしていたが、死体を残してきた部屋の暗闇から、いまだかつて聞いたことのない、身の毛もよだつ悪魔のような絶叫がたてつづけに聞こえてきたのだ。たとえ地獄そのものが口を開けて、罪人どもの激しい苦悶《くもん》の声がいっせいに聞こえてきたとしても、この地獄のような音の混沌ほど言語に絶したものではないだろう。なぜなら一体となった想像もおよばぬ不協和音のうちに、生物界の崇高《すうこう》な恐怖と不自然な絶望のすべてが集中していたからである。人間のはずがないので――人間にあんな声は出せない――深夜の作業も発見の可能性もなにもかも忘れて、ウエストとわたしは恐慌をきたした動物のように、試験管もランプも蒸留器《じょうりゅうき》もひっくり返しながら、もっとも近い窓にとんでいき、田舎《いなか》の夜の満天の星空に狂ったように飛びだしていった。町めざして半狂乱で転げるように走っていたときには、わたしたちは絶叫していたと思うが、町はずれにたどりついたときには――酒の席からよろよろと帰宅しようとしている深夜の酔っ払いのように見えるぐらいには――おちついたふりができるようになっていた。

わたしたちは離ればなれになることもなく、どうにかウエストの部屋にたどりついて、ガス灯のもと、夜が明けるまで声をひそめて話し合った。そのころには、調査のための理性的な理論や計画でいくらかおちつきをとりもどしていたので、昼間はぐっすり眠ることができた――授業のことはすっかり忘れていた。しかしその日の夕方、新聞に掲載されたたがいに無関係なふたつの記事のせいで、またしてもまったく眠れなくなってしまった。チャップマン農場の古い廃屋がどういうわけか火災をおこして全焼してしまったというのが、わたしたちがひっくり返したランプのせいだということはすぐにわかった。もうひとつは、無縁墓地の新しい墓が荒らされて、踏鋤も使わずにむなしく手でひっかいた形跡があったというものだった。わたしたちは墓の土をしっかり踏みかためていたので、その記事はわたしたちにも理解できなかった。

それから十七年間というもの、ウエストはしばしば肩ごしにふりかえっては、うしろから足音が聞こえてきたような気がしたんだとこぼすようになった。そしていま、彼は姿を消してしまった。

第二章　疫病の悪鬼

十六年前のあの恐ろしい夏のことは決して忘れないだろう。魔王イブリースの広間から放たれた恐るべきイフリートのように、腸チフスがアーカムに襲いかかったのだ。ほとんどの住人がこの年を悪魔の疫病《えきびょう》の年として思い出すだろう。クライストチャーチ共同墓地の仮安置所に積みあげられた棺のうえに、たしかに恐怖が蝙蝠《こうもり》の翼《つばさ》のように垂れこめていたからだが、わたしはもっと大きな恐怖に直面していた——ハーバート・ウエストが姿を消してしまったいまとなっては、わたしだけが知っている恐怖である。

ウエストとわたしはミスカトニック大学医学部の夏期講座で大学院生として研究をおこなっており、ウエストは死者の蘇生につながる実験のせいですっかり悪名をはせていた。無数の小動物を科学のために殺したあと、懐疑的な学部長アラン・ホールシー博士の命令によってグロテスクな実験は表向き禁止されたが、ウエストは薄汚れた下宿の自室である種の秘密の実験をつづけ、そしてあの恐ろしくも忘れられない夜に、人間の死体を無縁墓地の墓からメドウヒルの彼方の農園の廃屋に運び込んだのである。

あのおぞましい夜、わたしは彼と行動をともにして、生命の化学的かつ物理的過程をある程度まで回復させると思われる薬液を、死体の静脈《じょうみゃく》に注入するのを見守った。それは恐るべき結果をもたらし——恐怖による錯乱のなかで、わたしたちはしだいにそれを興奮しきった神経のせいだと思うようになっていたが——なにものかに憑りつかれて追われているという気が狂いそうな感覚を、そののちもウエストはついに振り払うことができなかった。あの死体は新鮮さがたりなかったのだ。正常な神経の特性を回復させるには、死体がまったく新鮮でなければならないことは明白で、あの廃屋が全焼したせいで、死体を埋めることもできなかった。せめて地下にあるとわかっていたなら、気分はずっと楽だっただろうが。

あの実験のあと、ウエストはしばらく研究を中断していたが、生来の科学者の熱意がゆっくりともどってくるにつれて、ふたたび大学の教授陣にうるさくつきまとい、彼にとって圧倒的に重要だと思われる研究のために、解剖室と新鮮な人間の死体の使用を懇願《こんがん》するようになった。けれども、彼の懇願はまったくむだであった。なぜなら、ホールシー博士の決定は動かしがたく、教授たちもそろって学部長の裁断を支持したからである。蘇生という過激な理論に、彼らは若い熱狂者の未熟な気まぐれしかみいださなかった。ウエストのほっそりとした体形、黄色の髪、眼鏡をかけた青い目、そして柔和《にゅうわ》な声のせいで、うちに秘めた冷厳な頭脳の超常的な——ほとんど悪魔的といっていいような——力の存在には気づかなかったのだ。いまも彼のうちにあのときの面影を見ることができて——わたしは身震いするのだ。顔つきはいかめしくなったが、少しも年をとっていなかった。そしていま、セフトン精神病院で不祥事が起きて、ウエストは姿を消してしまった。

ウエストは大学院生としての最後の学期の終わり近くに、不愉快な態度でホールシー博士と対決し、礼儀正しさの観点からいって、彼の名誉になるというよりむしろ温厚な学部長の名誉となるような口論をくりひろげた。ウエストはきわめて重要な研究が不必要かつ非合理的に妨げられていると感じたのだ。もちろんその研究を、ウエストは後年思いのままにできるわけだが、できれば大学の特別な設備をまだ利用できるうちに研究をはじめたいと思ったのである。伝統に縛られた年寄りたちがめざましい動物実験の結果を無視して、蘇生の可能性をあくまでも否定しつづけるのは、ウエストのような論理的気性の若者にとって、いいようもないほど不愉快でほとんど理解不能だった。ウエストがもっと成熟していたなら、教授や博士といった人種——何世代もの哀れな清教徒《せいきょうと》気質の産物であり、親切で、誠実で、ときに穏やかで感じがよいこともあるが、つねに偏狭《へんきょう》で、非寛容《かんよう》で、慣習に支配され、大局観《たいきょくかん》に欠けている人種——の宿痾《しゅくあ》ともいうべき知能の限界を理解できただろう。時代はこれら不完全だが高潔な人間たちにずっと寛容で、彼らの最悪にして真の悪徳は臆病であり、究極的には世間一般のあざけりによって——プトレマイオスの天動説、カルヴァンの予定説、反ダーウィン進化論、反ニーチェ哲学、そしてありとあらゆるタイプの安息日厳守主義と奢侈《しゃし》禁止令といった——知的罪ゆえに罰せられることになる。若いながらもすばらしい科学知識を身につけたウエストは、善良なるホールシー博士と博識な同僚たちに我慢がならなくなり、しだいに憤懣《ふんまん》をつのらせるとともに、なんらかの衝撃的でドラマチックな方法で、これら愚鈍《ぐどん》な名士たちに彼の理論を証明してみせたいという欲望を抱くようになった。ほとんどの若者とおなじように、彼は復讐《ふくしょう》と勝利と最後の寛大な許しという、凝《こ》った筋立ての夢想にふけったのである。

そしてそれから、にやにや笑いを浮かべた死神のような疫病が、冥界《めいかい》の底なるタルタロスの悪夢の洞窟《どうくつ》から襲いかかってきた。ウエストとわたしは疫病の流行がはじまったときにはとっくに卒業していたが、夏期講習で追加の研究を行うために大学に残っていたので、疫病が町に悪魔的な猛威《もうい》をふるっていたときにはアーカムにいた。いまだ資格のある医師ではなかったが、学位は取得していたので、患者の数が増えるにつれて、公共奉仕にむりやり動員された。状況はほとんど管理能力を超えており、死者が引きも切らなかったので、地元の葬儀屋にはまったく対処できなかった。防腐処理のない埋葬がつづけざまにおこなわれ、クライストチャーチ共同墓地の仮安置所にも、防腐処理をほどこされていない死体の棺《ひつぎ》が積み上げられた。こうした状況がウエストに影響をあたえないはずがなく、彼はしばしば皮肉なめぐりあわせに考えこんだ——新鮮な死体がこんなにたくさんあるのに、彼の迫害された研究にはなにひとつ使えないのだ！　わたしたちはものすごい過重労働だった。そしてひどい精神的緊張と神経的緊張のせいで、ウエストは病的に考えこむようになった。

しかしウエストの穏やかな敵たちもやはり疲労困憊《こんぱい》する仕事にまいっていた。大学はほとんど閉鎖状態で、医学部の医師はひとり残らず腸チフスとの戦いに動員されていた。とりわけホールシー博士は、感染の危険や回復の見込みがないという理由で、ほかの医師たちが治療をいやがった患者たちに心からの熱意をもって最高の腕をふるい、その献身的治療でめざましい働きをした。一か月もしないうちに、恐れを知らぬ学部長は大衆の英雄になったが、本人は身体の疲労と神経の消耗で倒れこまないようにするのに必死だったので、この名声に気づいていないようだった。ウエストは敵の不屈の精神に称賛を禁じえなかったが、そのためにいっそう、自分のすばらしい理論の正しさを博士に証明してみせようと決意をあらたにした。大学の機能と地方自治体の衛生条例の混乱に乗じて、彼はある夜、最近亡くなった死体を大学の解剖室にこっそり持ち込むことに成功し、新たに調合した薬液をわたしの目の前で注入した。すると死体はたしかに目を開けたのだが、魂も石化するような恐怖の表情で天井をみつめただけで、すぐに死体の状態にもどってしまい、どんな手段をもってしても目覚めさせることはできなかった。新鮮さがたりなかったんだとウエストはいった——暑い大気は死体によくないと。そのときは死体を焼かないうちにあやうくみつかりそうになったので、大学の実験室の不正使用をくりかえすのは得策ではなさそうだとウエストは判断した。

伝染病の流行は八月にピークを迎えた。ウエストとわたしはいまにも死にそうだったが、ホールシー博士は十四日にほんとうに死んでしまった。学生全員が十五日のあわただしい葬儀に参列し、立派な花輪も購入して供《そな》えたが、アーカムの富裕な市民および市当局から送られた花輪と並べられると非常に見劣りがした。葬儀は市葬も同然だった。故人はたしかに市民の恩人だったからである。埋葬後、わたしたちはみないくらか沈みこみ、午後はコマーシャルハウスのバーですごしたが、ウエストは最大の敵の死に動揺していたものの、悪名高い理論をべらべらとしゃべったので、みんな興ざめしてしまった。夜が更けてくると、学生の大半は帰宅するかさまざまな仕事にもどっていったが、わたしはウエストに説得されて「夜通し遊ぶ」のにつきあうことになった。ウエストの下宿のおかみはわたしたちが、午前二時ごろもうひとりの男に左右から肩を貸すようにして、下宿にもどってくるのを見かけて、三人ともさんざん食べて飲んで、すっかりできあがっているようだと亭主に伝えた。

明らかに、この辛辣《しんらつ》なおかみのことばは正しかった。なぜなら午前三時ごろ、ウエストの部屋からわきおこった叫び声で、下宿の住人全員がたたき起こされたからである。ドアをうち破ったとき、彼らが目にしたのは、殴られ、ひっかかれ、傷だらけになって、血まみれのカーペットで意識を失って倒れているわたしたちふたりと、周囲に散らばるウエストのガラス壜や実験器具の残骸だった。開いた窓だけが、わたしたちの襲撃者《しゅうげき》がどうなったかの手掛かりで、二階の窓から芝生に飛び降りたにちがいないと、多くのものたちは考えたが、そんな恐ろしいまねをしてどうやって無事ですんだのだろうと、みんな首をひねった。室内には見慣れぬ衣服が残されていたが、ウエストは意識をとりもどすとすぐに、それらは連れてきた男のものではなく、細菌性疾病の感染経路の調査の過程で細菌学的分析のために集めた標本だと説明した。できるだけ早く大きな暖炉《だんろ》で焼いてくれと彼は命令した。警察に対しては、わたしたちはふたりとも、深夜に連れてきた男の身元はわからないと証言した。場所もはっきりしない繁華街《はんかがい》のバーで出会って意気投合した、名前も知らない男であると、ウエストは不安そうに説明した。わたしたち三人はいささか羽目《はめ》をはずしすぎたかもしれないが、ウエストとわたしは、この乱暴者を追跡して捕えてほしいとは思わなかった。

アーカムの第二の恐怖がはじまったのは、そのおなじ夜のことだった——それはわたしにとって、疫病よりはるかに恐ろしい恐怖だった。クライストチャーチ共同墓地が恐ろしい殺害の現場だった。夜番がずたずたに引き裂かれて死んだのだが、そのありさまはことばにできないほどむごたらしいばかりでなく、はたして人間のしわざなのか疑問が生じるほどだった。犠牲者は真夜中をかなりすぎた時間には生きた姿を目撃されており——夜明けになって無残な死体がみつかったのである。近隣の都市ボルトンのサーカスの支配人が事情聴取されたが、いまだかつて檻《おり》から逃げだした猛獣はいないと神かけて誓った。死体を発見した人々は血のすじが仮安置所までつづき、門のすぐ外のコンクリートで小さな血だまりになっていることに気づいた。かすかな血痕は林のほうまでつづいていたが、それからすぐに途切れてしまった。

翌日の夜は魔物たちがアーカムの屋根の上で跳梁《ちょうりょう》し、不自然な狂気が風のなかで咆哮《ほうこう》した。熱に浮かされた町を災厄《さいやく》が忍び足で通りぬけ、疫病より恐ろしいというものがあれば、疫病の邪悪な魂が具現化したのだとささやくものもあった。八軒の家屋が正体不明の存在に侵入《しんにゅう》され、通ったあとには赤い死がまき散らされた――全部で十七体の、手足が失われて人の形をとどめていない死体が、這《は》いまわる声のない残虐《ざんぎゃく》な怪物の通ったあとに残されたのである。何人かが闇のなかで部分的にその姿をとらえ、白くて奇形の類人猿か擬人化された悪鬼のようだったと報告した。襲われた者たちは全身がすべてそのままだったわけではない。ときには怪物が腹をすかしていたからである。殺されたのは十四人だった。残る三人は病魔に冒《おか》された家にあって、すでに生きてはいなかった。

三日目の夜、殺気立った捜索隊が警察に先導され、ミスカトニック大学のキャンパスにほど近いクレイン通りの家で怪物をつかまえた。探索《たんさく》は慎重《しんちょう》に組織され、有志の電話機をもちいて連絡をとりあい、大学地区にいる人間が鎧戸をおろした窓をひっかく音が聞こえたと報告すると、ただちに網《あみ》を張った。非常警報と事前の準備のおかげで、さらなる犠牲《ぎせい》者はわずか二名にとどまり、さしたる不祥事もなく捕獲《ほかく》は達成された。怪物は最終的に銃弾によって動きをとめられたのだが、致命傷《ちめいしょう》ではなく、人々の興奮と嫌悪《けんお》のなかを地元の病院に急送された。

なぜならそれは人間だったからである。ぞっとするような目つき、口のきけない類人猿のような姿、悪魔じみた残忍性にもかかわらず、これだけはたしかだった。彼らは傷に包帯を巻き、セフトンの精神病院に運びこんだ。するとそれは――最近の不祥事まで――保護房の壁に十六年間ずっと頭を打ちつけつづけ、それからだれも言及したがらない状況下で脱走したのである。怪物が捕えられたとき、アーカムの捜索隊がもっとも嫌悪したのは、怪物の顔がぬぐわれたときに目にしたもので、その顔はあざけるごとく、つい三日前に埋葬されたばかりの、学識ある献身的な殉教《じゅんきょう》者にして市民の恩人であり、ミスカトニック大学

医学部の学部長であった故アラン・ホールシー博士に、信じられないほどよく似ていたのである
姿を消したハーバート・ウエストと、そしてこのわたしにとって、その嫌悪と恐怖は最大であった。今夜それを思うだけで震えがくる。あの朝ウエストが包帯ごしにつぶやいたことばを耳にしたときよりも激しい震えである。

「くそっ、まだ新鮮さがたりなかったんだ」

(続く)

クトゥルー・ミュトス・ファイルズ
The Cthulhu Mythos Files

死 体 蘇 生

2016年3月1日　第1刷

著　者
井上 雅彦　樹 シロカ　二木 靖×菱井 真奈

発行人
酒井 武史

カバーイラスト　小島 文美
本文中のイラスト　小島 文美　たけ まさ
帯デザイン　山田 剛毅

発行所　株式会社　創土社
〒165-0031 東京都中野区上鷺宮 5-18-3
電話 03-3970-2669　FAX 03-3825-8714
http://www.soudosha.jp

印刷　株式会社シナノ
ISBN978-4-7988-3031-5　C0093
定価はカバーに印刷してあります。

《近刊予告》

恐怖学者・羅文蔵人シリーズ①

『恐怖学者・羅文蔵人の壮絶なる七日間』

黒木 あるじ

《この世のありとあらゆる恐怖》を研究する学者にして、世にも禍々しい容貌の持ち主として知られる水潟大学准教授・羅文蔵人。そんな彼の研究室へ、奇妙な調査依頼が舞いこんだ。

舞台は三陸沖に浮かぶ離島、異蛙島《いあじま》。この島にある集落・因住《いんすまい》の住人が、一夜のうちに全員、行方不明になってしまったのだという。島は定期船以外の交通手段を持たない、いわば《巨大な密室》。数十名の人間が短時間で消失するなどありえない。

「エクセレントな事件です……行くしかありませんね」

かくして「集団神隠し」の真相を探るべく、助手の鵺野兼美とともに異蛙島へ乗りこむ羅文を待ち受けていたのは、怪しげな伝承の数々と謎深き人々だった。島に残された《吸血河童》の言い伝え、都市伝説《くねくね》にそっくりな怪現象の目撃談、「三回歌わば気がふれる」と恐れられる民謡《だごらん唄》。島を統治する謎の一族、全員の死を予言する霊能者、羅文が「生涯最大の敵」と嫌悪する謎の老人、そして、深夜の窓から彼らを覗く異形の群れ……すべてが一本の線で結ばれたとき、神隠し事件の恐るべき真実が明らかになる！

——2016年春　発売予定